レオ・アッティール伝 I

TALES OF LEO ATTIEL

首なし公の肖像

杉原智則

イラスト 岡谷

TALES OF LEO ATTIEL
CONTENTS

I

序文

——その男は、皇帝陛下《こうてい》と、そのお后《きさき》の御前《ごぜん》にあって、臆《おく》した様子もなく話しはじめた。

レオ・アッティールの容貌《ようぼう》を、いまわたしたちが知る術《すべ》はありません。

彼は肖像画《しょうぞう》を描《か》かれることを好みませんでした。庶民《しょみん》が勝手に描いて軒先《のきさき》に並べることをも禁じたほどで、唯一《ゆいいつ》、あのめでたき『簒奪《さんだつ》の赤き日』において、かの彫刻家《ちょうこく》イディアスに自分の胸像をつくることを許可したばかりです。

完成したレオの胸像は、しばらくアトール宮殿《きゅうでん》の回廊《かいろう》を誇《ほこ》らしげに飾《かざ》っておりましたが、今日《こんにち》、その胸像は別の城で戦利品の一つとしてさらされており、またよく知られているとおりに、現在は、首から上が失われているのです。戦争のいざこざに巻き込まれたか、もしくは何者かが意図して破壊《はかい》したのか、いやあるいはレオの数少ない忠臣《ちゅうしん》の一人が敵の手に渡《わた》らぬように持ち去ったのだという説もあって、真実はわかりかねます。

さて、皇帝陛下もご存じのとおり、アトール公国第二公子として生まれついたかの者には、様々な異名があります。『簒奪者』であり、『毒蛇《どくへび》』であり、『神敵』であり、またもっとも広

く世に浸透《しんとう》しているのが、そう、

『首狩《くびか》り公《こう》』

でありましょう。無論、悪名であります。レオ・アッティールは、実に多くの者に恐《おそ》れられた。敵対者のみならず、肩《かた》を並べた味方にも、家臣《かしん》たちにも、そして肉親にすらこの上なく恐れられたといいます。

その『首狩り公』ご自身の胸像から首が欠けているというのはなんとも皮肉。この皮肉を面《おも》白《しろ》がって、地方によっては、

『首なし公』

などと新たな異名でレオ・アッティールを呼ぶ者たちもあります。

さて、陛下。

ここに、レオ・アッティールの物語を陛下にお話しする機会を得たことは、まことに幸福であります。

わたしはかねてより、いま知られているレオ・アッティールの物語にはあまりに不備が多いような気がしてなりませんでした。しょせん、勝者の紡《つむ》ぐ歴史のなかに、敗者として埋没《まいぼつ》していった数々の人生に公正な評価など求めるべくもないからであります。

わたしはここに、レオ・アッティールの新たな物語を紡ぎたく存じます。

といって、すべての評価を覆《くつがえ》したいわけでも、レオをことさらに善人としてまつりあげたい

わけでもございません。

彼が『簒奪者《さんだつ》』なのは事実であり、『毒蛇《どくへび》』とも『神敵』とも呼ばれるにふさわしい行為《こうい》におよんだ歴史的事実は誰《だれ》しもが認めるところであります。『首狩り公』にいたってはいわずもがな。

が、そうとわかった上で、わたしは断言いたします。レオ・アッティールはまぎれもなき英《えい》雄《ゆう》。古今《ここん》、そして東西に例を見ぬほどの英雄であると。

広間にお集まりの方々、いまは笑わば笑え。

わたしは数々の文献《ぶんけん》と新たな証言を得ており、そのなかには、現在アリオンの英雄に数えられているクロード・アングラット、パーシー・リィガンの両家から得た資料も多々あるのです。

こう聞けば、皆々《みなみな》さまも「おや」とわずかばかり関心を引かれたことでありましょう。

いずれもアトール国に滅《ほろ》びの火をもたらした当人ではないか——と。

だから、いま一度断言いたします。

これよりはじめさせていただく物語は、現在知られているレオ・アッティールのどの伝記よりも真実性を帯びているものであり、もっとも公正な視点から語られるものである、と。

物語は、まず、アリオン王国、東の国境付近よりはじまります——。

一章　レオ公子

1

レオは草っぱらの上で大の字になっていた。

空は薄紫《うすむらさき》。一つ、二つと、星が瞬《またた》きはじめている。

(死ぬのか)

とレオは思った。

(ぼくは死ぬのか)

ほどなくして陽《ひ》が沈《しず》む。この時期、夜の山中は信じられないくらいに冷え込むと聞いた。レオにはまだこの土地の冬は経験がない。

そもそものきっかけは、ウォルターとジャックの兄弟だ。

「狩《か》りに出かけるぞ」

と、早朝、突然《とつぜん》ウォルターの大きな手で叩《たた》き起こされた。

「さっさと準備しろ。アトールの奴《やつ》らはいちいち動きが鈍《にぶ》い」

ジャックの金切《かなき》り声《ごえ》があとにつづいた。

わけもわからないまま着替えさせられ、弓矢を手に押しつけられた。

「アリオンの獣《けもの》はおまえなんかよりよっぽどすばやくて、そして鼻が利《き》くんだ。ごてごて着込んでたらこっちの匂《にお》いがばれちまうからな」

などと薄手《うすで》の格好で外に連れ出された。その割に、当の兄弟はきちんと防寒の装備をしていたのだから、最初からこのつもりだったのはまちがいない。

三人、馬に跨《また》がった。アングラット家の居館《きょかん》から北へと飛ばす。道中、

「いいか」とウォルターがしかつめらしくいった。「おまえの国アトールじゃどうだったか知らないが、アリオン王国では、鹿《しか》の一匹《ぴき》もしとめられないような軟弱者《なんじゃく》なんかじゃ家を継《つ》げないし、そもそも男としてだって認められないんだ」

「もちろん銃《じゅう》なんかじゃ駄目《だめ》だぞ。男らしく弓でいくんだ」弟のジャックがあとを継いで、

「つまりおまえは、このアリオンじゃまだ男じゃない、ただの人間ですらないってことさ。おまえももう十一だろ。尊い血を受け継ぐ男を証明してみせろ。特別にこの弓を使わせてやる。これは、おれがおまえより二つも歳下《としした》のときに猪《いのしし》をしとめた特別製で……」

嘘《うそ》だろう、とはレオにもわかっていた。

こんな風習はいかにもアリオンらしくない。そもそも、二人は事あるごとに、

「アリオンでは」

と誇《ほこ》らしげに王国の名を口にするのだが、二人は別段アリオンの王族でも貴族でもない。対するレオ・アッティールはまぎれもなくアトール公国を治める現公王の息子《むすこ》である。もっともそれを口にしたとて、

「ほう、そうか、そうかよ。なら、そのお偉《えら》い公子さまの力を存分に見せつけてはいただけませんかね」

口の端《はし》をひん曲げつつ薄笑《うすわら》いを浮かべるウォルター、「そうだそうだ」とすかさず同調するジャックの顔が目に浮かぶようだった。だからレオは抗弁《こうべん》しなかった。黙《だま》ったまま二人につづいて山中に入った。川沿いに一時間ばかり馬を進めたのち、すっかり葉の落ちた木々に馬をつないで、さらに徒歩で一時間以上登った。

「よし、絶好の狩《か》り場《ば》だ」

ウォルターが足を止めたとき、すでにレオは汗《あせ》みずくだった。息も荒《あら》い。それを「アトールの男はだらしない」とジャックが嘲笑《あざわら》ったが、そもそも彼はレオより三つ、ウォルターにいたっては五つも歳上《としうえ》なのだから、公正な評価とはいいがたい。

「ここは見晴らしがいい。おれたちがすぐに獲物《えもの》を追い込んでやるから、おまえはこの茂《しげ》みのなかに伏《ふ》せていろ」

「弓を手放すなよ。息も殺して、じっとしているんだ」

「獲物が来たなら一発でしとめるんだぞ。敵兵の首を狩るみたいにな」

二人は代わる代わるいうと、レオを置き去りにして、さっさとその場から消えてしまった。いわれたとおり、レオは茂みのなかに身を伏せていた。何度か弓の弦《げん》を引いた。大人たちが狩りやいくさに使うものよりいくらか小ぶりではあるものの、レオの細腕《ほそうで》では三分の一も引けない。これでいったいウサギの一羽もしとめられるのかどうか不安になるほどだ。

が、それもすぐに杞憂《きゆう》だとわかった。

半時間、いや十分も待つ必要はなかった。二人の姿が見えなくなり、足音が消えて、あとは時折風が枝を揺《ゆ》らす音、鳥たちの鳴き声だけが聞こえてくる頃合《ころあい》になって、すぐに、

（ああ、やっぱり嘘《うそ》か）

とレオにはわかった。兄弟が獲物を追いまわしているような気配はまるで伝わってこない。最初から狩りなどするつもりもなかったのだろう。賭《か》けてもいいが、あの林につながれていた馬たちは、レオのぶんも含《ふく》めて三頭揃《そろ》って消えているはずだ。

レオは、それでももうしばらくは身を伏せたままにしていた。このまま急いでアングラットの館《やかた》に戻《もど》ったとて、アングラット家の兄弟は、

「やあ、遅《おそ》かったな」

「狩りに夢中になるのもいいけど、張りきりすぎるなよ」

などと素知らぬ顔をするに決まっている。裏でこっそり舌を出して嘲笑いながら。

だから、レオは動かなかった。猪《いのしし》とはいわない、小鹿《こじか》ともいわない。偶然《ぐうぜん》、鳥の一羽か二羽、

目の前に舞《ま》い降りてきさえすれば。あるいは冬眠《とうみん》に遅《おく》れたのろまなリスでもいい。それを手土産《てみやげ》にぶらさげて帰れば、誰《だれ》も表立ってレオを馬鹿《ばか》にはできないはずだ。

（ああ、でも気をつけないと。あの、羽の先が緑色をした鳥は、フロリーが大好きなんだ。死骸《しがい》なんて持ち帰ったら、きっと別の意味で大騒《おおさわ》ぎになる）

レオは、自分より一つ歳下《としした》の少女がわっと泣き伏《ふ》せる光景を想像した。そのときばかりは口もとに苦笑いめいたものが浮かんだ。根《こん》を詰《つ》めるつもりで、改めて視線を前に向ける。

が――、結局、それも一時間とつづかなかった。とっくに汗《あせ》は引いている。冷えた風にむしろ体温を奪《うば》われていた。レオは立ちあがって衣服についた土や草を払《はら》った。

「帰ろう」

と誰《だれ》にともなく口にした。あくまでも自分の意志で帰るのだと、おのれにいい聞かせたのかもしれない。

無駄《むだ》だと知りつつも、馬をつないでいた場所へ戻《もど》った。

いや、戻ろうとして、できなかった。あの場所から一時間以上登ってきたとはいえ、ほとんどまっすぐの道を歩いてきたはずだ。戻るのはたやすいと思われたのだが、足を運べば運ぶほど、見慣れない景色がレオを取り囲むばかり。

（おかしい）

さすがに焦《あせ》った。自分がまるで見当ちがいの場所を下っているのではないかと不安になって、来た道を戻ろうとした。振《ふ》り向いた拍子《ひようし》に足をひねった。レオの小柄《こがら》な身体《からだ》がごろごろと坂道を転がった。大小の石が背中や胸にめり込み、木々の枝が手足を傷つけた。

転がり落ちた先で、夕刻の光がレオの顔を染めた。

やや開けた場所になっている。レオは大の字に寝《ね》そべった格好のまま、動かなくなった。というより、動く気力がなくなった。

見あげる空はあきれるほどに広い。先ほど、

(帰ろう)

と口にした自分がとてつもない馬鹿者に思えてきた。帰る？　いったいどこへ？

アングラット家の館《やかた》か。むざむざ人質の役目をつづけるために？

それとも、この山を延々と北東へ越《こ》えて、故国アトールの土を踏《ふ》むか。レオはその思いつきに頰《ほお》を震《ふる》わせて笑った。いま、来た道を戻ることさえできない自分なのに！

第一、戻ったところで、歓迎《かんげい》などされないのはわかりきっている。自分は人質の身だ。アトールとアリオン、両国友好の証《あかし》に——、といえば聞こえはいいが、要するにこれは強大なアリオンに逆らったアトールへの戒《いまし》めであり、懲罰《ちようばつ》である。

レオが故国を離《はな》れ、アリオン東部に足を踏み入れたのはわずか二か月前。

クロード・アングラットという名の将軍がレオの身柄《みがら》を預かることとなった。先の戦いで功績をあげ、城持ちになったばかりの将軍という話だった。それも、歴史の長いアリオンには珍《めずら》

しく、一兵卒《いっぺいそつ》からなりあがったという噂《うわさ》の男である。

その日から、レオの住まいはクロード将軍の居館《きょかん》になった。アリオンの習慣に従って暮らし、アリオンの食べ物を口にして、アリオンの学問を学んだ。二か月になるものの、実はまだレオはクロード将軍本人には会っていない。はるか西にあるアリオン国首都に出向しているのだという。

ジャックとウォルターは将軍の息子《むすこ》だ。他国から突然《とつぜん》やってきた『貴人』に、最初のうちこそ兄弟はどう接すればよいものやら当惑《とうわく》していた。どのような年代、境遇《きょうぐう》にあっても、男というのは見知らぬ相手に対して警戒《けいかい》を抱《いだ》いて、牽制《けんせい》をしあい、取るべき態度を測るものである。そして歳《とし》が若いほどにその期間は短い。二人の兄弟もほどなくして態度を決めた。

(公子さまといったって、要は、弱い国が強いアリオンに差し出した人質だ)

そんな風にレオを軽《かろ》んじる空気が形成されたのである。

レオ・アッティールは十一歳だった。小さな弟として可愛《かわい》がるには歳がいっていたし、友人にするには幼すぎた。なにより、態度が可愛くない。常に仏頂面《ぶっちょうづら》で、一人、もの思いに沈《しず》んでいた。

クロードにはもう一人子供があって、末っ子に当たるのがフロリーだ。こちらには男同士の警戒や牽制もない。無邪気《むじゃき》に、

「もうひとりお兄さまができた」

と喜んだ。

広間での夕食の際など、母の制止も無視して、なるだけレオの近くに椅子《いす》を引きずっていっては、アトール公国の話などをせがんだ。

それを、レオは無視まではしないものの、ほとんどそう取られてもおかしくない態度を取る。

なにを聞かれても、

「さあ、どうだったろう、ぼくにはわからない」

「忘れてしまった、今度思い出しておくよ」

つれない返事しかしない。フロリーの大きな目が悲しみに沈むと、二人の兄弟はいまにも席を立ってレオに跳《と》びかからんばかりの形相《ぎょうそう》を見せた。

「そこまでにしなさい、フロリー。公子はまだいらっしゃったばかりでアリオンの空気にも慣れておられないのよ」

フロリーたちの母、すなわちクロードの妻エレンが、こういう場においては兄弟たちの制止役をつとめたが、彼女のいない、勉強や武芸鍛錬《たんれん》の場となると、レオは格好の標的にされた。

クロードは、東の国境付近にあるコンスコン寺院から僧《そう》を一人招いて息子たちの教育係につけていたが、この僧侶《そうりょ》の質問にレオが答えられずにいると、

「アトールの蛮人《ばんじん》はろくにものを知らない」

とあからさまに蔑《さげす》んだし、剣《けん》や組み手の鍛錬となると、もうこれは教官役が身体《からだ》を張って止

めねば生傷《なまきず》どころか、毎回骨の一本でも折れていたろうというくらいに激しく当たってくる。

大体レオは、アリオンでの学問にも、武芸の稽古《けいこ》にも、最初から身が入っていなかった。自分はただ命を長らえていればいい。人質は存在そのものにのみ価値があるのであり、そしていま現在のレオには人質としての価値しかない——。

(そんな自分が)

いま、はるばるアリオンを離《はな》れて故国の土を踏《ふ》みしめたところで、いったい誰《だれ》が喜んで迎《むか》え入れてくれるだろう。戦争で傷ついた兵士や、領民たち、家族である公王家ですら、誰一人歓《かん》迎《げい》はしてくれまい。特に、母親などはあの優《やさ》しげな容貌《ようぼう》を一変させて、まるで敵でも見るような目で彼を見つめ、ふっくらした唇《くちびる》から矢のように鋭《するど》い弾劾《だんがい》を吐《は》くのではないか。

「嫌《いや》です」

あのときと同じように。

「まだ八つの子にそのような。この子はことさら身体《からだ》も弱い。アリオンに出すなら、レオにすればよいではありませんか」

レオは寝《ね》そべりながらも唇の端《はし》を強く噛《か》んでいた。

暗がりが深くなるにつれて、背中に当たっていた地面が冷えかたまってきている。自分の体温がじわじわと土に染《し》み込んでいくかのようだった。

(このまま陽《ひ》が沈《しず》めば——)

死ぬだろう。

身体《からだ》のあたたかみがいよいよ土のなかに消えるのが先か、獲物《えもの》の乏《とぼ》しくなった山をうろつく獣《けもの》に生肉の臭《にお》いを嗅《か》ぎつけられて、頭から嚙《か》み砕《くだ》かれるのが先か。

そう考えた瞬間《しゅんかん》、レオはこの身が早くも粉々になって、初冬の風にさらわれるまま、いま見あげている空隅々《すみずみ》にまで放射されていくかのような、そんな奇怪《きかい》な心地《ここち》よさを覚えた。

どうせ戻《もど》る場所もなく、誰《だれ》にも必要とされないそんな命なら、いっそそうなってしまえ。まだ見ぬ将軍も、その将軍の子たちもさぞあわてふためくだろう。レオがいかに取るに足らぬ存在であろうとも、一応は他国から預かった客人の身である。せっかくなりあがったという将軍もお気の毒さまだ。責任を取らされ、土地や城を奪《うば》われるのではないか。レオは微笑《ほほえ》んだ。もともと目鼻立ちが繊細《せんさい》なつくりをしているだけに、無欲な笑みを浮かべた様は童女のようにも見える。

(アトールでは)

どうなるだろう、と想像しかけたとき、レオはせっかくの幸せな妄想《もうそう》が馬蹄《ばてい》のひびきに打ち砕かれるのを感じた。

ウォルターたちが戻ってきたのかと思ったが、カチャカチャと金具の鳴る音がする。腰《こし》に剣《けん》。軽甲冑《けいかっちゅう》も身につけているだろう、とレオはそちらを見もせずに想像した。おそらくクロード将軍に仕えている兵だ。レオが長いこと戻らぬとあって捜索《そうさく》に来たのだ。馬が軽く鼻息を洩《も》らして立ち止まった。レオの目がはじめてそちらへと吸い寄せられる。

瞬間《しゅんかん》、ぎょっとなった。馬上にあってレオを睥睨《へいげい》しているのは見慣れない男だった。軽甲冑に剣という出《い》で立《た》ちは想像したとおり。身体つきはがっしりとしていて大きい。皮膚《ひふ》は陽焼《ひや》けして浅黒く、まるで風雨にさらされたなめし革《がわ》のような印象がある。長いこと剃刀《かみそり》を顔に当てていないのか髭《ひげ》だらけで、目はぎょろりとして大きかった。

2

兵というより、これは山賊《さんぞく》だ。

まさか、と一瞬レオは思った。この辺りはアリオンに切り取られたばかりの領地とはいえ、だからこそクロード将軍は一帯をもらい受けた直後、平定《へいてい》のためにいそがしく駆《か》けずりまわったという。山深い土地であるゆえ、山賊、夜盗《やとう》の類《たぐい》がまぎれ込むことも多かったが、クロードは彼らに嫌《いや》というほど剣と鉛弾《なまりだま》の感触《かんしょく》を味わわせた。そんな武勇伝の数多くはほかならぬアングラット家で耳にしたものだ。

そのアングラット家のお膝元《ひざもと》ともいえるこの地で山賊に出会うはずは――、と心身が痺《しび》れたような面持《おもも》ちで馬上の男を眺《なが》めていると、

「口が利《き》けぬか、小僧《こぞう》」出《だ》し抜《ぬ》けに男はいい放った。「こちらは人を捜《さが》しておる。レオ・アッ

ティールという高貴なお方だ。いますぐアングラットの館《やかた》へ連れ戻《もど》す重要な任を帯びているのだが、小僧《こぞう》、心当たりはないか」

「ぼ、ぼく。ぼくが、レオ・アッティールです」

レオは応《こた》えていた。ここで素知らぬ顔をすることもできたのに、男から放たれる野生じみた気迫《きはく》に呑《の》まれたかのようだった。すると、

「おお、左様であったか。これは無礼を働いた。おれが来たからにはもう安心だ。こちらへ」

馬から飛び降りながら男は相好《そうごう》を崩《くず》した。山賊《さんぞく》まがいの容貌《ようぼう》が一転し、実に人懐《ひとなつ》こい笑顔《えがお》になる。釣《つ》られるようにしてレオは立ちあがり、彼の助けを得て鞍《くら》へと這《は》いあがった。

男自身もふたたび鐙《あぶみ》に足をかける。レオは彼の腰《こし》にしがみつく格好となった。

「ではいくぞ」

見かけからはとてもそうは思えないが、やはり彼はアングラット家の抱《かか》える兵なのだろう。辺りの地形も知りつくしていると見えて、迷いのない手綱《たづな》さばきで馬を進めていく。

しばし無言。川のせせらぎが聞こえてきたころになって、

「しかし肝《きも》が据《す》わっておられるな」男はまた出《だ》し抜《ぬ》けに口を利《き》いた。「この時期、この山にて、子供一人で夜を明かそうとは、土地の者でも信じられぬ行為《こうい》だ」

「そうしたくて、したのじゃありません」

「ほう。その割に、おれが見つけたときも焦《あせ》っておられる様子はなかった」

「下手に歩きまわるより、じっとその場に留《とど》まっていたほうが、助けに来てくれる人たちを迷わせずに済むと思ったのです」

「なるほど、さすがはアッティール公家のご子息《しそく》。……といいたいが、おれの見立てでは、ちがうな。空を仰《あお》いで微笑《ほほえ》んでいたそなたは、まるで殉教《じゅんきょう》の旅においてようやく聖地を見つけた僧侶《そうりょ》のようであったよ。そなた、死ぬつもりであったか」

レオは黙《だま》りこくった。ややあってから、山賊めいた男は質問を変えた。

「おれなど、どれほど歳《とし》を喰《く》おうと、いかなる戦地を経験しようと、死ぬのが怖《こわ》くなるばかりだよ。そなたはどうだ、死が恐ろしくはないのか」

「恐ろしくなどありません」

周囲が翳《かげ》った。辺りは木々が密集しているため、夕暮れの光も届かない。右手側《がわ》から聞こえる川の音が大きくなってきた。男は軽く鼻を鳴らした。

「戦場においてならその言葉も頼《たの》もしく聞こえようが。しかしここは異国の山中。アトールの公子ともあろうお方が、山の獣《けもの》に喰われる、もしくは置き去りにされたまま凍《こご》え死にしたのでは、さぞ大勢の者どもが嘆《なげ》き悲しもう」

「ぼくが死んで、誰《だれ》が悲しむというのです」レオは馬上で小さく笑った。「ぼくには兄がおります。そして——弟も」

レオは『弟』と口にするときいったん笑うのをやめたが、またすぐに忍《しの》び笑《わら》いをして、

「両親も、公王家の存続を願う人たちも、だからぼく一人が死んだところで悲しみはしないでしょう。ぼくにはアッティールの姓《せい》さえ意味をなさない。それは、ぼく個人の死など、その他《ほか》の人々にとってなんの意味もないのと同じことです」

瞬間《しゅんかん》、馬が棹立《さおだ》ちになった。男が突然《とつぜん》手綱《たづな》を引き絞《しぼ》ったのだ。さらには男が腰《こし》をひねったために、摑《つか》んでいたレオの手がするりと抜《ぬ》けて、背中から落馬してしまった。激痛に声もない。今度こそ山賊の類《たぐい》があらわれて、それで男が臨戦態勢を取ったのかとも思ったが、

「ならば死ね」

と彼は呻《うめ》いているレオめがけていった。

「おれがわざわざ山にわけ入って来たのは、アッティール家の公子をお救いするためだ。姓もなく、命さえ捨てた小僧《こぞう》のためなどではないわ。そんな小僧のために、誰《だれ》が危険をおかしてまで捜索《そうさく》しようなどとするものか。死にたいのならどこへなりといって死ぬがいい」

「なん、だと」

レオの頭に火の塊《かたまり》が落ちたようだった。いくら人質の身とはいえ、このような扱《あつか》いを受けるいわれなどない。レオは背中の痛みも忘れて、涙《なみだ》がうっすらにじんだ目で男をにらみあげた。

と、男は馬の脇腹《わきばら》に蹴《け》りをくれた。走り出す。

「ま、待てっ」

レオは遠ざかる馬の尻《しり》を追いかけた。頭に宿った火のごとき熱が、本人にも理解できないほ

どに激しい感情を次から次へ生み落としつづけている。

「死ね、だと。ぼくはアトール公子だぞ。おまえに命じられる覚えなんてない。戻《もど》ってこい！」

「その名に意味などない、とそなた自身がいったのだ。おれも、命を捨てた死人に命令される立場ではないわい」

待て、と何度も繰《く》りかえしてレオがあとを追う。男は時折馬を止めては、「おれを追いかけてどうなさる？　無礼討《う》ちされるおつもりか」だの、「愉快《ゆかい》愉快。死人が大口を開けて追ってくるわ」だのといいながら笑う。その都度《つど》、レオは顔を真っ赤にして、息を喘《あえ》がせながらも速度をあげて、なんとか馬の尻に喰《く》らいついた。

「おや」と、またも馬の足を止めさせて男が笑う。「動かぬほうがいい。いま左の茂《しげ》みが動いたぞ。血肉に飢《う》えた獣《けもの》が、牙《きば》と爪《つめ》を光らせてそなたの命を狙《ねら》っておる」

レオもはっと息を呑《の》んで、身動きを止めた。男が口にしたとおり、左手の茂みがかさかさと音を立てて蠢《うごめ》いた。

風のせいだ、とは思うものの確証がない。男は馬上で剣《けん》を引き抜いて、

「名もなき小僧。このおれがご助勢つかまつろうか」

「必要ない」レオは左手に注意を払《はら》いながらもそろそろと進む。「け、剣を貸せ。ぼくがこの手でやっつけてやる」

「命など惜《お》しくないといったばかりだというのに、おかしな小僧だ。どのみちおれの武器はお

まえには扱《あつか》えないよ。雄々《おお》しく死んでみせるがいい」

男は剣《けん》を腰《こし》に戻《もど》すと、ふたたび馬を駆《か》けさせた。レオはあわてた。走って獣《けもの》の気を引くのも怖《こわ》いが、この場に留《とど》まっているのはもっと恐《おそ》ろしい。だから駆け出した。つまるところ、この時点でレオも悟《さと》っていた。

「待て、待て待てっ」

などと叫《さけ》んで、いかにも怒《いか》りに燃えて男を追いかけているように見せかけながら、実際のレオはこの闇《やみ》のなか、一人ぼっちになることをこの上もなく恐れていた。

陽《ひ》が沈《しず》む直前、空を仰《あお》いで、「死のうか」などと思っていたのは、結局のところ、いつかは陽だまりのなかにぬくぬくとあたたまっている自分を想定した上での戯言《たわごと》に過ぎない。

レオはひた走った。いつしか涙《なみだ》がこぼれていた。もはや「待て」ともいわない。息をするのに必死で、声も発せられないのだ。男の背中が次第《しだい》次第に遠ざかっていく。かろうじて人の形に見えていた影《かげ》がやがては闇に呑《の》まれる。耳に届く馬の足音も遠い。レオは手足を力いっぱい動かした。すると闇の向こうから赤々とした光の列が見えてきた。その光に照らされるようにして人馬の影がふたたび浮きあがってくる。レオは最後の力を振《ふ》り絞《しぼ》って駆けた。

そこは、山の麓《ふもと》だった。男はすでに馬足を止めている。レオはその尻にすがりつくような格好で膝《ひざ》をついた。

赤々とした光の正体もわかった。火を掲《かか》げた人々の群れである。アングラット家に仕えている兵やら下男下女、さらには城下の人々や近隣《きんりん》の百姓《ひやくしよう》まで駆り出されてか、大勢の男女が火を掲げて山の裾野《すその》をうろついていた。

するとそのなかの一人が、騎馬《きば》に気づいて、大急ぎで駆け寄ってきた。

「クロードさま！」

「おうさ」

馬上の男がその呼びかけに応じて手を振った。息も絶え絶えだったレオがはっとなるのをよそに、

「アトールの公子はここにおられる」

と、レオを指して高らかにいう。おお、と地鳴りのような声を発して、人々が集まってきた。

「将軍、お戻りになられたばかりだというのに、お手をわずらわせましたな」

「なんの、そのほうらもご苦労。あとで家の者にいって酒樽《さかだる》を出させよう。昼間、息子《むすこ》たちが狩《か》りにいって獲物《えもの》をしとめてきたようなのでな。それを火であぶって皆《みな》で頂くとするか。なあ、ウォルター、ジャック？」

突然《とつぜん》男が大声をあげると、寄り集まっていた火の一角がびくりと揺《ゆ》れ動いた。人々にまぎれて潜《ひそ》んでいたウォルターが一歩進み出てきて、

「も、申しわけありません、父上」早口でいった。「その、狩りにいきはしたのですが……獲物は一匹《びき》もしとめられず」

「その割に、意気揚々《ようよう》と引きあげてきたと下の者がいっていたがな」

「いえ、それは……あの、面目次第《しだい》も……」

「よい。城を引っ掻《か》きまわせば適当なつまみがあろう。なにもないとあってはアングラット家の名折れなのでな。とはいえ人数が多いなあ」

男はそういって人々を笑わせた。

レオは、呆然《ぼうぜん》とその笑顔《えがお》を見あげている。一時は山賊《さんぞく》にすら見えた男が、「クロードさま」と呼ばれた。いうまでもない、クロード・アングラットのことであろう。すなわち、レオの身《み》柄《がら》を預かったこの地の領主であり、いわずもがな、ウォルターやジャック、フロリーの父親である。

そのクロード、ひらりと身軽な様子で馬から飛び降りた。

大きな手をレオの肩《かた》にまわしてくる。抗《あらが》えずにいるうち、クロードは身を屈《かが》めると、

「そなた、姓《せい》は捨てたといったな」ブーツの紐《ひも》を結びなおす振りをしながら囁《ささや》きかけてくる。

「どうせ人間、生まれついての名も姓も他人からの授《さず》かりものだ。生かすも捨てるも人の自由であろうが、そなたにはまだまだ早い。アッティールの姓に匹敵《ひってき》する以上の力がまだ備わっていないからだ」

早口でつづける。

「おれにはもともと名がなかった。いや、あるにはあったが誰《だれ》も知らぬのでは名なしも同然だ。

だからこの手で名をあげ、存在を証明してきた。それに比べれば、アッティールの姓、捨てるにも朽《く》ちさせておくにもいささかもったいない。しばし、それに匹敵するほどの力を蓄《たくわ》えるまでのあいだ、そなたの心の棚《たな》に預けてみんか」

それだけをいうと、あとはすっくと背を伸《の》ばし、下人《げにん》が馬の轡《くつわ》を取ろうとするのを断って、手ずから馬を引いて歩いていった。

レオのほうにもすぐさま人が寄ってきて、毛布で身体《からだ》をくるんでくれた。涙《なみだ》が出るほどにあたたかい。

人々が掲《かか》げる火の列に先導されて、レオも歩いた。あの、草っぱらで見あげた宵《よい》の空から一歩ごとに遠ざかる思いがした。身も心も溶《と》けるようだったあの一瞬《いっしゅん》からも。しかしだからこそレオ・アッティールはいま野の風にも凍《こご》えず、火に守られているのだった。

3

クロード・アングラットが近隣《きんりん》の人々から慕《した》われているのは、山の一件を見てもあきらかであった。アリオンが手中にしたばかりの領地だというのに、意外にも思われるが、もともと山深く、複数の国境が入り組んでいたこの地には、無法者どもが群れをなしてやってくることが多く、村々が荒《あ》らされることもしばしばだった。領地を与《あた》えられたばかりの時期、クロードは自ら率先《そっせん》して馬を走らせ、兵を指揮して、無法者の根城《ねじろ》一つ一つを叩《たた》き潰《つぶ》した。さらには、村々に連絡《れんらく》用の早馬《はやうま》と兵を置いて、事あらば、城からすぐさま援軍《えんぐん》を派遣《はけん》できるよう、道も整備させた。この土木作業には領民を数多く用いて、彼らにわずかばかりではあるが給金も出したので、農閑《のうかん》期の民《たみ》に——家畜《かちく》や放牧地を持たない寒村の民には特に——喜ばれた。

レオはよく、ウォルター、ジャックの兄弟から、

「おれも父上とともに馬を駆《か》って、山賊《さんぞく》どもをばったばったと槍《やり》で突《つ》き伏《ふ》せたんだ」

という意味のほら話も含《ふく》めて、父親のことを自慢《じまん》された。

その、クロード・アングラットに夜の山中で拾われてから。

レオ・アッティールの様子も次第《しだい》に変わってきた。

まず、学問に打ち込んだ。もともとアトールにいたときから学ぶことは嫌《きら》いではなかった。彼には二つ歳上《としうえ》の、実の兄ブラントンがいる。その兄ブラントンも学問好きで有名で、レオにはいい目標になった。兄が十歳で読破したという書物に七歳で取りかかり、兄が十三のときに独自解釈《かいしゃく》を発表して話題を呼んだ古い文献《ぶんけん》を何度も読み込んで、十歳のときに兄とはまた異なる解釈をもって論文を書いた。誰《だれ》にも見せることのない、つまり誰からも評価されない、ただの自己満足に過ぎなかったが、もともと彼には学問に対する並々ならぬ熱情があったのだ。

それを取り戻《もど》した。彼は授業中誰よりも積極的に発言して、誰よりも的確な答えを口にし、そして僧《そう》から出された課題ことごとくに、他《ほか》の者が思いつかぬ視点から論文を書いた。

教育係の僧はいたく感激して、

「いまからでもアリオンの大学機関に推薦《すいせん》できる」

とお世辞を口にするほどだった。

面白《おもしろ》くないのはウォルターとジャックだ。山での一件があって以来、しばらくは大人しくしていた兄弟だったが、レオが目立ってくると、その芽を潰そうとふたたび反抗心《はんこう》を燃え立たせた。ただし近頃《ちかごろ》は父のクロードも領地に留《とど》まっていることが多かったので、あまりおおっぴらにレオをいじめることはできない。

そうなると、彼らが唯一《ゆいいつ》力を振《ふ》るえるのは、武芸の鍛錬《たんれん》のときだ。兄弟は以前よりもなお激しくレオに当たった。学問はともかく、腕力《わんりょく》や体格の面となると、少しやる気が出たくらいでその差を覆《くつがえ》せるものではない。

さらにいえば、レオはアトールにいたときより武芸全般《ぜんぱん》を苦手としてきた。身体《からだ》の線が細く、筋力も弱い。これればかりは、兄どころか、同年代の少年たち相手にだって太刀《たち》打ちできなかったくらいなので、自分でも、

(向いていない)

と齢《よわい》十一にして思い知っている。

自然、ウォルターとジャックもやたらと組み手の相手にレオを指名したがった。

アリオンにはカバットという独自の格闘《かくとう》競技がある。円形の競技場で、双方《そうほう》とも上半身裸《はだか》で

組みあう。相手を円の外へ押し出すか、相手の背中を地面に押しつければ勝ちとなる。首の下ならば、金的《きんてき》以外への突《つ》きや蹴《け》りも認められていた。アリオンでは大規模な大会が催《もよお》されることもある人気競技であり、組み手の鍛錬《たんれん》にもよく用いられていた。

力自慢《じまん》のウォルターはやすやすとレオを投げ飛ばした。兄に比べるといささか非力な印象のジャックも、教官の見えないところでこっそり肩《かた》や肘《ひじ》をレオの顔にぶつけてくる。

ところが。

レオは武芸にも本気になった。勝てないからといって、最初からあきらめはしなかった。投げ捨てられても、鼻や口から出血しても、土を蹴りざまに何度も立ち向かった。

勢いは時に勝機を生む。少なくとも、端《はな》からあきらめているときよりはレオも勝ち星を拾えるようになった。せいぜいが十本挑《いど》んで一本勝てるていどだったが、これがつづくと、アングラット家の兄弟もやすやすとレオを指名できなくなった。いままで簡単にあしらい、散々に小《こ》馬鹿《ばか》にしてきた手前、万が一にでも負けるのが恥《は》ずかしくなったからだ。人前で敗北を喫《きっ》するのが恐《おそ》ろしくもなって、ついには、

「レオとはやりたくない」

「あいつのカバットは乱暴なんだ」

などと不機嫌《ふきげん》な顔でこぼすようになった。

――このように、文武ともに励《はげ》みつづけたレオ・アッティールだったが、だからといってそれは、アトール公国公子としての自覚が芽生えただの、アリオンの文武を吸収していつかは一矢報《いっしむく》いてやろうという気概《きがい》のあらわれだの、といったことではない。

事実はむしろまったくの逆だ。あの夜、

「アッティールの姓《せい》を心に預けてみろ」

クロードからそう投げかけられた言葉は、レオにとっては衝撃《しょうげき》的だった。

それは、自分がアッティール以外の人生を歩む可能性とてある、ということをも意味している。アッティールでなくなるとは、つまり、一人、夜の山中に放《ほう》り込まれたとき、大勢の掲《かか》げる火でもって迎《むか》えられ、毛布でくるんでもらえる存在ではなくなるということだ。火も毛布も、自力で手に入れるしかない。

いまの自分には到底《とうてい》不可能だとレオは痛感している。すなわち、

(姓を失ったとき、ぼくは死ぬ)

とてつもなく恐《おそ》ろしい考えであるのと同時に、レオにとって、とてつもなく心地《ここち》のよい考えでもあった。命を野っぱらに捨て去る覚悟《かくご》さえ決めれば、いつでも広々とした地平に身を躍《おど》らせることもできるのだと、そう思いいたったとき、レオ・アッティールは涙《なみだ》ぐみたいほどの気持ちになった。山中ではじめて「死」を自覚したときと同等だ。

だから、レオは、日々の修練に励んだ。夢中にさえなった。アッティール以外の人生を思う

とき、彼は夢の世界に遊ぶ心地《ここち》になっていた。学問に励《はげ》んでいるときは、多数の書物と学友に囲まれている未来の自分を想像し、武芸に励んでいるときは、ただ一本の槍《やり》をかい込んで戦地に立つ一兵卒《いっぺいそつ》の自分を想像した。

が――、必ずといっていいほど、その瞬間《しゅんかん》、幸せな想像を阻害《そがい》する感情が、胸のなか、特定の場所にあらわれた。黒いよどみにも似たその感情は、レオがアトール公国を発《た》つ寸前のとある記憶《きおく》と直結していた。ようやく四肢《しし》に巡《めぐ》りかけた血の熱さが、一気に凝結《ぎょうけつ》するほどの寒々しさを感じた。レオは、意識してその感情を心身の外へと追いやった。これはこれで、身体《からだ》を鍛《きた》えあげたり、小さな文字の羅列《られつ》を目で追ったりする以上の苦労と努力が――すなわち、それ専用の鍛錬《たんれん》が――必要となった。

どのような種類のものであれ、日々の鍛錬がまったくの効果をあげぬということはない。レオは次第《しだい》次第に、そのよどみを追いやる術《すべ》にも長《た》けていった。より、文武の修練に励むことができるようになった。ただし、そのよどみは完全に消えることもなかった。意識をして、つまりは無理をしてレオから切り離《はな》されたその感情は、月日を追うごとにいつしか目鼻立ちや独自の手足をもそなえて、もう一人のレオ・アッティールの姿を形成すると、遠くから感情のない瞳《ひとみ》でじっと自分を見つめているような気がした。

（わかっているだろう）

そいつは、音をともなわない声で囁《ささや》きつづけていた。

（わかっている、わかっているとも、レオ・アッティール。おまえにはわかっている——）

4

年月が経《た》った。

レオは十七歳になった。

アトール公国から人質として預けられること、実に六年。時折、様子を見るためにアトールから使者が訪ねてくることはあったが、帰国の許しは出なかった。

ここ数年で、武力をもって領土を急速に拡張《かくちょう》したアリオンだった。レオが人質となるきっかけとなった争いも、現アリオン王がにわかに見せた覇権《はけん》への野心にもとづくものだ。しかしそのため、支配地域においてもたびたび騒乱《そうらん》が起こった。ただちに軍勢を派遣《はけん》して火消しをしても、すぐにまた残党勢力が結びつきあって小さな火種《ひだね》をあちこちにまき散らす。

たとえば年始の祝賀の際や、いっとき父の公王が病気に臥《ふ》せっていると知らされたときなど、一時的にでもレオが帰国を許されなかったのは、アトールのような小勢力であっても警戒《けいかい》せざるを得なかったアリオンの現状がある。

さらには、ここへ来て新たな火種が生じつつあった。

レオたちとも無関係ではない。長いことアングラット家の子息《しそく》らの教育係をつとめていたコンスコン寺院の僧侶《そうりょ》が、突如《とつじょ》として館《やかた》に訪《おとず》れなくなった。

（アリオンと寺院との関係が悪化しているらしい）

ということは、人々の交《か》わす噂《うわさ》でレオも聞き知っていた。

しかしそれが、運命の大きな変容をわが身にもたらすことになろうとは、思いもよらぬレオである。


アングラット家の兄弟は昨夜から浮《うわ》ついていた。

都から『船』がやってくるというので、その見物にいく予定なのだ。兄のウォルターは二十二、弟のジャックも二十歳《はたち》になっている。見た目ばかりはぐんと大人びたが、気性からは子供っぽさが抜《ぬ》け切らない。翌日、

「お兄さまたちったら、夜も明けきらないうちから滝《たき》に出かけたみたいです」フロリーがあきれ返った様子でレオにそう告げた。「どうせ見物人がわんさか押し寄せてくるから、いい場所を早いうちに取っておくんですって。先生がいらっしゃらなくなられたからといって、羽目を外しすぎだと思いません？」

そうはいうものの、フロリーも気をそそられていたらしい、朝食後、

「レオ兄さまもいっしょに参りませんか」

と、『船』見物に誘《さそ》ってきた。

先日来訪したアトールの使者がレオのために書物を何冊《さつ》か持ってきてくれていたので、それを一気に読んでしまいたかったのだが、息を弾《はず》ませるフロリーの様子を見ては断りきれなかった。

十日ほど前、フロリーの可愛《かわい》がっていた馬が足を折ってしまい、殺処分《さつしょぶん》されたばかりだった。フロリー自身に乗馬の習慣はないが、もともと動物の世話をするのが大変好きであり、特にその牝馬《めすうま》のことをフロリーは『姫《ひめ》』と呼んで、生まれたときからずっと世話を引き受けていたのだ。フロリーは決して人前では泣こうとしなかった。しかし朝を迎《むか》えるたび大きな目が赤く腫《は》れていた。そんな目をしながらも、家族の前では元気をよそおって微笑《ほほえ》むフロリーを見てきたレオだ。少しでも彼女の気が晴れるなら、とつきあう気になった。

「見て、レオ兄さま。凄《すご》い人！」

滝を正面から見ることのできる丘《おか》には、フロリーのいうとおり人だかりができていた。城下町だけでなく、近隣《きんりん》の村々からも集まっているのだろう。

かつては国境線ともいわれたバーレー川が勢いよく流れくだり、その周辺に小さな湖が形成されている。滝の音もあって、辺りはすでに相当騒《さわ》がしい。兄弟もこの人だかりのなかにまぎれているのだろう。

レオとフロリーはその最後尾《さいこうび》からもやや距離《きょり》を置いて、滝を見おろせる坂道の上に並んで立っていた。

湖に即製《そくせい》の桟橋《さんばし》がかけてあるのが見える。大勢の人がごったがえすなかにあって、そこばかりはぽっかりと人が絶えていた。その代わり、槍《やり》や銃《じゅう》を手にした兵たちが桟橋の左右を固めている。城主のクロード・アングラットが直接『船』からの使者を出迎《でむか》えるためである。

「ほら、あそこにお父上がいらっしゃる」

「どこ？　レオ兄さま」

フロリーが背伸《せの》びしたり、ぴょんと飛びあがったりしているが、人があまりに多いので目にすることができないらしい。レオは薄《うす》く笑った。

「おんぶしてあげようか」

「知らないっ」

フロリーは膨《ふく》れっ面《つら》になった。

十七歳になったレオは背丈《せたけ》がずいぶんと伸びて、アングラット家次兄のジャックをすでに追い抜《ぬ》いている。ただし横幅《よこはば》の成長が追いついていないため、見た目にはひょろりとして、弱々しい印象を与《あた》えた。滝のほうから吹《ふ》きつけてくる風に飛ばされてしまうのではないかというほどだが、連日激しい鍛錬《たんれん》を課している身であるから、見かけよりも足腰《あしこし》はずっとしっかりしていた。

とはいっても、幼年時代から女の子にまちがえられるほどだった繊細《せんさい》な顔のつくりはそのままであり、たとえ腰に護身用の剣《けん》を差したところで、とても武人らしい姿には見えない。

風になぶられて揺《ゆ》れる栗《くり》色の髪《かみ》が長かった。アリオンの都周辺はともかく、この地方にも、そしてアトールの男性社会にも髪を長くする習慣はないから、これまではますます女性めいて見えてしまう、と何度か切ろうとしたのだが、

「まあ、もったいない」とフロリーに必ず止められた。「この柔《やわ》らかで繊細な髪質、都の女性たちとて羨《うらや》ましがるでしょう。毎朝の手入れが億劫《おっくう》なようなら、このフロリーが兄さまに代わっていたしますゆえ」

その宣言どおり、フロリーは毎朝張りきった。逃《に》げ隠《かく》れする『レオ兄さま』を引きずってでも鏡台の前に連れていき、丹念《たんねん》にくしけずる。必要なようなら時折ハサミも入れて、そしてその時々の気分次第《しだい》でいろいろな形に編み込んだ。

クロード・アングラットはその出自が狩人《かりうど》であったという話だが、妻のエレンはそれなりに由緒《ゆいしょ》ある商家の出である。また、家族のなかでは唯一《ゆいいつ》バーダイン教徒であった。娘《むすめ》のそんな姿を見とがめて、

「フロリー、輿入《こしい》れ前の女性が、みだりに男性の身体《からだ》に触《ふ》れるものではありませんよ」

注意の声をあげるものの、普段《ふだん》、年ごろの娘《むすめ》にしては珍《めずら》しいほど父母に従順なフロリーが、ことレオのこととなると意固地になる。滝《たき》からの風に揺れるレオの長い三つ編みも、今朝、出かけるまで時間がないというのにフロリーがてきぱきと編み込んだものだ。

レオがこのアリオンへやってきたとき十を数えるばかりだった女の子は、いまや十六になる

日も近い。「新しいお兄さま」とはじめて会ったときからレオをそう呼び、にこにこと無邪気《むじゃき》に迎《むか》え入れていた子も、こうして外へ出かけるたび、すれちがう老若男女《ろうにゃくなんにょ》が思わず足を止めて、

(やあ、お館《やかた》さまのご息女《そくじょ》だ)

微笑《ほほえ》みとともに見入ってしまうほど、美しい娘《むすめ》へと成長していた。

こうしているいまも、ちらちらと人目が送られている。生来、人の目にさらされることが苦手なレオにしても、なんとはなしに誇《ほこ》らしい気分になった。

「フロリー、寒くはないか」

「いいえ、平気です。レオ兄さま……あっ」

フロリーが高く声をあげて、空の一点を指した。集まった人々も揃《そろ》って同じ位置を見あげ、同じく指差しながら大声をあげている。目当ての『船』がついにあらわれたのだ。この『船』、川を下ってきたのではない。レオやフロリーをはじめ、人々がてのひらで庇《ひさし》をつくって見あげているように、それは空から舞《ま》い降りてきた。

竜石船《りゅうせきせん》——俗に、飛空船《ひくうせん》などと呼ばれる。

魔道《まどう》王朝の遺産である魔素《エーテル》を噴出《ふんしゅつ》し、地磁気《ちじき》と反発作用を起こすことで浮力を得ている船で、その通り名どおりに空を舞う。古来、一人乗り用の小型飛空艇《てい》などは、伝令用や物見用に戦場で広く用いられてきたが、いま空にあらわれた船は、反《そ》り返った舳先《へさき》からエンジンを有する最《さい》後尾《こうび》までの全長が二十メートル以上。

飛空船《ひくうせん》に関する技術はここ数年で格段に飛躍《ひやく》を遂《と》げたといわれ、こうして十数名ほどの人間を乗せて空を航行することのできる船が大陸各国で建造されている。

アトールの公子であるレオも大型船を目の当《ま》たり《あ》にするのははじめてのことであり、ましてや田舎《いなか》と呼んでも差しつかえのないこの地方の人間などは、飛空船そのものを目にするのもはじめてであろう。年齢《ねんれい》を問わずして人々は大きな喝采《かっさい》を送ってこの船を迎《むか》えた。

アリオンが領地にして日も浅いこの地区には飛空船専用の発着場がない。そこでクロードは都から飛空船来訪の知らせを受けたとき、このバーレー川の湖を利用することを打診《だしん》した。船は、見物客が焦《じ》れるような速度で降下。それでも派手に水しぶきをあげつつ、着水に成功した。

歓声《かんせい》が降り注ぐなか、船の内部から小型の飛空艇《てい》があらわれた。人が立って操作する類《たぐい》のもので、外装もほとんどなく、座席に直接エンジンがついているような質素さだ。ただし貴人が短い距離《きょり》を移動するためのものであるから、これも人々にとっては珍奇《ちんき》なものである。

こうして飛空艇で桟橋《さんばし》に降り立ったのが、今回、クロードが迎《むか》えた客人らしかった。遠目にも若い。まだ三十にはなっていないだろう。しかし自ら出迎えたクロードは丁重な態度で接している。

聞けば、都のほど近くにわずかな領地を持ち、兵を指揮する将軍の地位も同時に得ている人物らしい。名は、ヘイデン・スウィフト。今回、関係の悪化しつつあるコンスコン寺院との調停役に選ばれた貴族なのだという。そのため、いったんこのクロードの城に逗留《とうりゅう》することとなった。

レオは目を細めてこの人物をよりよく観察しようとしたが、

「わたし、あの方の前で歌をご披露《ひろう》しなければならないんです」

フロリーがいった。今夜開かれる歓迎《かんげい》の席において、父親にどうしても「歌ってほしい」と頼《たの》まれたらしかった。

「それはいい」

レオは笑顔《えがお》でうなずいた。が、フロリーはまたも膨《ふく》れっ面《つら》になる。

「いいことなんか、これっぽっちもありはしませんわ」

「どうして。フロリーの歌は聞く人を幸せにしてくれる。ヘイデンさまもきっとお喜びになられるだろう」

「レオ兄さままでそんなことといって、フロリーに意地悪するのだから」フロリーは恨《うら》めしげにレオをにらんだ。「あの方は王家に遠からぬ血筋と聞きました。王宮には専属の楽団や歌手の方がいっぱいいらっしゃるのよ。いまの国王さまはことのほか音楽がお好きで、アリオン本国はもちろん、噂《うわさ》を聞けば外国からも招き寄せられるのだとか。そんな名だたる方々の歌声と比べられるフロリーを哀《あわ》れんでくださいませ。きっと、なんて貧相でちっぽけな歌声だろうと失笑されるに決まっています」

見た目ばかりは娘《むすめ》らしくなったフロリーだが、すねる姿は子供のころと変わらない。

「フロリーはフロリーらしく堂々と歌いあげればいい。変なところに気をまわしすぎると、萎《い》縮《しゅく》して、実力の半分も発揮できなくなるよ」

レオはなだめすかした。

その夜。

ヘイデン・スウィフト歓迎《かんげい》の宴《うたげ》には、クロード将軍やその息子《むすこ》たちとともに、レオも同席した。ちなみに、ヘイデン自身は供の者を一人も宴には連れてこなかった。

近くで目の当《ま》たりにするヘイデン・スウィフトは、まるで老人のようだった。

見た目の話ではない。むしろ姿かたちはさぞアリオンの宮廷《きゅうてい》女たちを騒《さわ》がしているだろうというほど、いかにも貴公子然としている。

ただ、その雰囲気《ふんいき》が暗かった。口数は少なく、クロードがあれこれと話をしても、いっこうに興が乗った素《そ》振りを見せない。無表情、無感動の極《きわ》みで、これが実際の若さにも似ず、なにやら老成したような雰囲気をかもしている。

それが、妙《みょう》にレオの関心をそそった。反感なのか、あるいはまったく逆に好意なのか、自分でもわからない。クロードの息子二人はというと、ヘイデンの態度がなりあがりの父親を見くだしているように感じたのだろう、最初から反感を抱《いだ》いたようだったが、相手が相手なのでさすがになにもいえず、むっつりと食事をつづけている。

そして一杯《いっぱい》、二杯と酒が進むうち、ヘイデンの目もとに垢《あか》のようにこびりついていた暗さがより増してきた。悪いことに、彼はその段になってレオの存在に関心を抱いた。

「アトールの公子どの。ここアリオンにいらして、どれほどにおなりか」

注目されたことにどきりとなりながら、レオは咳払《せきばら》いを一つして答えた。

「六年と少しになります」

「六年。――長いな」ヘイデンは芝居《しばい》がかった様子で、レオの過ごした六年を味わうみたいにいったん目を閉じたのち、「わたしではとても耐《た》えられぬ。さぞおつらかったであろう」

「いえ。アングラット家の方々によくしていただいておりますので、つらいとまでは……」

「いやしくも公王家に生まれついた方が、故国や家族から力ずくで切り離《はな》され、虜囚《りょしゅう》まがいの扱《あつか》いを受けようとは。わたしでは耐えられぬ。いや、わたしではない、わたしの身体《からだ》に脈々と流れる歴史の大河、その血筋が決してこのような恥辱《ちじょく》を許しはしないだろう」

「恥辱。恥辱などと、わたしは」

「なぜ討《う》ち死《じ》にせなんだ？」

突然《とつぜん》斬《き》りつけられ、それこそ束《つか》の間《ま》の死を迎《むか》えたかのように、レオは息一つできなくなった。

ややあってから、

「どういう……、どういう意味で仰《おお》せです」

「アトールとシャザーンは申しあわせてアリオンの領内に火をかけようとした。それがたとえあと先考えぬ、物事を見る目のない蛮人《ばんじん》の愚行《ぐこう》であると後世から処断されようとも、行動を起こしたからには、アトールとシャザーンにはそれなりに考えも意気込みもあったのであろう。

当然、覚悟《かくご》もだ」

「スウィフトどの」

クロードがあいだに割って入ろうとするのだが、端《はな》からヘイデンは他人の声など耳に入っていない様子だ。

レオを注視しつづけている。その視線は、まるで、どろどろと渦《うず》を巻く黒雲の向こうから白く瞬《またた》く稲光《いなびかり》のようだった。

「敵の首を刎《は》ねるか、おのが首を刎ねられるか。——その覚悟がなければ貴人は剣《けん》を手にしてはならぬのだよ。それが、旗色が悪くなると見るや、アトールはあっさり和睦《わぼく》の使者をよこしてきた。そのおこないにも、言葉にも、いや気息一つにいたるまで、重みというものがまったくない。そうさな、はした金で足を開く商売女も同然の軽さだ」

レオが激しい勢いで席を立った。

この少年には珍《めずら》しく、顔が憤怒《ふんぬ》の感情に張り裂《さ》けそうだ。クロードの息子《むすこ》二人が、レオの顔を見て揃《そろ》って息を呑《の》んだほどだった。

クロードも席を立ちかけた。いかに王族に近しい人間とはいえ、さすがにいまの言葉は度を越《こ》している。一方、ヘイデン・スウィフトは少年の怒《いか》りをつまみにするかのごとく、彼の顔を

見据《す》えながら酒杯《しゅはい》を傾《かたむ》けた。

「なにを怒《おこ》ることがある？　これまでの六年、貴公は虜囚《りょしゅう》の辱《はずかし》めに耐《た》えてこられたのだろう。いま、わたしが口にしたことなど、周囲の人間すべてが無言のうちに胸に抱《いだ》いていた言葉そのものだ。それに気づいていなかったともいわせぬ」

「取り消していただく」

レオは、自分が発する声が、身体《からだ》を通してではなく、まるで頭のてっぺんから鳴りひびくように聞こえた。それに対し、

「断る」

とせせら笑ったヘイデンの顔は、血の色に染まったレオとはまったく対照的に、血の気が引いて青ざめている。

レオがヘイデンのもとへ足を運ぼうとした。なにをするつもりでいるのか、自分でも定かではない。というよりも、この瞬間《しゅんかん》、レオは自身の荒《あ》れくるう感情の正体さえもはっきりとはつかめていなかった。

当然、生まれ故郷を痛罵《つうば》されて笑える者もなかなかいない。が、レオは一時はアッティールの姓《せい》を捨てることすら考えていた身なのだ。このときレオはほかの誰《だれ》にも打ち明けぬまま裏で意気込んできたこと、励《はげ》んできたこと、そのときの心地《ここち》よさすべてを否定されたような気持ちになっていた。

(おまえはアッティールなのだ、どうしようもなく)

と、例の黒いよどみが囁《ささや》いてきたかのようだ。

対するヘイデンも、半ば腰《こし》をあげて応戦の構えを見せた。クロードが双方《そうほう》のあいだに割って入ろうとしたとき、

「まあ。……いったい、なんの騒《さわ》ぎですの？」

着飾《かざ》ったフロリー・アングラットが広間に姿を見せた。

準備に手間取った、とフロリーは遅《おく》れた言い訳を口にした。

が、早くも息が乱れがちな様子や、薔薇《ばら》のように赤く染まった頰《ほお》を見るまでもなく、客人の前で歌を披露《ひろう》する踏《ふ》ん切《ぎ》りがなかなかつかなかったのだろう。ずっとつき添《そ》っていた母の手で強引《ごういん》に背を押されて、ようやく入場にいたったようだ。

ともあれ、クロード・アングラットはそんな娘《むすめ》を責めるでもなく、むしろ心底ほっとした様子で娘《むすめ》をヘイデンに引きあわせると、丁重な挨拶《あいさつ》をさせた。

ヘイデン・スウィフトも礼節をもって返した。いったんそれで毒気が抜《ぬ》けたのか、先ほどの青ざめた顔もどこへやら、けろりとした顔で、

「レオどの。いささか言葉が過ぎたようだ。わたしは酒の席での失敗をとがめられることが多い。無作法者のあきれた悪癖《あくへき》だと笑ってくださらぬか」

そうまでいう。

レオも矛《ほこ》を収めるしかない。むっつりとした顔で自分の席へ戻《もど》った。

フロリーは緊張《きんちょう》の面持《おもも》ちで一礼した。右の手で、人差し指と親指で輪っかを形づくると、それを顎《あご》の先に当てる。これは、バーダイン教徒がよくやるおまじないの一つだ。緊張を取り払《はら》う効果があるという。フロリーの母は、アリオン領内には珍《めずら》しくバーダイン教徒の多い集落で育った。夫や子供たちに戒律《かいりつ》を強制することはなく、また、彼女自身、それほど厳格な信者というわけでもなかったものの、こういったおまじないはフロリーが面白《おもしろ》がったので、母から娘《むすめ》にいくつも教えている。

歌がはじまった。精霊《せいれい》へ捧《ささ》げる感謝の歌だ。精霊信仰《しんこう》盛んなアリオンにおいては、王族貴族たちのみならず、土を耕す百姓《ひゃくしょう》にしても、獣《けもの》を狩《か》る狩人《かりうど》にしても、身の回りの暮らしに精霊が密着していると信じており、こういう歌などは、場末の飲み屋でも酔《よ》っ払《ぱら》いたちが調子っぱずれの声で歌いあげていたりする。

要するに、ありきたりな歌だ。

その後、歓迎《かんげい》の宴《うたげ》は何事もなく終了《しゅうりょう》したが、

(妙《みょう》なりゆきになった)

クロードは頭を抱《かか》える羽目になった。

まず率直《そっちょく》にいって、フロリーの歌は成功したとはいいがたかった。昔は家にやってきた当初

のレオにさえあかるく声をかけていたフロリーだったが、歳《とし》を重ねるにつれて人見知りの面が高じてきた。客人が来るとなると、自分の部屋に『籠城《ろうじょう》』して一歩も外に出たがらない、というようなことが多々あった。

そうした面を多少は矯正《きょうせい》してやらねばならない、と思うからこそ、ヘイデン歓迎の宴席《えんせき》にも娘《むすめ》を引き出したのだが、やはり緊張は隠《かく》しとおせなかった。家族の前でだと、兄二人に手拍子《てびょうし》をさせ、口笛を吹《ふ》かせながら実にのびのび歌うというのに、あの晩は、本来ふくよかな声は震《ふる》えてかすれがちになり、自由な抑揚《よくよう》も失われて、所々音も外してしまった。

フロリーも自覚があってか、歌い終えるとすぐに退室した。娘には気の毒をさせた、と思っていたクロードだが、案に相違《そうい》して、ヘイデンはこの出しものに満足した。

――どころの話ではなかった。

レオに当てこすりをいっていたときを除いて、何事にも無感動、無感情を貫《つらぬ》いていたヘイデンだったが、フロリーが懸命《けんめい》に歌いあげるその様に、目を大きくみはり、口をぽかんと開けて、熱にうなされたかの様子で見惚《みと》れた。

要するに、ひと目惚《めぼ》れをした。

ヘイデンにはすでに妻がある。由緒《ゆいしょ》正しい血筋の妻で、子も二人儲《もう》けていた。だというのに、翌日、ヘイデンはクロードの部屋を一人きりで訪ねると、打診《だしん》した。

「フロリーどのに王都の教育を受けさせてはいかがであろう」

という。

「フロリーどのの素質、才能が花開くよう、無論わたしが責任を持ってお預かりする」

側室《そくしつ》にくれ、とはいわない。が、結局は同じことだ。教育を受けさせるという名目で近くに置きながら、宮廷で名のある貴婦人の側仕《そばづか》えにでもして箔《はく》をつけさせたのち、やがては自分のものにするつもりでいる。

妙《みょう》なりゆき、とはこのことだ。

実のところ、これはクロードにとっても決して悪い話ではなかった。歴史の長いアリオンのこと、クロードのように一兵卒《いっぺいそつ》の身分からなりあがった男に対しては、自然と中央からの風当たりも強くなる。

いまは一城を預けられている身分ではあるが、その城とて国境に複数ある砦《とりで》に毛が生えたていどのものに過ぎず、当然領地から得られる恵《めぐ》みなどごくわずかなものだ。また、この領地とて、アリオンが切り取ったばかりの土地なので、情勢が落ちつくまではクロードに任せているものの、謀反《むほん》や山賊《さんぞく》の跋扈《ばっこ》などが一段落してどうやらここが国境線に定まりそうだとなれば、砦をいくつか合併《がっぺい》させて大きな領地にまとめる算段となり、クロードなどは用済みになりかねない。

アングラットという姓《せい》に関しても同じようなもので、これは城をもらい受けたとき、歴史ある名士の姓をそのまま譲《ゆず》られた格好だ。つまるところ、クロードの立場はまだまだ心もとない。

一方、ヘイデン・スウィフトは中央に近い人物である。王族の庶子《しょし》から連なる血族であるため、貴族としての名も将軍としての立場もほとんど名目上のものであるが、それでも血筋は強い。国王と個人的に親しい間柄《あいだがら》であるとも聞く。クロードのようななりあがりならなおのこと、中央とのつながりを持っていて決して損はなく、ヘイデン自身、それをほのめかした。

「クロードどののほどのご器量なれば、王都において軍の一角を束ねる地位にもつけるはず」

とまでいった。

クロードの心が揺《ゆ》れた。なりあがりのクロードには、物語めいた立身出世を夢見る稚気《ちき》がまだ残されている。中央から離《はな》れた砦の一太守《いちたいしゅ》で終わるつもりもなかった。

が――、ヘイデン。

レオを、正しくはアトールを罵倒《ばとう》した場面が記憶《きおく》に色濃《こ》い。ヘイデンに関しては、王都のほうからいくつか噂《うわさ》を耳にすることもある。アリオン現国王に近しいのは事実で、また、国王も妙にこの男が憎《にく》めないような態度を取っているとは聞くものの、なかにはよからぬ話もいくつかあった。クロードには、立身出世を夢見る稚気と同様以上に、娘《むすめ》に娘らしい幸せを願う、庶《しょ》民《みん》めいた親心もある。

「あれは親のわたしが手を焼くほどに引っ込み思案の娘。もう十六になろうかというのに、昨夜の歌でも十分おわかりのとおり、どうにも見知らぬ人間が苦手でならない。無論、申し出は飛びあがるほどに嬉《うれ》しい心持ちのするものですが、あのフロリーに華《はな》やかなりし王都の暮らしがあいますかどうか。その話はまたのちほどに」

遠まわしに断った。

ヘイデン・スウィフトは逗留《とうりゅう》の期間を延ばしてでも交渉《こうしょう》をつづけた。そのうち、クロードやヘイデン本人が洩《も》らしたわけでないにせよ、そのことに関する噂《うわさ》がレオたちの耳にも聞こえはじめていた。

「なりませんぞ、父上」

「当然、なりませぬ」

ウォルターとジャックが声を荒《あら》らげた。時折、大人しいフロリーをからかっては泣かせることもある二人の兄だが、妹への愛情には並々ならぬものがある。

当のフロリーはというと、話を聞くなり顔を真っ赤にして、それ以来ヘイデンと同席することを避《さ》けるようになった。

ヘイデンもあきれるくらいに粘《ねば》った。クロードもなるべく波風《なみかぜ》立たぬような言葉と態度を選んでいたものの、それではヘイデンの情熱に油を注ぐ一方だと思い知って、

「実は、娘《むすめ》にはすでに心に決めた者があるようで、その者と離《はな》れ離《ばな》れになってまで王都へ赴《おもむ》くことを承服するかどうか」

そんな虚偽《きょぎ》まで口にしてみせた。

それでもなかなかあきらめようとはしなかったヘイデンだが、そのうちにコンスコン寺院と

の会合の日が近づいてきたので、やむなくこの城をあとにせねばならなくなった。

出立《しゅったつ》の日。

クロード親子、そしてレオもともに見送りに立った。

バーレーの湖にはふたたび人だかりができている。今度は、船が飛びあがる様をひと目見ようというのだ。

ヘイデン・スウィフトは宴席《えんせき》のときと同様、いざとなればけろりとした表情のできる男で、如才《じょさい》ない態度で礼を述べたのち、颯爽《さっそう》とした足取りで飛空船《ひくうせん》へと乗り込んだ。

が――、
レオ・アッティールは、最後に、ヘイデンがちらりとこちらによこした視線を長いこと忘れられずにいた。

微笑《ほほえ》みこそ浮かべていたものの、そこには、隠《かく》しきれない敵意がひそんでいるように、レオには見えたからだった。

二章　コンスコン寺院の若者たち

1

コンスコン山の市場《しじょう》は活気であふれていた。多くの人出がある。パーシー・リィガンの足もとを駆《か》けまわる子供らの顔は、どこの町でも共通の無邪気《むじゃき》さを貼《は》りつけていた。

ただし、市場として正式に機能しているのはごく一部のようだ。その証拠《しょうこ》に、食べ物を扱《あつか》う店がほとんどない。聞いた話によれば、現在、麦や野菜、果物や食肉といった食料は、寺院が一括《いっかつ》して買いあげているらしい。

そのせいか、物売りの声がわずかばかり大人しい。それでもどんな規模の市にも引けを取らないくらい人でごったがえしているのは、コンスコン寺院が抱《かか》えるある種の問題によるものだった。

市の周囲には、木造や石造りの建物が並んでおり、その列に沿って道を登った先を見あげれば、コンスコン聖堂の一角が視界内に入ってくる。細い尖塔《せんとう》の頂点から、十字架《じゅうじか》が大きくそそりたっているのが見えた。

（噂《うわさ》どおりだ）

とパーシーは感じた。この山はただ僧侶《そうりよ》たちが修行《しゆぎよう》を積む聖域というのではなく、一つの都市を形成している。

それもただの都市ではない。城塞《じようさい》都市だ。

パーシーを含《ふく》む五百の兵が山に入ったのは昨夜遅《おそ》くだった。山道を登ってくる最中にいくつも山門があり、どれも例外なく銃《じゆう》や槍《やり》で武装した僧兵らによって固められていた。

いまパーシーのいる市場にも、武装した男たちの姿が数多く見られる。といっても、鎖《くさり》かたびらの上に白い僧衣をまとっている僧兵集団はともかく、あとは着崩《くず》れた姿に剣《けん》一本を腰《こし》に差しているような荒《あら》くれ者たちの姿が大半だ。コンスコン寺院が臨時に募《つの》った傭兵《ようへい》たちである。

「由緒《ゆいしよ》正しき寺院が焼かれるとあっては我慢《がまん》ならぬ」

などと義憤《ぎふん》を抱《いだ》いてやってきた信者などはそのうち一割にもなるまい。大半が、日々の労働に嫌気《いやけ》が差して農村から飛び出したような輩《やから》か、食い詰《つ》めた夜盗《やとう》、山賊《さんぞく》といったところだろう。実際パーシーは、「どこそこで盗《ぬす》みをした」「あの町を荒《あ》らしたことがある」などと武勇伝を大口に語っている者たちを昨夜だけでも多数見かけた。

素性《すじよう》はともかくも、こうした傭兵が大挙して押しかけたおかげで、コンスコン山は平素以上の活気にあふれている。自分たちで持ち込んだのか、朝っぱらからエール酒を酌《く》み交《か》わしている者もあれば、市に露店《ろてん》を出した鍛冶屋《かじや》で武具を調達する者、寺院の目を盗んでこっそり卵や肉を売っている路地の商人とだみ声を張りあげて値段交渉《こうしょう》する者などの姿が目につく。なお、寺院が食料を一括《いっかつ》して買いあげているのは、それを配給制にして、彼ら傭兵《ようへい》や、もともとの住民に振《ふ》る舞《ま》っているためだ。

聞けば、ここには常から一千人近い人間が住んでいるのだという。ほんの数年前までは打ち捨てられた廃墟《はいきょ》同然であったなどと、にわかには信じがたい活気だ。

山の名をそのまま取ったコンスコン寺院は、かつて大陸東部に盛況《せいきょう》を極《きわ》めた宗教が大本となっている。

信仰《しんこう》されている神に、特別、ほかの宗教と差別化できるような名前はない。ただ、聖堂などの建物や、僧侶たちが身につける衣装《いしょう》、装飾《そうしょく》物に、十字架《じゅうじか》がシンボルとして多く用いられているため、俗《ぞく》に『十字教』などと呼ばれている。

パーシーが幼少時に家庭教師から聞いた話によれば、移民船がこの星にやってきたときから存在していた教えらしい。当然のようにこの星にも根づいたが、長い歳月の経過によって宗教内にも派閥《はばつ》が生まれた。信者たちが袂《たもと》をわかつのはまだよいほうで、そのうち、それぞれの教義を巡《めぐ》って互《たが》いに争うようにもなった。

修行僧《じゅぎょうそう》のなかには、もともと布教活動や世界救済などには興味がなく、ただおのれの心身を神の域にまで近づけたい、と願う求道《ぐどう》者めいた者たちも多い。そうした修行僧などが、俗世《ぞくせ》間《けん》を嫌《きら》ってこの山にこもったのがはじまりだとされている。

コンスコンの山で修行した僧のなかには、のちに大陸各地でそれなりに名を馳《は》せた者もあったが、それも五百年以上前の話。山にこもる僧たちも徐々《じょじょ》に減って、石造りの、当時頑強《がんきょう》そのものだった聖堂も、山賊《さんぞく》やら、国外逃亡《とうぼう》してきた豪族《ごうぞく》らによってたびたび乗っ取られるなどしながら、次第《しだい》に朽《く》ちていった。

これをいまある形に再建したのが、現在、コンスコン寺院の最高権力者ともなっているログレス司教である。

パーシーも昨夜に出会っている。ふくよかな体格をしていて、その目は油断ならぬ狐《きつね》のようであった。歳《とし》は五十をいくつも過ぎていよう。その風貌《ふうぼう》と、独特に深みのある声は、どっしりと石のように落ちついた雰囲気《ふんいき》をかもし出していて、なるほど、

（アリオンに喧嘩《けんか》を売った御仁《ごじん》なだけはある）

と思わせるものがあった。

かつてアリオン王国と寺院は良好な関係を保っていた。というよりも、寺院の再建に金と人を惜《お》しみなく投入したのはアリオンである。およそ七年前のことだ。その七年で、ふたたび山は大勢の修行僧を迎《むか》えて活気づき、もともと寺院再建のために雇《やと》われた大工や石工が住み込みのために家を構えていたこともあって、その他の職種の者も大勢訪《おとず》れはじめ、また、この山での商売には税金や面倒《めんどう》なしきたりが必要ないと宣伝したおかげで商売人たちも数々店を構えるようになって、コンスコン寺院は徐々《じょじょ》に勢力を増してきた。

が、ここへ来て関係がにわかに悪化した。

理由の詳細《しょうさい》はあとで述べるとして、ログレス司教はアリオン城内にも礼拝堂を構えていたのだが、この堂が焼き打ちにあうという事件さえも勃発《ぼつぱつ》した。

堂内にいた大勢の僧《そう》たちが亡《な》くなった。かろうじて命を取りとめたログレスはただちにコンスコン寺院へと引き返し、焼き打ち事件の犯人を寺院側《がわ》へ引き渡《わた》すよう、アリオンに要求。

アリオンはこれに応じることはなかったが、関係修復を求めて調停団を寺院に派遣《はけん》した。うち一人は、以前クロード将軍の館《やかた》に逗留《とうりゅう》していたヘイデン・スウィフトである。

しかし寺院側もこれを突《つ》っぱねた。さらには、

「罪人を神の裁定にかけられぬのなら、アリオン王族には神罰《しんばつ》が下る。現世のみならず、未来永劫《えいごう》にわたって呪《のろ》われよう。生まれる赤子《あかご》はことごとく病にうなされ、作物の収穫《しゅうかく》、狩《か》りの獲物《えもの》はすべてたちまちのうちに腐《くさ》り果てて、城と屋敷《やしき》は真っ赤な炎《ほのお》に包まれる。豪奢《ごうしゃ》な服を着て、銀細工で身を飾《かざ》った者たちは、皆《みな》、遠からぬ将来、絞首台《こうしゅだい》にのぼらされるであろう」

などとアリオン王族に呪いの言葉をも吐《は》いた。

アリオン側はこれに激昂《げきこう》。宣戦布告とみなし、また寺院側もこれを取り消しはしなかった。

応戦する構えを見せたということだ。

かねてより、どの国の領域にも属さない地理上の関係から、盗賊《とうぞく》の類《たぐい》に狙《ねら》われることが多かったため、寺院は各国から大砲《たいほう》や銃《じゅう》を含《ふく》む武器を買いつけ、僧職にあるにもかかわらず若い僧

は大半が武装していた。いざ神の教えを冒瀆《ぼうとく》する外敵があらわれれば、祈《いの》りや呪いの文句などではなく、鋼《はがね》や銃弾《じゅうだん》をもって打ち払《はら》ってやるぞ、という気風が常から満ち満ちていたのだ。

しかし、とパーシーは思わずにはいられない。

(アリオンは常日頃《つねひごろ》から万単位の軍勢を動かせる状態にあるという。アトールとは大ちがいだ。寺院を脅《おど》しつけるのにどれほどの規模を割《さ》くかは不明だが、数十、数百ということはあるまい)

寺院も急遽傭兵《きゅうきょようへい》を募《つの》ったものの、パーシーが朝早くから山中をうろつきまわって、ざっと把握《はあく》したところによると、戦える男の数は、七、八百あたり。それも、職業的な傭兵などではなく、百姓《ひゃくしょう》のせがれか山賊《さんぞく》まがいが大半だ。あるいはこのなかには、当の寺院を襲《おそ》って一度ならず退けられた者もいるのではないかというくらいだから、とてもではないが統率《とうそつ》が保たれているとはいいがたい。

それどころか、募集《ぼしゅう》に応じればひとまず飢《う》えと雨露《あめつゆ》くらいはしのげるだろう、という考えの者たちだから、いったん戦端《せんたん》が開かれればこのうち半数ほどは泡《あわ》を喰《く》って逃《に》げ出すのではあるまいか。

だというのに、昨夜お目どおりがかなったログレス司教は、茶飲み話でもするかのような落ちつきを見せていた。力の差はあきらかだというのに、よもや、いざとなれば神が聖敵を打ち払ってくれよう、などと無邪気《むじゃき》に信じ込んでいるわけでもあるまい。

（あるいは、東のディティアーヌから援軍《えんぐん》が送られてくるのではないか）

その思いは、寺院に駆《か》けつける前からパーシーの頭のなかにあった。アトールよりさらに東に存在する聖ディティアーヌ連盟はいくつかの勢力が一つの宗教のもとに寄り集まった国家群である。その宗教というのは、大本がコンスコン寺院のそれと共通している。現在、大陸においてアリオンの勢力に匹敵《ひってき》し得るのはこのディティアーヌだけであろうとも目されていた。

そのディティアーヌが——東に勢力を伸《の》ばそうとするアリオンを牽制《けんせい》する意味でも——寺院に援軍をよこしても不思議ではない。パーシーは昨夜、それとなくディティアーヌの関与《かんよ》を探《さぐ》ってみたが、ログレス司教の口からは期待していたような言葉は耳にできなかった。

それとは別に、気になる発言があった。

「わたしはアリオン王族の方々を呪《のろ》ってなどいませんよ」ログレス司教は柔和《にゅうわ》な笑《え》みでそういった。「神に仕えるわたしが、呪いなどと、口にするだにおぞましい。それに、この寺院の再建がかなったのは、神がわたしとアリオン王家を結びつけてくださったからこそ。王家に感謝の念こそあれ、かの方々を恨《うら》み、憎《にく》む心などはいっさいございません」

それから細い目をきらっと輝《かがや》かせ、

「今回の一件、わたしと王家の関係云々《うんぬん》より、アリオンの一部に邪悪《じゃあく》な意思が見え隠《かく》れいたしまする。どのような虚言《きょげん》を弄《ろう》し、事実をねじ曲げてでも、この聖域を侵《おか》して奪《うば》い取らねばならぬ、といったようなね。アリオンの政治中枢《ちゅうすう》に巣《す》くうおぞましき魔道士《まどうし》か、先の戦いで美味《うま》い汁《しる》を吸えなかった没落《ぼつらく》貴族か武人たちか。ともあれ、わたしの知るアリオン王ならば、このような意味のない戦いにさほど金も時間も費《つい》やすことはありますまい。形の上だけでもいったん軍を送ったのち、すぐに引き返させるはずです」

（さて、そう簡単な話かどうか。いや、そもそもログレスどのご自身が本気でそう思っていらっしゃるかどうか）

真意は読めない。いつ戦闘《せんとう》に突入《とつにゅう》してもおかしくない状況《じょうきょう》だというのに、これではますます命の懸《か》けがいがないとも思う。

（ともかく、わがアトールの公王さまが貧乏《びんぼう》くじを引かされることにならなければよいが）

パーシーはそう思いつつ、人差し指の先端《せんたん》を口に含《ふく》むと、唾《つば》で湿《しめ》した指先を、左右の眉《まゆ》につけた。と、

「変わったおまじないであるな、パーシーどの」

後ろから声をかけられた。振《ふ》り向くと、若い僧兵《そうへい》が立っている。鎖《くさり》かたびらの上に、僧衣である白い膝丈《ひざたけ》のローブを着て、腰《こし》を青い色をした布で締《し》めている。昨夜、ログレスと面会した部屋のなかにいた男だ、とパーシーは気づいたものの、それより別のことに驚《おどろ》いた。

「わたしの名前を覚えておいでで？」

あのときは、五百の兵を率いるノーマ・ラウマールと、パーシーをはじめとする数人の小隊長格が招かれていた。この若い僧兵と顔をあわせた時間など数分にもならない。

「おれは一度会った人間の顔は忘れない」僧兵《そうへい》は得意げでもなく、事実のみを淡々《たんたん》と語っている口ぶりでいった。「パーシーどの、早くからお一人で出歩かれていたようだが、食事は摂《と》られたか？」

街なかには朝餉《あさげ》の煙《けむり》があがっている。傭兵《ようへい》たちが道端《みちばた》に列をなしているのも見えた。

「隊を率いるほどの方が一兵卒《いっぺいそつ》と同じ境遇《きょうぐう》で申しわけないが、まだなようならあちらに並んでいただきたい」

「なんの。いわれたとおり、小隊長といっても兵卒とほとんど変わりありません。お気遣《きづか》いなきよう」

「左様であるか？　由緒《ゆいしょ》ある血筋の方々を、山賊《さんぞく》、夜盗《やとう》まがいと同じ列に並ばせるのはいささか気が引けるのだが」

若い僧兵は苛立《いらだ》ったような視線を、わいわいと下品な声を張りあげる傭兵たちのほうへと向けていた。

（なにやら、気性の激しい僧のようだ）

パーシーは胸中で思った。まず、風貌《ふうぼう》からしていかにも荒々《あらあら》しい。太い眉に、糸で吊《つ》りあげられたように鋭《するど》い目、のみで削《けず》り取ったような頬《ほお》。僧というより、これは功名心に燃える武人の顔だ。体格もよく、同年代のなかでも背の高いほうであるパーシーにまったく見劣《おと》りしない。となれば、手にしている槍《やり》も伊達《だて》ではあるまい。肩《かた》のそびやかし方や足の運び方に、ある種の自信がうかがえた。これは同じ槍を得意とするパーシーだからわかることでもある。いかにも勇猛《ゆうもう》な性格が透《す》けて見える。それゆえ、寺院を守るためとはいえ、どこの馬の骨とも知れぬ輩《やから》を神域に招き入れねばならないいまの状況《じょうきょう》が歯がゆくてならないのだろう。それさえわかるのは、僧兵の視線に含《ふく》まれた怒《いか》りは、彼らのみならず、先ほどからパーシー自身にも向けられていたからだ。

パーシーたちを率いてきたのは先述したとおりノーマ・ラウマールという男だ。ラウマール家といえばアトールでは高名な貴族だった。ノーマはその次男に当たる。ただし、ノーマはここへ来たとき、自身を、

「ノーマ・シャーリング」

と名乗っている。

「わたしは魔道《まどう》王朝貴族の血筋を連綿《れんめん》と継《つ》ぐ一家に生まれ育ち、ここよりずっと南東の地に質素ながらも城を構えて、いまも王朝時代の血筋を下にもおかず崇《あが》めてくれる善良な人々に生活を支えられながら自堕落《じだらく》に日々を送っていたものの、こたび、神をも恐《おそ》れぬ所業に出たアリオンを懲《こ》らしめるべく、倉庫内に眠《ねむ》っていた剣《けん》や鎧《よろい》の錆《さび》を取るのもそこそこに、取り急ぎ家臣《かしん》たちを揃《そろ》えてこちらへ足を運んだ次第《しだい》」

ということだ。もちろん、嘘《うそ》っぱちもいいところだった。

パーシー・リィガン自身も姓《せい》はあきらかにしていなかった。リィガン家はラウマール家ほど

有名ではないものの、一応はアッティール公家を古くから支える譜代《ふだい》である。

そうやって両家の姓《せい》を隠《かく》したのは、『アトール公国からの援軍《えんぐん》』という事実を明るみにしたくないからである。


――コンスコン寺院より援兵の要請《ようせい》が来たとき、現アトール公国公王マグリッド・アッティールは頭を抱《かか》えた。

西にアリオン、東に聖ディティアーヌ連盟という巨大《きょだい》な勢力に挟《はさ》まれたこの小国は、双方《そうほう》と友好関係を結ぶことでかろうじて成り立っているといっていい。七年ほど前、西のアリオンと小競《こぜ》りあいを演じたことはあるものの、やはり彼我《ひが》の力差はいかんともしがたく、結果、第二公子レオ・アッティールを人質として差し出すことで和睦《わぼく》にいたった。

当然、ここでアリオンと敵対するコンスコン寺院に力を貸すようなことがあれば、アリオンとの和睦も終わりを告げよう。人質のレオにどのような累《るい》がおよぶかわからないし、なにより、アリオンが次に軍勢を差し向けるのはアトール領内ということになる。

マグリッド公王はしたがってこの要請をされた時点で、寺院からの使者を追い返すべきだった。

しかし、「頭を抱えた」のには無論理由がある。

コンスコン寺院は、アリオンとアトールのあいだ、平たくいえば国境緩衝《かんしよう》地帯にある。ここをアリオンに攻《せ》め落とされて、なし崩《くず》し的に軍事拠点《きょてん》にされてしまえば、アトールは目と鼻の先に巨大な刃《やいば》を突《つ》きつけられたも同然の格好となる。

アリオンが東へその勢力を伸《の》ばそうとしているという、いわば『東征《とうせい》』の噂《うわさ》はかねがねマグリッドの耳にも届いていた。アトールはその標的ですらない。聖ディティアーヌを打ち倒《たお》すべく、彼らが軍を進める途上《とじょう》で踏《ふ》みつぶせるていどの小勢力である。コンスコン寺院はそのための足がかりだ、と、マグリッドに吹《ふ》き込む者があった。

「公王陛下、ここを見過ごしては、わが領内は害虫に喰《く》い荒《あ》らされる畑も同然。あっという間に人も財産も建物も、実りのすべてをアリオンに強奪《ごうだつ》されましょうぞ」

アトール公国南方に城を構える領主の一人、オズエルである。

公国は、およその北半分を公王マグリッドと、その血族や譜代家臣《かしん》が治めている。そして南半分は領地持ちの貴族が数名で分割していた。この貴族はいわゆる諸侯《しょこう》と呼ばれる人々だが、アッティール公家との関係は多少複雑だ。主従関係は存在するものの、公王が一方的に命令を与《あた》えられるわけではない。

マグリッドは今回の件に際し、諸侯のうち数名を相談役として城に招いたが、ほとんどが援兵には反対した。「考えるまでもないこと」と冷笑する者さえあるなかで、オズエル一人が強固に自分の意見を貫《つらぬ》いた。

「兵を出すべきです。ここで迷っている時間とて惜《お》しいほど、事は急を要しまする」

「それでは、アリオンがわがほうを攻める絶好の口実を与《あた》えてしまうのではないか」

「アリオンがその気《せ》になれば、彼らはいかようにも口実をつくって攻め入ってきましょう。それよりも、コンスコン寺院。先の戦いでシャザーンが北に追いやられた現在、寺院はわが国にとっては最後の盾《たて》ともいうべき存在です。その宗教的な影響《えいきょう》力も無視はできない。アリオン兵のなかにも十字教を信仰《しんこう》している者は大勢おります。いまは王族が『呪《のろ》われた』などという噂《うわさ》があるために国民感情も荒《あ》れておりますが、戦いが長引けば、次第《しだい》にアリオン領内にも寺院擁護《ようご》の声が大きくなってきましょう。ただしそのときになって寺院が焼《や》け跡《あと》になっていたのでは意味がない。いまは寺院存続に力を貸すべきです」

いまこのとき、のためなどではなく、未来のアトールのためにも、寺院がいまある形で存在しつづけるほうがはるかに国益にかなう、とオズエルは力説したらしい。マグリッドは自分が公王の座についた経緯もあって、オズエルの言葉に信頼《しんらい》を置いている。

とはいえ、アリオンに人質を出している手前、兵たちにアトールの旗を掲《かか》げさせるわけにもいかない。そこで、司教ログレスにのみ「アトールからの援軍《えんぐん》」ということを明かして五百の兵を受け入れてもらいながらも、表向きは、先ほどのような「ノーマ・シャーリングは王朝時代の血筋を云々《うんぬん》」という嘘《うそ》で通した——。

パーシーに声をかけてきたこの若い僧兵《そうへい》はしかし、知っているのだろう。面会のときに顔を出していたことからして、司教に近い位置にいるはずだ。だからパーシーを見る目にも苛立《いらだ》ちを隠《かく》せないでいる。

（まだるっこしいことをしおって。そうでなければアトールは正義も示せんのか）

という苛立ちは、先ほどパーシーが司教に抱《いだ》いていた疑念とも直結する。すなわち、この戦い——戦いになればの話だ——、先ゆきが見とおせないのである。若き僧兵は、騒《さわ》いでいる男たちから視線を引き剝《は》がして、

「おれは無知ゆえ、笑っていただいてもかまわんが、シャーリング卿《きょう》のお名前はついぞ耳にしたことがない。城はどこにあるのか」

「卿ご自身が昨夜話されたとおり、はるか南東の地に」

「それはアトール領よりさらに東という意味か。はて、ディティアーヌの近くとなると、いささか話がややこしくなるが」

言外に、

（おれは事情を知っている）

と訴《うった》えている。その上で、

（アトールは今度のいくさに五百の援兵のみで済ます気か。増援はあるやなしや）

と問うているのを、パーシーは知りながらもはぐらかす。そうしなければならない名分がある以上に、なにやら、パーシーは、この男が苛立ちを必死で呑《の》み込んでいる様子がおかしくな

ってきた。言葉の端々《はしばし》から教養の高さがうかがい知れる。が、若さゆえか、持って生まれた気性のためか、感情がいまにも爆発《ばくはつ》しそうな危うさも感じられた。その熱情はパーシーには好ましかった。この戦いに必要以上の熱を抱《いだ》けない自分の立場を思えば羨《うらや》ましくさえある。それゆえに、少し意地悪をしたくもあった。と、

「兄さん、こんなところで朝っぱらから立ち話？　さぞ楽しいお話なんでしょう。わたしも混ぜていただけないかしら」

僧兵《そうへい》の後ろから声をかけてくる女性があった。

（ほう）

とパーシーは思わず唸《うな》りたくなった。それほどの美女だった。

2

僧兵を「兄」と呼んだからには、彼の妹なのだろう。

なるほど、そう思って見れば顔のつくりが似ていた。険しい眉《まゆ》の形も、それに吊《つ》られて切れあがったような目の形も、いかにも同じ彫刻《ちょうこく》師がのみを振《ふ》るったかのように似かよっている。ただしあらぶる感情のままつくりきった兄と異なるのは、その唇《くちびる》だ。妹のそれはちょっぴり突《つ》き出し気味で、微笑《ほほえ》む顔にいいしれない愛嬌《あいきょう》がある。

二章　コンスコン寺院の若者たち

パーシー・リィガンも一瞬見惚れてしまった。年格好は十七、八。故郷に残してきた婚約者と同じ年頃だ。彼女といったいどちらが——などと不埒なことを束の間考えてしまったのはパーシーの若さだ。

「こちらのお方は？」

「パーシーどのだ。昨夜、シャーリング卿とともにいらした」

僧兵はぶっきらぼうにいった。同じく突き放した口調でパーシーにも紹介する。

「こちらは妹のセーラ。おれに似ていささか不調法者であるが、お許しあれ」

パーシーとセーラは握手を交わした。セーラの黒々とした眼差しが間近で揺れた。まるでパーシーを値踏みするかのようなその目つきは、社交場で知りあった貴婦人方のそれのようである。

(背は高くて、筋肉質。薄茶色の髪は軽くカールして、ハンサムな顔に似あいだわ。騎乗槍試合でも大活躍したんですって？　一時期、女遊びの噂もあったけれど、若い男性ならそれらい大目に見て差しあげるべきね。主人のいない夜の退屈を紛らわすには絶好の相手だわねえ——）

無言で、しかし大胆にモーションをかけてくる貴婦人方をさりげなくかわすのに、パーシーは散々苦労させられた経験がある。セーラの眼差しもそれに負けず劣らず、いかにもあけすけだ。白い修道衣を身につけているからには修道尼なのだろうが、本来ゆったりとしているはずのその服は、彼女に限ってぴったりと身体《からだ》に貼《は》りついていて、肉体の優美なラインを露《あら》わにしている。若い僧侶《そうりょ》たちにとってはさぞ目の毒だろう。とにかくもう女性としての若さが、画一的な禁欲と清貧の檻《おり》に閉じ込めようとする修道衣からはちきれんばかりにあふれている。危《あや》ういものを感じたパーシーはすぐさま視線を逸《そ》らして、兄のほうに水を向けた。

「妹御《いもうとご》は紹介《しょうかい》していただいたが、わたしはまだあなたご自身の名もうかがっておりません」

「ああ」

若き僧兵はちょっとばつの悪そうな顔をした。顔を占《し》めていた荒々《あらあら》しさが一瞬《いっしゅん》削《そ》げ落ちて、若者らしい実直な素顔《すがお》が覗《のぞ》いたようである。

「おれはカミュという」

そのとき、名乗ったばかりの僧兵の背後で、わっという騒《さわ》ぎが起こった。

朝食のために人々が列をなして並んでいた場所だ。

「おい、こいつはいったい全体なにをいってやがるんだ？」

ならず者たちばかりが目立つ集団のなかにあって、ひときわ体格の大きな男が銅鑼《どら》みたいな声を発している。

「おれにもわかるよう、人間の言葉をしゃべってくれないか」

山賊《さんぞく》の類《たぐい》とひと目でわかった。筋骨逞《たくま》しい身体《からだ》に毛皮を羽織って、腰《こし》には大刀と銃《じゅう》を差してある。周囲には彼の仲間らしき男たちが似た格好をしながらも、事態をにやにやしながら見守

っていた。

ならず者たちのあいだでもこの一団は危険視されているらしい。それ以外の者たちは遠巻きに見ているだけか、食事のために並んでいる途中《とちゅう》であってもそそくさと背中を向けて立ち去っている。

一方、彼らと対峙《たいじ》しているのはただ一人きりだった。パーシーのところからは背中しか見えないが、兵というには小柄《こがら》な体格をしていて、大男と相対するにはいかにも頼《たよ》りない。が、

「おれは当たり前のことをいっただけだ。なにがわからないってんだ」

パーシーが驚《おどろ》かされたのは、ただ体格が小さいというだけでなく、その声からしてどうやら少年らしいとわかったからだ。少年は浅黒い腕《うで》を伸《の》ばして、大男の配下らしき男を指差した。

「そこの男は三回も並んで、食事をおまえに渡《わた》している。ほかの連中も順番に割り込んだ。食いものには限りがあるんだ。だからそれをやめろといっているんだろ。こんなこともわからないのなら、手前《てめえ》らのほうこそ人間の言葉を理解できない獣《けもの》どもだ」

勇ましく少年はいい放ったが、対する男たちは、大口を開けて汚《きたな》い歯を剝《む》き出しながら笑った。少年の言葉にはひどい訛《なま》りがあった。パーシーも耳にしたことがない抑揚《よくよう》のつけ方をする。少なくとも近隣《きんりん》の出身ではないだろう。

笑われたことに、少年はほとんど当惑《とうわく》したように立ちつくしていた。と、男の一人が進み出てきて、

「田舎《いなか》の小僧《こぞう》っ子《こ》が。大方、故郷で盗《ぬす》みでもやって逃《に》げてきたんだろ。どうせおまえみたいな奴《やつ》は、戦いになったら真っ先に死んじまうよ」

少年の胸を力いっぱいに突《つ》いた。後ろへよろめいたその顔へ、さらに男は手にしていた椀《わん》を投げつけた。わずかばかりの肉と野菜のスープが少年の顔を濡《ぬ》らした。

「食いたきゃそれでも食っていろ」

ふたたび笑い声。

が、次の瞬間《しゅんかん》、「おお」と群集はちがう意味で声を揃《そろ》えた。

少年がすばやく男のほうに詰《つ》め寄るなり、その頭を男の鼻《はな》っ面《つら》にぶち当てたのだ。男が鼻血を流して仰向《あおむ》きに倒《たお》れた。

「手前——このガキ」

「調子に乗りやがって」

二人の新手《あらて》が少年へと躍《おど》りかかった。いずれも体格でははるかに少年を上まわる。拳《こぶし》が身体《からだ》のどこかをかすめでもしたらそれでしまいだろうと思えるのに、これが、当たらない。拳の下を、左右を、ひょいひょいと少年はかいくぐる。その拍子《ひょうし》に一人の脛《すね》を思いきり蹴《け》飛ばした。ぐう、と呻《うめ》いて倒れる。もう一人が背後から摑《つか》みかかろうとした。脛を蹴ったばかりの足を、少年は後ろへ放《ほう》りあげた。無造作《むぞうさ》にも見える動きだったが、これが金的《きんてき》に命中した。

ほう、とパーシーは思わず感嘆《かんたん》の声を洩《も》らした。歳《とし》若いのに、あきらかにこういった荒事《あらごと》に手馴《てな》れている。が、彼が驚《おどろ》くのはこれからだった。

いよいよ殺気立った男たちが四方から群がりかかってくるのを、少年はことごとく身をかわしつづける。身を屈《かが》めて疾走《しつそう》、時には跳躍《ちようやく》をしながら、とにかくいっときたりとて立ち止まらない。そして、拳《こぶし》や体当たりをすかされて体勢の泳いだ敵を決して見逃《のが》さず、その瞬間《しゆんかん》にでも拳や肘《ひじ》、蹴《け》り足《あし》を急所めがけてぶち込んでいく。

(風だな。風と、雷《かみなり》だ)

パーシーはそんな感慨《かんがい》を抱《いだ》いた。風は、決して摑《つか》まえることができない。たとえ達人《たつじん》の振《ふ》るう刃《やいば》であっても、岩に穴を穿《うが》つほどの槍《やり》であっても、風はのらりくらりとかわす。少年の身のこなしはまさしくそれだ。そしていざとなれば雷のごとき速度で敵に襲《おそ》いかかる。が、

「まるで猿《さる》のようね」

隣《となり》に並んでいたセーラは別の感想を口にした。なるほど、いわれてみればそれも当てはまる。

パーシーは思わず微笑《ほほえ》みかけたが、目の前の争いは激しさを増すばかりだ。ついには、少年に蹴られた男が派手によろめいて、スープの入った鍋《なべ》のほうへ突っ込んでしまった。鍋が地面に落ちて、中身が派手にぶちまけられた。

この飛沫《ひまつ》を顔に浴びた頭領が、いよいよ我慢《がまん》ならなくなった。こちらはこちらで野に棲《す》む獣《けもの》とそっくりの風貌《ふうぼう》を朱色《しゆいろ》に染めて、

「いい加減にしやがれ、このガキ。アリオンの雑兵《ぞうひよう》を相手にする前に、まずは手前《てめえ》から血祭り

にあげてやらあ」

腰《こし》の大剣《だいけん》を引き抜《ぬ》いた。これに触発《しょくはつ》されてか、あちこちで転がっていた配下の男たちも、それぞれ散っては自分の得物《えもの》を手にして戻《もど》ってくる。

（いかん）

とパーシーが前に出ようとするより早く、

「やめろ、やめぬかっ」

カミュが大音声《だいおんじょう》を発して、群集の輪を掻《か》きわけながら闘争《とうそう》の場へと躍《おど》り込んでいた。

「聖域にて要《い》らぬ血を流すものではない。その盛んな血気をこそ、聖域に火をかけんとするアリオンに向けるべきであろう。退《さ》がれ、おのおの退がれっ」

よく通る声をしている。それなりの迫力《はくりょく》があったが、血気にはやった男たちはそう簡単には静まらない。邪魔《じゃま》をするようなら、とまずはカミュに襲《おそ》いかかってくる者まであった。

「愚《おろ》か！」

カミュは手のなかで槍をくるりと回転させると、穂先《ほさき》とは反対側《がわ》の部位――石突《いしづ》きで荒《あら》くれ者の腹部を突いた。こちらも疾風迅雷《しっぷうじんらい》。相手は、声もなく膝《ひざ》から崩《くず》れ落ちた。

「野郎《やろう》」

と別の男が襲いかかってくるのにも同じく応戦する。そのころにはパーシーも駆《か》け込んで、少年に斬《き》りかかっていた相手を後ろから蹴飛ばしていた。少年はそれを見て、

（加勢してくれるのか）

という顔をした。はじめて間近に見たが、声の印象と同じく、若い。カミュに負けず劣《おと》らず目つきに険があるが、その一瞬《いっしゅん》に垣間《かいま》見《み》せた表情は幼いといえるほどのものだった。

少年はすぐさま地面を蹴《け》って、新たな獲物《えもの》めがけて襲《おそ》いかかろうとしたが、パーシーはその肩《かた》に手をかけた。油断していたのだろう、ぎょっとしたような顔で振《ふ》り向いてくる。パーシーは少年の膝裏《ひざうら》に足をあてがうと、少年もろとも前のめりに倒《たお》れた。

「なにをしやがる！」

少年はもがこうとしたが、彼がうつ伏《ぶ》せになった瞬間、パーシーは背中の中心に膝を押しつけた。身動きを許さない。荒《あら》くれ者たちがここぞとばかりに群がってこようとするのを、

「おまえたちももうよすんだ！」

声を張りあげて制止した。ほかの男を昏倒《こんとう》させたばかりのカミュも傍《かたわ》らに駆《か》け寄ってきて、パーシーを援護《えんご》するかのように身構える。もう一度くるりと槍《やり》を回転させると、今度は鋭《するど》い穂《ほ》先《さき》のほうを男たちの面前にちらつかせた。

そのときには、騒《さわ》ぎを聞きつけてか、ほかの人間が報告に走ったためか、寺院の僧兵《そうへい》たちが足音も荒々しく駆けつけてきていた。もとが山賊《さんぞく》、盗《ぬす》っ人《と》であろうとも、いまこの場において、寺院僧たちは彼らの雇《やと》い主《ぬし》である。

頭領らしき男は小さく舌打ちすると、

「ここで働き場をなくしたんじゃしょうがねえ。いくぞ！」

大きな背中を揺《ゆ》らしながら、配下ともども引きあげていった。残されたのは、パーシーとカミュ、そして、いまなお「放せ、放せっ」とわめきつづける少年。彼一人が騒《さわ》ぎをやめようとしない。細い身体《からだ》つきをしているのに全身の筋力が凄《すさ》まじく、パーシーが押しつけた全体重をいまにも跳《は》ね返しそうなほどだ。

あまりに暴れるので、僧兵たちが縄《なわ》を取り出して彼をぐるぐる巻きにしてしまった。

（この喧嘩《けんか》、彼だけの責任ではない）

いささか少年に同情したパーシーは、僧兵たちにそのことを伝えようとした。

と、鈴《すず》を鳴らしたような笑い声が聞こえた。

「本当、こうして縄で縛《しば》られていると猿《さる》そのものね」

セーラが、地面に寝《ね》転ぶ少年の傍らに立っていた。なんのつもりかブーツを脱《ぬ》いでいる。足を持ちあげたまま器用に紐《ひも》を解いていく姿は淑女《しゅくじょ》のそれではない。白い、すんなりとした素《す》足《あし》が露《あら》わになると、なんとはなしに若い僧兵たちが目を背《そむ》けた。

一方で、少年のほうはぎらついた眼差《まなざ》しをセーラに送っている。

「なんだと、誰《だれ》が猿だ。小娘《こむすめ》が男を見くびるな」

「男？　男ってどこにいるのよ。キーキー泣きわめいている小猿しかいないじゃないのさ」

セーラはわざとかどうか、パーシーがぎょっとするほど蓮《はす》っ葉《ぱ》な口を利《き》きながら、さらにとんでもない行動に出た。露《あら》わにしたばかりの素足《すあし》で、少年の首を踏《ふ》みつけたのだ。「手前《てめえ》っ――」

と少年が唸《うな》るところへ、もう一度足を踏みおろして、

「いっちょ前の口を利《き》かないでよ。あんた、自分がなにをしたかわかってるの？　あの炊《た》き出しはここに住む人たちの食事でもあったのよ。兵隊さんたちにお食事を出してあげるために、みんな手持ちの食材を出しあったからね。それなのにお鍋《なべ》を引っくりかえしちゃってさ。あそこにいる子供たちをごらん。夜まで空《す》きっ腹《ばら》を抱《かか》えてなくちゃならないわ。あと先考えないで暴れまわった挙句《あげく》に迷惑《めいわく》かけて。それが猿《さる》じゃなくてなんだっていうのよ」

ととのった目鼻立ちに加えて、僧衣《そうい》を着ているものだから、こうして乱暴者の頭を踏みつけているセーラの姿が、かつて納屋《なや》を荒《あ》らした小鬼《こおに》たちの群れを、箒《ほうき》一本、そして持ち前の知《ち》恵《え》で追い払《はら》ったという聖女の伝説に重なって見える。

少年のほうは低く呻《うめ》いてはいたが、抗弁《こうべん》はしなくなった。鍋の中身をぶちまけてしまったことに、いま気づいた、という顔でもある。

結局のところ、少年は縄《なわ》で縛《しば》られたまま僧兵たちの手で連行されていった。事情はパーシーやカミュの口からも説明されていたが、戦いを控《ひか》えた寺院内には守るべき規律がある。明日の朝までは聖堂の地下室に閉じ込めておくこととなった。

「まったく、要《い》らぬ騒動《そうどう》だった」

カミュがため息交じりに僧衣の裾《すそ》を手で払《はら》った。パーシーは改めて彼のところへ近づいて、

「見事な槍の腕前《うでまえ》であった。どこで学ばれた」

「なんの」カミュはかぶりを振《ふ》って謙遜《けんそん》した。「昔、旅の武芸者と寝泊《ねとま》りをともにしていたことがあった。その際、手慰《てなぐさ》みに習っただけのこと。それもひと月のあいだだけのことだから、あとはおれの独学に過ぎない」

独学、と口にしたが、それが本当ならば日々をとてつもない修練に費《つい》やしたのだろう。また、あのためらいのない動きは、実戦を経験している者のそれだとパーシーは見ていた。

「妹御《いもうとご》もたいしたご気性の持ち主のようだ」

「あれは――、まあ、あんな妹だ」

カミュは険しい顔を背《そむ》けた。この荒々《あらあら》しい僧兵《そうへい》も、妹には手を焼いているらしい。

当のセーラは、喧嘩《けんか》を見守っていた群集たちのうち、子供たちのほうへと歩み寄っていた。腹を空かせて泣いている年少の子を、歳上《としうえ》の子たちが慰めている。セーラは彼らに空の椀《わん》を一つずつ手渡《わた》した。

「みんな持った？　じゃあ、いこう」

「どこへ？」

と子供たちが聞いてくるのを、

「ほかの人たちのところをまわって、少しずつわけてもらうんだよ」

とセーラは笑う。

パーシーは、なるほど、と思った。あの、少女でありながらすでに美貌《びぼう》の大輪を咲かせつつある彼女がいっしょになって頼《たの》み込めば、街の男連中はそうそう断れまい。ひょっとして、ならず者たちですら、顔を赤らめながら椀《わん》の中味を差し出してくれるのではないか。

「お二人は、どこの生まれであるか？」

何気なさそうにパーシーが聞くと、カミュは、

「生まれなどどこでもよい。いまは、この寺院こそがおれたちの修行《しゆぎよう》の場であり、故郷であり、命に代えても守らねばならない聖域だ」

半分はぶっきらぼうな口調でいった。パーシーは一つうなずいて、

「寺院が再建されてからまだ七年足らず。ここで生まれ育った僧《そう》はいまい。各地からおのおのの事情を抱《かか》えて集まってきたのだ。暴れていたあの少年にも、それは彼なりの事情があるだろう。もちろん、シャーリング卿《きよう》にも、アトール公国にも」

少年が大立ちまわりを演じる前、二人のあいだで交《か》わしていた会話を示唆《しさ》している、と気づいてか、カミュは意志の強そうな唇《くちびる》を引き結んで押し黙《だま》った。パーシーはつづけて、

「が、わたしの知る限り、アトール公国は動かぬと見ていい。どこかの物好きな貴族が、私兵を率いて救援《きゆうえん》に駆《か》けつける……ということもこの一回きりだろう。あとは、ログレス司教にいかほどのお考えがあるか」

「……司教はまちがいなどおかさぬ方だ」カミュはむっつりとした口調でいった。「われらは

そのご意思に従うまでのこと。さすれば道は必ずや開かれる」

（自分でも信じてはいまい）

パーシーは思わずそう指摘《してき》したくなったが、さすがに口を結んだ。と、カミュは荒々《あらあら》しい気性をなによりも主張する眉《まゆ》をことさらに吊《つ》りあげて、反撃《はんげき》に転じた。

「パーシーどの、わざわざ駆けつけてくださった方にこういうのも不躾《ぶしつけ》なれど、どうも貴殿《きでん》からは拭《ぬぐ》い去れないよそよそしさを感じる。しょせんここでの出来事など、自分には深く関《かか》わりあいのない他人事《ひとごと》だというような。貴殿に比べれば、日銭《ひぜに》と飯を目当てに集《つど》ってきたような連中のほうがよほどこの戦いに意義を感じていよう。命を懸《か》ける大義を自身にも見出《みいだ》せぬようでは、いくさなどむなしい殺しあいでしかない。貴殿は、そんな場所に赴《おもむ》かされた自分をかわいそうがるあまり、まるでふてくされた子供同然の態度のようにも見える。同情して差しあげよう」

（いらん）

パーシーはこれも口のなかに封《ふう》じるとともに、カミュという男、多少短絡《たんらく》的であっても人を見る目がある、と半ば感心もしていた。それは自分の苦々しい思いと直結していたのだが、パーシーはあえて考えないことにした。

少年は、クオンと名乗った。

奇妙《きみょう》な名だ。

本人が横を向いて吐《は》き捨てるように口にしたのも、ここで名乗るたびに笑われていたからではないか。『クオン』とは、この辺りでは、犬の鳴き声をあらわす擬声語《ぎせい》であって、特に子犬のことを『クオンちゃん』と子供っぽく呼ぶことがある。

生まれは、ケスマイ平原を越《こ》えた南の山岳《さんがく》地帯だと口にした。

(あそこか)

パーシーはなんとなく納得《なっとく》した。足を運んだことなどはないが、公国の地図では『牙連峰《きばれんぽう》』と名づけられている山々が平原の先に横たわっており、この険しい山々はほかのどの勢力とも切り離《はな》されているため、一種独特の風習を持つ人間たちが住んでいる、と聞いたことがある。俗《ぞく》に、『山の民《たみ》』などとも呼ばれる。

人々は狩《か》りをしたり、連峰のさらに南の湾《わん》で漁をしたりして生計を立てている。また若者たちには別の仕事もあった。コンスコン寺院と同じく、それこそ山賊《さんぞく》や国を追われたならず者、時には没落《ぼつらく》貴族の一派などが、この、ほかとは切り離された地に住処《すみか》を求めて侵入《しんにゅう》してくることが多々あった。若者たちはその都度《つど》、剣《けん》や銃《じゅう》を手に取った。彼らは湾に小規模の港をも築いており、独自の交易路を手にしていたため、武器の入手もたやすかった。もとより、ほかの何者にも支配されたことのない一族である。その自治意識は高く、生活を脅《おびや》かすいかなる集団に対しても勇敢《ゆうかん》に立ち向かっていった。

クオンも、そうして何度となく武器を手にして、侵入者たちと戦ってきた経歴があるのだろう。あの動きの鋭《するど》さは、実戦で培《つちか》われたものだと納得《なっとく》もできる。

歳《とし》を聞くと、

「十八」

と返ってきた。が、

「雇われやすくするための嘘《うそ》だな、それは」ともに肩《かた》を並べて歩きながらパーシーは決めつけた。「大方、十六といったところだろう」

クオンは応《こた》えなかったが、一瞬《いっしゅん》、目を剝《む》いた。図星《ずぼし》だ、とパーシーは見た。

あの騒《さわ》ぎのあった翌朝のことである。パーシー・リィガンはクオンが解放されるのを聖堂の外で待っていた。一人きりにさせていたら、あの山賊どもが狙《ねら》ってきかねない。おせっかいだとは思いつつも、パーシーは朝早くから床《とこ》を抜《ぬ》けて彼を待っている自分を可愛《かわい》く思った。これには、ひょっとしたら、

（しょせんは他人事《ひとごと》のよそよそしさ）

とカミュにいい当てられたことへの反発もあったやもしれない。槍《やり》を抱《かか》えた僧兵《そうへい》二人に連れ出されて、クオンが出てきた。パーシーをひと目見た瞬間《しゅんかん》、ぎろっと目を吊《つ》りあげてくる。昨日の恨《うら》みを忘れていない。

(恋人を待つような心境でいたのに、つれないことだ)

とは口にせず、パーシーは横に並んだ少年の姿を眺《なが》めていた。小柄《こがら》なようだが、昨日の一件からして、その手足に意外なほど強靭《きょうじん》な力が秘《ひ》められているのはわかっている。まだ十代の若さだ。順調に発育していけば、二、三年もしないうちに見事な体軀《たいく》となるであろう。
顔立ちには幼さが残る一方で、双眸《そうぼう》には、拭《ぬぐ》いがたい苛立《いらだ》ちと不満がくすぶっている。昨日出会ったカミュという若い僧《そう》も、そしてパーシー自身もそうであるように、現状に満足できない感覚は若者が誰《だれ》しも共有するものだろうが、このクオンという少年はひときわその不満が強そうだ。
パーシーは歩きながら、手にしていたものを彼に放《ほう》った。反射的に受け取った彼へ、

「朝飯だ」

と告げる。自分のぶんを掲《かか》げてみせた。山のなかで栽培《さいばい》しているオレンジだ。寺院で出世した聖人の名を取って俗《ぞく》に『ラーヤ果』と呼ばれている。比較《ひかく》的寒冷に強い種類であるが、酸味が強く、子供などは口にした途端《とたん》に吐《は》き出すほどのものだ。
ともに並んで歩きはじめた。

「ラーヤ果は皮が堅《かた》いな」

パーシーはナイフを取り出し、器用に皮を剝《む》いた。「おまえのもやってやろうか」といおうとしたら、クオンは果皮に直接歯を立て、が、り、が、り、と丸かじりにしている。

（可愛《かわい》い）

とパーシーは思った。

「なにを、にやにやしてやがる。気色《きしょく》悪い」

クオンがオレンジの皮とともに吐き捨てた。さっきから足を速めてはパーシーを置き去りにしようとしているのだが、パーシーもぴったりついていく。

「ちょっとね。恋人のことを考えていたのさ」

「そうかい」

ふたたびにらみつけてくる少年から視線を逸《そ》らし、パーシーはくっくっと口のなかで笑った。どうしてこの少年に構いたがるのか、自分でもなんとなく理由がわかる。昨日の出来事はパーシーにとって驚《おどろ》きであったが、同時に、

（面白《おもしろ》い）

と思える事件だった。少なくともこれまでパーシー・リィガンが過ごしてきた日常で起こり得る種類のものではない。

リィガン家はアトールの首都ティワナに代々の屋敷《やしき》を所有している。公国のなかでは一応名

門として知られてはいるものの、定まった領地はない。パーシーは次男の身であるから屋敷《やしき》も家督《かとく》も継《つ》げず、代わりに、いずれ家を継ぐだろう兄の補佐役を父からは勧《すす》められた。

「おまえは学問ができる。物事を沈毅《ちんき》に見極《きわ》められる目も持っている」

といわれたが、素直《すなお》に承諾《しょうだく》できなかった。彼は幼いころより、学問よりも武芸に身を焦《こ》がす種類の若者だった。剣《けん》、槍《やり》、馬、銃《じゅう》の扱《あつか》いは人並み以上にできる自負があった。

初陣《ういじん》を迎《むか》えたのは七年前。身も心も躍《おど》った。しかし最初のことゆえ、そのときは陣の後方で待機したままで、伝令のそのさらに伝達《でんたつ》やら、敵がいそうにもない場所への偵察《ていさつ》など、実《み》もない任務を任されただけのことだった。結局戦場の空気もろくに嗅《か》がないうちに、アトール公国とアリオンは和睦《わぼく》にいたった。

パーシーは自分の運のなさを呪《のろ》った。十三歳は初陣を迎えるには遅《おそ》すぎはしなかったが、敵将の首級《しゅきゅう》をあげるには幼すぎた。アトール公国はこれで伸《の》びかけた鼻っ柱をぺしゃんこになるまで潰《つぶ》されてか、以降、いくさをする機会はついに訪《おとず》れなかった。一年、また一年と経《た》って、身体《からだ》が逞《たくま》しくなるたびに、

(活躍《かつやく》の場さえ与《あた》えられれば、国の誰《だれ》にも負けぬ手柄《てがら》を立てられるものを)

と憎々《にくにく》しい気持ちになった。いくさばへのもやもやとした未練は、パーシーの心を荒《すさ》ませた。

十代の半ばからの数年間は、パーシーにしてもあまり振《ふ》り返りたくない過去だ。同じような鬱《うっ》屈《くつ》を抱《かか》えた若者たち数名と盛り場にいって、喧嘩《けんか》をし、二十も年上の娼婦《しょうふ》の家に通い詰《つ》めた。

この娼婦はパーシーに数々のことを教えてくれた。人は、彼女がある戒律《かいりつ》にしたがって生きていると知ったならば大笑いしたかもしれない。娼婦自身、そんな自分を冷笑的に見ていたが、パーシーは彼女からあらゆる教えや、数々のおまじないを授《さず》かった。もっとも、教わったことの大部分が夜の営みにあったのはまちがいない。

自堕落《じだらく》的な快感と、自分が特別だと思いたがる際限のない自負心、二つの要素が争いあうという、思春期特有の期間は三年ほどつづいた。

現在の婚約《こんやく》者リアナと会ったのもこの時期のことだ。

リアナの父である、諸侯《しょこう》の一人が開催《かいさい》した舞踏《ぶとう》会で知りあった。聡明《そうめい》で、活発で、なによりも同年代の若者たちを騒《さわ》がせる美しさがあった。パーシーは悪いことに、その日もひどく酔《よ》っぱらっていた。遊び仲間にそそのかされるまま、リアナ宛《あ》ての恋文を冗談《じょうだん》で書いた。表向きは名作として知られる過去の詩歌を引用しながら、実は裏に性的な隠喩《いんゆ》を仕込んでいるという、素晴《すば》らしく手の込んだ文句を書き並べては、それを仲間とまわし読みしてげらげら笑った。まさかそれが本当に仲間の手によってリアナに届けられるとは思っていなかったのだ。

翌朝、事実を知ったパーシーは青ざめた。リアナに手紙を届けたという仲間を手ひどく殴《なぐ》りつけたあと、あわててリアナに面会の許可を求めた。彼は平身低頭して非礼を詫《わ》びた。昨夜の酒などは冷《ひ》や汗《あせ》となってすべて体外に流れ出していた。もしこれで家から勘当《かんどう》されることになってても文句はいえない。自分が招いたことだ。

「お顔をあげてください」リアナはいった。「まず、ご安心ください。わたしは不勉強ゆえ、あなたがいま謝罪された『下品極《きわ》まりない言葉』とやらがどこに仕込まれているか、まったくわからなかったのです。大変、気難しくて、古めかしいお手紙を書かれる方だなあ、と感心しましたくらいで。浅学なわたくしのため、一つずつ解説していただけませんこと？」

それがすべてとはいわないものの、なにかが変わるきっかけであったのはまちがいない。

彼は二十歳《はたち》になり、レディ・リアナとも、彼の放蕩《ほうとう》ぶりを嘆《なげ》いていた両親とも、そして子供じみた葛藤《かっとう》とも和解しおおせたが、体内に抱《かか》えた血のたぎりは残されたままだった。

だからこそ、今回、「コンスコン寺院に援兵《えんぺい》として向かえ」と下知《げじ》があったときには興奮した。

ノーマ・ラウマール卿《きょう》配下の小隊長身分としてだ。アトール公国では、一軍を指揮することができるのは貴族のみの権利とされていた。パーシーは家で抱えていた兵のうち五十名を引きつれた。ほかの家々が、臨時に金で雇《やと》ったのと比べると、こちらは訓練で培《つちか》った練度がある。必ずや活躍《かつやく》できるだろうと踏《ふ》んでいた。

が、詳《くわ》しく話を聞いてみれば、アトール軍の正体は隠《かく》せという。公国旗はもちろん、リィガン家を示す紋章《もんしょう》も旗も掲《かか》げてはならぬと厳命された。

（それでは、武名も家名もあげられはしない）

パーシーの目論見《もくろみ》は外れた。当然、華々《はなばな》しい見送りもなかった。ノーマ・ラウマール率いる五百の兵は、それぞれ人目を忍《しの》ぶように出立《しゅったつ》し、街道《かいどう》から外れた林のなかで合流して、黙々《もくもく》

と寺院への道を進んだ。小休止の際も兵たちはほとんど口を利《き》かなかった。一人、指揮官であるノーマだけが、

「仮面でもつけて顔を隠したほうがよいか。そのほうがより神秘的な凄《すご》みが出るであろう」

などと家臣《かしん》たちにいって、はしゃいでいた。「王朝貴族の末裔《まつえい》」云々《うんぬん》の話は、彼が行軍中に知恵《ちえ》を絞《しぼ》って考えたアイディアである。

そして、これがいちばんパーシーをうんざりさせたことには、ノーマ・ラウマールはパーシーを事あるごとに呼びつけては、雑用を申しつけた。薪拾《まきひろ》いの指揮を執《と》らされ、小川で水を汲《く》んでくるようにいわれ、兵の頭数の再確認《かくにん》まで命令された。

古来、ラウマール家とリィガン家は仲がよくない。パーシーの祖父の世代では、ともに同じ戦場に赴《おもむ》きながら互《たが》いの足を引っぱることに熱心になるあまり、のちのち公王から直接叱責《しっせき》を受けたというほどである。最近は両家の「誇《ほこ》りある」自制によって表面化は避《さ》けられていたが、二年前、アトール公国首都で催《もよお》された馬上試合が、悪い意味での契機《けいき》となった。

それぞれの家の代表者、あるいはその代行者が大勢参加する大会でのことだ。思春期の悪癖《あくへき》から抜《ぬ》け出たばかりのパーシーも、父から参加を命じられていた。

もとより武芸には自信がある。順当に勝ちあがると、準々決勝でノーマと当たった。両家の因縁《いんねん》を知る者も多い。会場は大いに盛りあがり、その盛りあがりがパーシーの若い血をたぎらせた。

甲冑《かっちゅう》を身につけた両名が馬を走らせ、覆《おお》いをつけた槍《やり》を手にしてすれちがう。槍に突《つ》かれて落馬するか、体勢を大いに崩《くず》した場合に一本を取られる。二本を先取したほうの勝ちである。一本目はパーシーがあざやかに取った。二本目も取ろうと思えば簡単に取れた。が、パーシーは槍で突く振《ふ》りをして、ノーマが逃《に》げ腰《ごし》になった瞬間《しゅんかん》、突くのではなく、すれちがいざまにノーマの兜《かぶと》についている羽根飾《かざ》りをもぎ取った。それをパーシーは周囲に振りかざした。拍《はく》手喝采《しゅかっさい》が起こった。よほどの実力差がなければできないことであり、それをことさらにアピールしてしまったわけだ。

パーシーにしてみれば、なにも、ノーマや、ラウマール家へ抱《いだ》いた悪意からの行為《こうい》ではない。会場の盛りあがりに応《こた》えたい思いと、もやもやした個人的な気分を晴らすには絶好の機会だったというだけなのだが、当然、相手方はそう受け取らなかった。

「不快である」

というような意思表示をして、ノーマは馬を降りて会場をあとにしてしまった。体《てい》よく逃《に》げたということでもあるが、パーシーの態度も当然褒《ほ》められたものではなかったから、両家ともに、一年間の馬上試合を禁じる沙汰《さた》が下った。

以来、またも両家の仲は険悪となった。

ことに、パーシー個人に憎《にく》しみを抱いたノーマにとって、今回の任務は降って湧《わ》いたような幸運だった。ラウマールの家名を隠《かく》せ、という命令にはパーシー同様不満を抱いただろうが、肝心《かんじん》なのは憎むべき男が自分の下につけられたことだ。結果として、先ほどのような扱《あつか》いを受けることとなった。

（これが戦いのあいだずっとつづくのか）

パーシーは心の底から慨嘆《がいたん》した。おまけに到着《とうちゃく》してみれば、寺院の兵力は乏《とぼ》しく、あからさまに烏合《うごう》の衆。これ以上の援兵《えんぺい》もおよそ期待できない。

（負けるな）

とはパーシーの抱いた率直な感想である。アリオンが陣《じん》を構えて攻《せ》めてくれば、ひと月、いや十日ともつまい。寺院とて、高地に大砲《たいほう》を据《す》え、山門には銃《じゅう》を持った兵たちを配備して、一応はそれらしい布陣をしてはいるが、なにしろ広く傭兵《ようへい》を募《つの》ったため、出自の怪《あや》しい人間たちが多く、そのなかには、あるいは――というより、ほぼ確実に――アリオン側《がわ》からの間者《かんじゃ》も複数まぎれ込んでいることだろう。

パーシーの慨嘆はますます大きくなる。昨日、

「他人事《ひとごと》のようなよそよそしさと、ふてくされた子供同然の態度を感じる」

というようなことをカミュにいわれたが、まさしくパーシーにとっては、名をあげる好機でもなければ、敗北が最初からわかりきっている、いわば無用の戦場であり、いっこうに意気があがらなくて当然といえる。

（だが）

隣《となり》でオレンジを噛《か》んでいるクオンをパーシーは見つめた。口回りや服が果汁《かじゅう》だらけになっている。パーシーはそれを手ずから拭《ふ》いてやりたい衝動《しょうどう》に駆《か》られた。父性愛とでもいうのか。パーシーは自分の馬鹿《ばか》げた思いつきに苦笑いしながら、クオンとの会話を続行させた。

「山を飛び出してきたのは、いつになる」

「さあな」

つれない。が、この土地に慣れていない様子を見るに、おそらく故郷を飛び出てひと月も経《た》っていないだろう、とパーシーは判断した。

「なんのために?」

「さあな」

「剣《けん》で身を立てようと思ってのことか?」

「さあな」

クオンは繰《く》りかえす。パーシーはめげなかった。

「武器も持っていないようだが、身一つで出てきたのか」

「剣と弓は持ってきた。だけど途中《とちゅう》で弓は壊《こわ》れて、剣は——、あまりに腹が減ってたんで、途中の村で売ってきた」

「売ってきた? それはまた」本気であきれてパーシーは肩《かた》をすくめた。「あとでわたしの隊に寄っていけ。剣一本くらいは進呈《しんてい》しよう。必要なら弓も貸す。それで、昨日のことは勘弁《かんべん》してくれるがいい」

「さっぱりわからん」

「なにがだね？」

「悪いのは、あの、あほ面《づら》をした大男だ。なんでおれ一人が、逃《に》げ出した猿《さる》――犬っころみたいに捕《つか》まえられて、穴倉《あなぐら》に入れられなきゃならなかった」

パーシーは思わず笑いかけた。『猿』といいかけて訂正《ていせい》した理由がわかる気がしたからだ。

「まあ、そういうな。あそこでわたしとカミュで取り押さえていなければ、もっとひどいことになっていたぞ」

「おれは負けなかった」

「そういうことじゃないのさ」

パーシーがまた苦笑いしかけたとき、クオンが足を止めた。

二人の歩いている山道を左手に逸《そ》れた草地に、カミュがいた。一人で槍《やり》を振《ふ》るっている。跳《と》ぶように足場を替《か》え、握《にぎ》りを改めては虚空《こくう》を突《つ》く。風の唸《うな》る音がした。上半身は裸《はだか》だ。筋肉が汗《あせ》を散らしながら躍動《やくどう》している。カミュのほうもこちらに気づいて動きを止めた。

「ほう、小僧《こぞう》。出てこられたのか。早かったな。おや、パーシーどのも」

「わざわざ迎《むか》えにいったというのに、彼ときたらつれない態度でね」

パーシーもカミュも、昨日のことがあったせいか、いくらか態度が砕《くだ》けている。ちなみにクオンが十六なら、パーシーは二十歳で、昨日聞いたところによるとカミュは十九歳らしい。カミュなどは、常に眉《まゆ》を険しくしているせいか、ともすれば実際の年齢《ねんれい》より五つも六つも上に見える。

カミュは、パーシーから少年の名が「クオン」だと紹介《しょうかい》されると、

「ではクオン、おれたちに感謝することだ。どうせ田舎《いなか》から飛び出して、右も左もわからぬところであったのだろう。本能のままに暴れていたら、いずれあの山賊《さんぞく》どもに寝首《ねくび》を掻《か》かれていたところだ。あるいは身一つで放《ほう》り投げられて、二、三日後には、おまえもあぶれ者の仲間入りをして強盗《ごうとう》を働いていたとて、おれは少しも不思議に思わんぞ」

そう決めつけた。クオンは顔を赤くした。

「おれが強盗だと。おれは、あんな野郎《やろう》どもは何人もこの手で叩《たた》き斬《き》ってきたんだ」

「無論、敵ならば何人斬ったとて構わない」パーシーがいった。「だが、ここにいるのは一応のこと全員が味方だ。これから強大な敵に立ち向かわねばならないというのに、味方同士で争っている場合ではないだろう」

「おれを馬鹿《ばか》にして、飯を投げつけてきた時点でそいつは敵だ」クオンがいきりたった。「おれの生まれ育った山でそんなことをする奴《やつ》がいたなら、そいつはその場で殺されたって文句はいえやしなかった」

「おまえの故郷の流儀《りゅうぎ》ではそうなのだろうが」カミュが汗《あせ》を拭《ふ》きながら、どことなく興味深

げな口調でいった。「しかし場所が変われば生き方もおのずと変わる。おまえの場合、信仰《しんこう》や信条があるわけでもあるまいから、一日も長く生きていたいならここでの生き方を覚えることだ。おまえのやり方では一日に敵を十人は増やすだろう。十日で百人だ。いくらおまえでも百人、千人の敵を一人で叩き斬れはしまい」

「増えた敵をその日のうちに斬れば、十日で百人になることはない」

「なにを。こ奴、小賢《こざか》しいことを」

売り言葉に買い言葉だ。カミュも決して気の長いほうではないらしく、早くも眉《まゆ》を逆立てている。クオンも察して、後ろに飛びしざった。

「来るかよ？　昨日は、おまえも喧嘩《けんか》の邪魔《じゃま》をしたな。ってことは、おまえだって昨日のうちに増えたおれの敵ってことだ」

「あっははは」

カミュは喉《のど》を反《そ》らして豪快《ごうかい》に笑った。クオンの甲高《かんだか》い声がいかにも挑発《ちょうはつ》にはそぐわなかったからだろう。可愛《かわい》い、とカミュも思ったのではあるまいか。が、昨日から笑われることには敏感《びんかん》なクオンだ。いっぺんで顔色を変えると、カミュめがけて跳《と》びかかった。

「おっ」

拳《こぶし》を寸前でよけたカミュだったが、こちらも顔色が変わった。槍《やり》を手で回転させると、その柄《え》でクオンの鼻っ柱を狙《ねら》う。ひょいと首をすくめてクオンが身をかわす仕草は、武人のそれというより、セーラのいうとおり野生の獣《けもの》そっくりだ。

「いい加減にせんかっ、小僧《こぞう》。次は当てるぞ」

「おまえが外したんじゃねえ、おれがよけたんだ。こっちのほうこそ、次はおまえの顔を血まみれにしてやるぞ」

「口が減らん奴《やつ》め」

カミュは半ばは怒《おこ》り、半ばはあきれかえりながらも、この野生児に近しい人種に本気で関心を抱《いだ》いたらしい。表情を改めて、

「まったく度しがたい奴だが、おまえのような無知蒙昧《もうまい》の男にこそ、われわれは神の教えを説くべきかもしれない。クオンとやら、洗礼を——神の福音《ふくいん》を受けてみないか。多少はその荒《すさ》んだ心にも慰《なぐさ》めが見出《みいだ》せよう。慰めを得るとはすなわち心が豊かになるという意味であり、心が豊かになれば人生にも意義を見出せる。おまえはこのままでは誰彼《だれかれ》ともなく嚙《か》みついて、その辺に打ち捨てられる野犬同然の人生を送るしかないのだぞ」

などと口説《くど》きだしたのは、それはそれでパーシーをあきれさせた。

「神ね。山には山の神がいたさ」クオンはなぜかは知らねど、いっそう憎々《にくにく》しげにいって、肩《かた》に触《ふ》れてきたがるカミュの手を振《ふ》り払《はら》った。「神さまってのは、人の手を使って罰《ばつ》は下すくせに、人が唱える必死の祈《いの》りは聞き届けちゃくれないものさ」

「祈りを聞き届けるのが神というわけではないぞ、クオン。神を愛するとは、まず自分と相対

するということだ。おのれの心が空白になるほど謙虚《けんきょ》となり、あらゆる事象を受け止めてこそ、心身のなかに神を見出すことができる」

奇妙《きみょう》なやり取りがあった、その日の夕暮れ。

またも、事件が起きた。

そしてまたも、その場にはクオンと、カミュと、パーシーがいた。パーシーはいったん隊に帰って、兵たちの様子を確認《かくにん》していた。上官のノーマは聖堂のほうに呼ばれていた。軍議がある、とのことだったが、なにを話しあうのやらはわからない。大体、全体の指揮を執《と》るのはログレス司教だという。僧兵《そうへい》たちは意気あがるかもしれないが、軍事に関してはいうまでもなく素人《しろうと》だ。

街なかに戻《もど》ったとき、クオンとカミュがまだ二人いっしょにいるところを発見した。

（おや、どうやらあの御仁《ごじん》、本気でクオンを神のしもべになさるつもりか）

クオンの背中には真新しい剣《けん》が掛《か》けてある。約束どおりパーシーが進呈《しんてい》したものだ。カミュが本を片手になにやら熱心に話しかけているが、クオンは頬杖《ほおづえ》をついて、軒先《のきさき》で子供たちが遊んでいるのをぼんやり見物している。

（誓《ちか》ってもよいが、ひと言も聞いてはいないだろうな）

パーシーは口もとをほころばせた。しかし、クオンがぼんやりとしている姿のなんと無防備で幼いことだろう。彼の目に常から燃えさかっている苛立《いらだ》ちと不満が、なにやら勢いを失っている。これもパーシーには覚えがある。若者たちは時折、その激しすぎる感情を持て余すことがあり、そんなときは猫《ねこ》が陽《ひ》だまりで眠《ねむ》るような停滞《ていたい》を見せるのだ。

パーシーは二人に声をかけようとして、しかしすぐに言葉を呑《の》んだ。道ゆく人々が二手《ふたて》に割れた。中央を堂々と闊歩《かっぽ》してくるならず者たちに道を譲《ゆず》ったためだ。そしてあらわれたのは、昨日、クオンと揉《も》めごとを起こした例の連中だった。

（リゴンドといったな、確か）

パーシーも昨日のことがあってから情報を集めている。リゴンドは頭領の名だ。もとはよその国で傭兵《ようへい》をしていた。が、敵と通じあって金品をもらっていたことが明るみになって、すぐさま国外逃亡《とうぼう》。山賊《さんぞく》の仲間入りをした。それからわずか一年で、二百人の部下を得た。ただし、半数以上はもともと別の一団であった。その首領を殺して、リゴンドは彼らを吸収した。いま、リゴンドの隣《となり》で肩《かた》をそびやかしている禿頭《とくとう》の男が、かつての一団の下《した》っ端《ぱ》であり、リゴンドを手引きしたという。その功績を認められてか、いまは副首領格に取りあげられていた。

クオンが嫌《いや》そうな目で彼らを見た。道を譲るのが気に喰《く》わないのだ。その肩《かた》を後ろからカミユが引く。

「大事《だいじ》をなす人間は、小事《しょうじ》にとらわれぬものだ」

クオンの存在に気づいて、リゴンドが唇《くちびる》を歪《ゆが》めて笑った。

「おや、昨日の山猿《やまざる》か。あれはなかなか楽しかったな。今日は遊んでくれないのか？」

クオンは応《こた》えない。一応、昨日の騒《さわ》ぎは、やりすぎたとは思っているらしい。

「怖気《おじけ》づきやがって」リゴンドは、今度は声に出して笑った。「獣《けもの》は獣らしく鎖《くさり》につながれたまま檻《おり》のなかから吠《ほ》えてな」

そのままクオンとすれちがおうとしたとき、左右に割れた人波《ひとなみ》のなかから一人、道の中央へと進み出る者があった。

「あっ」

とカミュが声をあげる。

中央にあらわれた以上、リゴンドも足を止めざるを得ない。が、

「なんだ？」

と聞いたその顔は、ことさら凄《すご》みを利《き》かすわけでも、苛立《いらだ》ったふうでもない。それも当然、あらわれたのは女性——というより、まだ少女と呼ぶにふさわしい人物だった。

カミュの妹のセーラである。笑顔《えがお》を浮かべている。彼女の笑みには、暗がりにもぱっと灯《あか》りをともすような華《はな》やかさがあった。リゴンドは野卑《やひ》な笑顔を返して、

「尼《あま》さん、あんたが代わりに遊んでくれるってのか。あそこで縮んでいるガキと遊ぶよりははるかに楽しそうだがな」

カミュが血相を変えかけた。妹を娼婦《しょうふ》扱《あつか》いされたのだから無理もないが、セーラはなにを

思ってか、手を腰《こし》の後ろで組んだ姿勢で、笑顔《えがお》を絶やさず、

「わたしより先に、誰《だれ》かと遊んだあとじゃないの？」

とからかうようにいう。リゴンドはにやにやしつづけていたが、セーラが驚《おどろ》くほど身軽に彼の懐《ふところ》へ飛びこみ、その耳もとで何事かを囁《ささや》くと、黒髭《くろひげ》に埋《う》まった口が閉ざされた。

「――って娘《こ》と仲良くしているんでしょう？」

どうやら、知人の名前を口にしたらしい。リゴンドが無言でいると、ふたたびセーラは跳《は》ねるような仕草で彼から離《はな》れて、

「あなたたちが寝泊《ねとま》りしている場所は尼僧《にそう》院のはずよね。下働きのほかに何人か、修道女が交替《こうたい》であそこへ掃除《そうじ》にいったり、洗濯《せんたく》にいったりしているはず」

リゴンドは目を逸《そ》らす。後ろにつづいていた十五、六人の男たちが顔を見あわせた。

聖堂のある敷地《しきち》とはやや離れたところに尼僧院がある。普段《ふだん》は尼僧や女性の修練士たちが暮らす場であるが、いまセーラが口にしたとおり、現在は兵たちの宿舎代わりになっていた。

「そこで彼女に目をつけたんでしょう？　あの娘、まだ修練女だけど、前は麓《ふもと》の村に住む鍛冶《かじ》師の妻だったの。若いうちに夫と死に別れたからここへ来たのよ。そのせいか、化粧《けしょう》っ気《け》一つなくても妙《みょう》に色っぽくて、あなたのような男が目をつけるのも無理はないわね」

なりゆきを、クオン、カミュ、パーシーたちは不審《ふしん》げに見やっている。一人、セーラが朗《ほが》らかな笑みを浮かべたまま、

「彼女とわたし、友だちなのよ」

「そうか、そりゃ結構だ。おい、いくぞ」

リゴンドはあきらかにこの話を嫌《いや》がって、部下たちにそう声をかけた。が、セーラはその前に立ちはだかったまま。

「彼女と仲良くしてくれたお礼をしたいのよ。あなたが服のほつれを口実に声をかけて、二人きりになった瞬間《しゅんかん》に押し倒《たお》したそのお礼をね」

「うるせえ尼《あま》だ」リゴンドがいよいよ歯を剝《む》いた。「向こうへいってろ。でないと、おまえも足腰《あしこし》立たなくしてやろうか」

リゴンド配下の男たちがざわついた。リゴンドの冗談《じょうだん》に沸《わ》いたふうではない。パーシーは注意深くその態度を眺《なが》めた。リゴンドは女を辱《はずかし》めたのを認めた格好だ。もとが山賊《さんぞく》、そのようなことで仲間をとがめる彼らでもあるまいが、ここは傭兵《ようへい》として出向いた地である。まだ戦端《せんたん》が開かれてもいないし、給金を支払《しはら》われてもいない。パーシーは、男たちの顔に、ややうんざりした色が見《み》え隠《かく》れするのを見抜《ぬ》いた。

(何度か、似たようなことがあったにちがいない。リゴンドが騒動《そうどう》を起こして、金をもらえないまま働き口をほかに見つけねばならなくなったことが)

パーシーが確信したその瞬間のことだ。

「いいえ、わたしのお礼は」

セーラは腰《こし》の後ろで組んでいた手をぱっと前方へ突《つ》き出した。銃《じゅう》が握《にぎ》られていた。普通《ふつう》の歩兵銃と比べれば小振《こぶ》りのものだ。馬上で扱《あつか》えるよう銃身を切り詰《つ》めた種類だが、そのぶん命中精度は悪い。ために、セーラはリゴンドの真ん前に立ちはだかる格好を取ったのだ。

「これよ」

「ま、待てっ」

リゴンドの顔に恐《おそ》れの色が浮いた。いい気味だとは思ったが、まさか、その引き金をためらいもなく引き絞《しぼ》るとは、パーシーも予想外であった。

夕暮れ色に染まった風のなかに、銃が吠《ほ》えた。

額に穴の空いたリゴンドの巨体《きょたい》が後《うし》ろ倒《だお》しになる。

すわ、敵襲《てきしゅう》か、と通りの空気が一変し、女性の悲鳴がこだました。そのなかにあって、

「こ、こいつっ」

「やりやがったな！」

リゴンド配下のうち、ひときわ血の気の多そうな二人が、蛮刀《ばんとう》を手にセーラへ挑《いど》みかかった。

セーラが反応するより早く、その背後から吹《ふ》きつけてきたつむじ風があった。風はセーラの背中に当たる寸前、左右二手に割れた。

右の風はクオンの姿となった。背中から剣《けん》を引き抜《ぬ》くのと、刀をかざした男の腕《うで》を斬《き》り払《はら》う動作はほぼ一直線。血しぶきをあげながら、肘《ひじ》から先が切断された腕が宙に舞《ま》う。

左の凪はカミュだ。同じくセーラに躍《おど》りかかろうとした無法者の胸を槍《やり》の石突《いしづ》きでしたたかに突いた。

セーラの左右で男たちが崩《くず》れ落ちる。まばたき一回も挟《はさ》む余地がないほどの早業《はやわざ》だ。ほかの男たちは、一瞬《いっしゅん》、幻覚《げんかく》でも見たかのようにきょとんと立ちつくしていたが、パーシーもまた息を呑《の》んでいた。

（カミュもやるとは思っていたが、まさかこれほどとは。それに、クオン）

先ほどの、陽《ひ》だまりで眠《ねむ》る猫《ねこ》同然の停滞はどこへやら、抜き身の鋼《はがね》を構えたクオンには内側《がわ》から火炎《かえん》が迸《ほとばし》るほどの精気が感じられた。目に宿っていた苛立《いらだ》ちや不満の色も炎にじゅっと溶《と》けて、その目はただもう敵のみに向けられているのだ。

戦士の姿とは、あれか。初陣《ういじん》への未練を引きずるパーシーには、それはほとんど神々《こうごう》しいまでの光景であった。

それから、はっとパーシーはクオンの姿から視線を引き剝《は》がした。見惚《みと》れている場合ではない。このままでは味方陣営での殺しあいだ。見ると、男たちはまだ呆《ほう》けている。

（ここだ）

とばかりに今度はパーシーが進み出た。遅《おく》ればせながら、腰や背中から武器を取ろうとする男たちめがけて、

「待て、待て待てっ」

昨日のカミュに劣《おと》らず、大音声《だいおんじょう》を張りあげる。パーシーは両手をひろげて、自分が武器を取る意思がないのを示したのち、

「リゴンドはやりすぎた。そうだろう、マシュー？」

と声をかける。マシュー、というのは例の副首領格の男だ。禿頭《とくとう》のこの男は目を白黒させて、

「な、なぜおれの名を」

「おまえの一団が皆噂《みなうわさ》していたからさ。リゴンドの奴《やつ》は血の気が多すぎる、マシューならどこでも上手《うま》くやっていけそうだ、と。そこの連中も同じ思いだろう？　もしここでリゴンドの弔《とむら》い合戦をやるというなら、わたしたちだけじゃなく、寺院の僧侶《そうりょ》全員が相手になるのだぞ」

勢いに任せ、パーシーはあたかもそれが寺院の総意であるかのように語る。なにしろこの場にいるカミュもセーラも僧衣を身につけているのだ。マシューをはじめとした男たちがひるんだ顔をした。リゴンドが頭領になってから日が浅い。命懸《が》けでその復讐《ふくしゅう》をしたいと心底から願う男などは皆無《かいむ》に等しかった。あとは体面の問題だ。

「それよりはマシュー、おまえが一団を説得してまとめあげろ。婦女子を凌辱《りょうじょく》するようなリゴンドのような奴よりは、おまえが頭になるほうを寺院も望むだろう。わたしとこちらにいるカミュとで寺院上層部にかけあってみる」

パーシーは相手に疑問を挟《はさ》む暇《ひま》を与《あた》えなかった。結果、マシューは武器を収めた。

「嘘《うそ》はねえだろうな」

「こちらとて、おまえたちを敵にまわしたくはない」

マシューは進み出てきて、腕《うで》を斬《き》られて悶絶《もんぜつ》している男の肩《かた》を引いて強引《ごういん》に立たせた。その目が据《す》わっている。人の後ろにつき従ってばかりいた男が、覚悟《かくご》を決めて分岐《ぶんき》点を渡《わた》った瞬間《しゅんかん》かもしれなかった。彼は去り際《ぎわ》、ついでのようにリゴンドの死体に唾《つば》を吐《は》いた。

「余計な騒《さわ》ぎばかり起こしやがって、この悪党が」

マシューは男たちにひと声かけ、彼らをぞろぞろと引きつれながら通りを渡っていった。あとには死体と、騒然《そうぜん》とする人々が残された。そのなかにあって、

「セーラ、どういうつもりだ」カミュが肩をいからせて妹へ詰《つ》め寄っていた。「またろくに考えず！　おれたちがいなければ、いったいどうなっていたかわからんのだぞ」

「ごめんなさい」謝りながらも、セーラはあくまで息を弾《はず》ませて笑っている。「でも、なにも考えていなかったわけじゃないわ。一発撃《う》ったら、あの建物の陰《かげ》に走って、追いかけてくる奴《やつ》を一人、また一人と片づけてやるつもりだったんだから」

「それほど器用に撃ちつづけられるものか。あっという間に追いつかれるのが落ちだ」

「あちこちに銃《じゅう》を隠《かく》していたのよ。それで連射可能、ってわけ」

口論の行方《ゆくえ》がなにやら怪《あや》しくなってきた。そんな兄妹《きょうだい》を、パーシーは心臓の高鳴る思いで見つめている。初陣《ういじん》となった戦場で、重傷を負った兵や遺体を運ぶ手伝いをしたことはあるが、さすがに女性が人を撃ち殺す現場を目撃《もくげき》したのははじめてだ。

度肝《どぎも》を抜かれる思いをしているというのに、セーラの笑顔《えがお》、あの屈託《くったく》のなさはなんなのだろう。辺りには硝煙《しょうえん》が薄《うす》く漂《ただよ》い、血臭《けっしゅう》が鼻を衝《つ》きはじめている。パーシーの胸の一点が熱くなっていた。クオンやカミュの武芸を目《ま》の当《あ》たりにしたということもある。あらゆる感情が、この熱のなかに溶《と》けて、いっしょくたにグツグツ煮《に》込まれているような奇妙《きみょう》な感覚が、パーシーに一瞬《いっしゅん》のめまいを誘《さそ》った。

いや、熱のなかに投じられていたのは、いま血の巡《めぐ》りとともに駆《か》け巡った感情のみならず、リィガン家の次男として過ごした時間すべてだ。石の壁《かべ》に守られながら、読書をして、身体《からだ》を鍛《きた》えて、馬上槍《やり》試合に参加し、同年代の若者らと悪ふざけをしながらも、やはり若者らしい悔《かい》恨《こん》に身を焦《こ》がしていた、そんな時間や経験のすべてが、いまにも泡《あわ》と化して弾《はじ》けていってしまいそうである。

一方、クオンはというと、剣《けん》の血のりを払《はら》って鞘《さや》に収めるまでは無言だったものの、

「なるほどな」

ここへ来て聞こえよがしにつぶやいた。普段《ふだん》は訛《なま》りの強い彼が、意識してか、ひと言ひと言はっきりと発音しながら、

「これが、おまえたちのいう、あと先考えて行動するってやつか。これが、ここの、そして神さまの流儀《りゅうぎ》ってやつかよ。結局、おれとなにも変わりゃしねえんだな」

これ以上もないくらいはっきりとした皮肉に、カミュが渋面《じゅうめん》をつくった。

「妹は、まだ道半ばだ。おまえと同じく、これから時間をかけて神の教えとはなんなのかを学ぶ必要が——」

「その道半ばの奴《やつ》が、昨日はおれを猿《さる》呼ばわりして、顔を踏《ふ》んだんだ」

カミュは返す言葉がない。パーシーは直感していたのだが、このクオンという少年、たとえ都会とはちがう流儀《りゅうぎ》で育ったといっても、決して愚鈍《ぐどん》ではなかった。

「なによ」セーラがただでさえ吊《つ》りあがり気味の眉《まゆ》をさらに逆立てた。「お礼をいうつもりだったのに。ずっと揉《も》めごとを起こしていなくちゃ気が済まないわけ？」

「おまえの兄は一つ正しいことをいった。おまえは、一人だと死んでいた。それも嬲《なぶ》り殺しだ。一日でも長く生きていたいなら、生き方を変えろ」

「——」

まだ昨日出会ったばかりだが、この兄妹《きょうだい》を揃《そろ》って黙《だま》らせることができる人間は稀有《けう》なのではないか、とパーシーはそんなことを考えた。

昨日と同様、ぞろぞろと僧兵《そうへい》たちが駆《か》けつけてくる。パーシーとカミュは彼らへの事情説明に追われた。クオンはまるでかかわりのないことだといわんばかりに、人の輪のなかから一人で抜《ぬ》け出しつつあった。と、当事者であるはずのセーラまでもが、さっと輪のなかから抜け出して、

「クオン」

と呼んだ。少年がぎょっとしたように振《ふ》り返る。尼僧《にそう》姿の少女はにっと口を横長に開いて笑い、

「兄さんに名前を聞いてきたの。やっぱり、礼だけはいっておくわ。さっきはありがとう」

「いらねえ。あいつらにはおれもむかついていた。あの大男はおれがやりたかったくらいだ」

「ずいぶん、ご立腹のようね」セーラは笑顔《えがお》を引っ込めて苛立《いらだ》たしそうにいった。「昨日のあなたと今日のわたしが同じだっていうなら、どうぞ、いますぐわたしを引き倒《たお》して、顔なり首なり踏んづけたらいいじゃないの」

挑《いど》むような態度で胸を張った。生来、負けず嫌《ぎら》いなのだろう。するとクオンは、

「小娘《こむすめ》と同じことなどできるか、馬鹿《ばか》が」

それだけいうと、往来を遠ざかっていった。

しばし黙《だま》って立ちつくしていたセーラだったが、数秒後、その突《つ》き出し気味の唇《くちびる》から、神に仕える身とも思えぬ罵詈《ばり》雑言《ぞうごん》がすさまじい速度であふれ出していった。

三章　開幕

1

リゴンドの横暴は——当事者の名は一応のこと伏《ふ》せられたまま——あきらかになったものの、セーラにお咎《とが》めなしというわけにはいかず、今日の朝までクオンが閉じ込められていた地下室に入れられることとなった。

それとて戦時下であるからこその特例である。本来なら寺院内で裁判がおこなわれる。コンスコンはどこの国にも属していないから、寺院での法律に基づいてのものだ。修道女としての籍《せき》も剝奪《はくだつ》されるところだが、正直、いまの寺院は一人の罪人にかかずらってなどいられない。セーラが銃《じゅう》の腕前《うでまえ》を披露《ひろう》したことで、逆に兵士としては欲しい人材になっている。

閉じ込められるとしてもそう長くはないだろう。その間、マシューを新たに頭に据《す》えた一団はひとまず大人しくしていた。僧兵《そうへい》たちの監視《かんし》の目が厳しくなったこともある。彼らは有事あるまで武器を取りあげられることとなっていた。

とりあえず、これにてコンスコン寺院もいったんは静けさを取り戻《もど》す——かに思われたが、事態はすぐに動いた。

セーラが閉じ込められて三日目。

宵《よい》の口《くち》、そろそろ夜警の見張りが立とうかという頃合《ころあい》、息せき切って駆《か》け込んできた男があった。山の周辺を偵察《ていさつ》してまわっていた隊の者だ。

「アリオンの部隊を発見した」

と大声をあげた。

騎馬《きば》兵が二、三十で、つきしたがう徒《かち》の兵がその倍ほどだという。どうやらあちらも威力《いりょく》偵察中だったらしい。

山中が沸《わ》いた。剣《けん》や鎧《よろい》を打ち鳴らす音が陣太鼓《じんだいこ》のようにひびいて、男たちの野太《のぶと》い声が唱和する。すると傭兵《ようへい》たちは、寺院からの指令を待たずして、好き勝手に山道を駆けおりはじめた。見まわりや偵察以外では、隊の編制もととのっていないから、もうとにかく動ける者が動くといった勢いである。指揮系統もなにもあったものではないが、寺院上層部が対応に手間取ったのは事実で、そこは命令を下すほうも下されるほうも素人《しろうと》の集団であることを露呈《ろてい》した格好である。

パーシー・リィガンはこの事実にちらりと懸念《けねん》を抱《いだ》きつつも、彼自身、荒々《あらあら》しい勢いに若い血を刺激《しげき》された。自分の小隊に号令を発し、二十名だけを選んで突撃《とつげき》した。甲冑《かっちゅう》を着込む間とてなかった。兵がおのおの掲《かか》げた火灯《ほあか》りに誘《いざな》われて駆けおりていくと、麓《ふもと》の村近くにて敵を発見。隊のなかではパーシーだけが馬を駆《か》っている。

「せやっ」

ひと声あげて敵集団に突入《とつにゅう》した。胸の激しい鼓動《こどう》と、馬の背で上下する身体《からだ》の動きとが足並みを揃《そろ》えたように錯覚《さっかく》した。赤い火が交差するなか、敵の顔が見えた瞬間《しゅんかん》にパーシーは馬上から槍《やり》で突《つ》いた。敵も偵察《ていさつ》行動中で身軽さを欲したためか、まともに甲冑《かっちゅう》をつけていない。槍の穂先《ほさき》がパーシーの視界からも霞《かす》んで消えたとき、重たい手応《てごた》えが、肘《ひじ》から肩《かた》、そして胸《むな》板《いた》を経由して、ぐん、と腹の底にまで轟《とどろ》き落ちた。生まれてはじめて敵の命を奪《うば》った瞬間だった。

やれるぞ、と声には出さず、胸の内側《がわ》だけでパーシーは快哉《かいさい》を叫《さけ》んだ。

(槍を握《にぎ》っていた時間は、無駄《むだ》にはならない。自分は、やれる。強い。敵を屠《ほふ》れる。生き残ることができる)

脳裏には、カミュやクオンがまざまざと見せつけた戦士としての姿がある。負けられない、とも思った。

あとは、なにかを考える余裕《よゆう》などなくなった。

ただ闇雲《やみくも》に敵を突き、敵の繰《く》り出す剣《けん》やら槍やらを必死で退けた。敵の吐《は》く息を何度か面《おもて》に浴びた。鋼鉄の打撃《だげき》が、あわや頭や手足に降りかかる場面が多々あった。そんななかにあって、遠くから銃声《じゅうせい》らしき音がひびくたびに、

（味方のものだろう。逃《に》げているなら逃げている敵を撃《う》ってくれていならよいが、泡《あわ》を喰《く》ってこの乱戦のただなかに撃ち込まんでくれよ）

そう考えられる理性的な部分も、脳の片隅《かたすみ》にわずかばかり残されていた。

「退《ひ》け、退けっ」

アリオン兵らしい声が遠くに聞こえたときには、乱戦は終わっていた。

結果、パーシーは二人の敵兵を殺した。一人は最初の騎馬兵《きば》で、残る一人は長柄《ながえ》の斧《おの》を振《ふ》りかざしてきた徒《かち》の兵だ。あとは数名に手傷を負わせたはずだが、致命傷《ちめいしょう》にはならなかった。

「よく戦う」

気づけば、荒々《あらあら》しく鼻息を洩《も》らす馬の首筋を撫《な》でながら、傍《かたわ》らにカミュが立っていた。僧衣《そうい》と、その下の鎖《くさり》かたびらが赤く染まっている。返り血だろう。本人はいたって健康そうに歯を剝《む》いた。

「見た目にそぐわず、なかなかの戦いぶりだ。槍も馬の扱《あつか》いもまだ荒削《あらけず》りだが、場数《ばかず》を踏《ふ》めば、もっと多くの首級《しゅきゅう》をあげられるだろう」

あたかも将軍のような口ぶりだ。その顔に、いつも以上に精気と自信がみなぎっているのは、こちらも何人かの敵をしとめた証《あかし》だ。つくづく僧侶《そうりょ》にしておくには惜《お》しい男だった。そして、

（クオンは）

もう一人、荒々《あらあら》しい昂《たかぶ》りを心に秘《ひ》めた少年が気になった。馬上でぐるりと首を巡《めぐ》らせてみた

が、見つからない。敵、と聞いて、真っ先に飛び出していったはずだ。

まさかと思い地面に倒《たお》れている影《かげ》のほうへ視線を落としたとき、

「あそこだ」

カミュがいって、駆《か》け出した。敵が逃げ去《に》った方角だ。パーシーも馬を進めてカミュを追い抜《ぬ》くと、恐《おそ》ろしいほどの速さで駆けていくクオンを捕《つか》まえた。案の定、剣《けん》が血で濡《ぬ》れている。

「深追いは禁物《きんもつ》だ、クオン。敵が陣《じん》を構えている恐れがある」

馬上から、そして追いついたカミュからも制されたので、クオンは不承不承足を止めた。息は弾《はず》んでいるが、さほど疲弊《ひへい》した様子もない。

「何人やったのだ」

「三、四人。指揮官らしい奴《やつ》にも手傷《てきず》を負わせたんだ。追いついて止《とど》めを刺《さ》せれば」

クオンは悔《くや》しげにいった。気概《きがい》がきらきらとした双眸《そうぼう》からあふれそうになっている。

「返《かえ》り討《う》ちにあったのでは意味がないさ。おまえに手傷はないのか」

パーシーに聞かれて、クオンは自分の手足を眺《なが》めた。血の臭《にお》いを嫌《いや》がるかのように鼻をすぼめて、「いや」とだけ返す。つくづく可愛《かわい》い奴だ、とパーシーは笑《え》みが浮かんでくるのをこらえつつ、

「そんなに手柄《てがら》を立てたいんなら、これからはわたしの隊とともに戦わないか。一人で闇雲《やみくも》に戦うよりは効率がいいはずだ」

そう誘《さそ》ってみた。クオンはしばし考えたあと、

「どこでもいい。あんまり、うるさいことをいわないんなら」

「決まりだ。カミュ、あなたはどうだ。まだ初々《ういうい》しいわたしが場数《ばかず》を踏《ふ》むのに協力してはくれないだろうか」

「若者を正しく導くのも、神の信徒のつとめだ」

カミュは恭《うやうや》しくそういったが、実際のところ、彼のほうがパーシーよりも一つ歳下《としした》だ。

その日、勝利に酔《よ》いしれる寺院において、パーシーは、クオンとカミュの二人を自分の隊に組み込む旨《むね》を告げた。寺院は軍編制に手馴《てな》れているわけもないから、逆に厳しいこともない。このあたりは臨機応変である。

ノーマ・ラウマールは自分で戦ったわけでもないのに、『配下』の者が手柄《てがら》を立てたというので一日ご機嫌《きげん》だった。

「わが采配《さいはい》においては――」

と、その目で見てもいない戦場のことを司教たちへつぶさに語っている。

無論、勝利といっても、偵察《ていさつ》中の敵部隊を一つ追い返したに過ぎない。これはアリオン軍が軍事行動を起こしはじめた証《あかし》であるから、勝利に酔いしれる空気とは別に、いよいよ山中に緊張《きんちょう》がみなぎりはじめた。寺院も見張りの数を増やし、部隊を偵察に送り出す回数を増やした。

パーシー・リィガンも来《きた》るべき攻撃《こうげき》に心身を備えた。

ところが。

大軍を進めてくると誰《だれ》もが予想していたアリオンであったが、翌日からまったくちがう行動に出た。

コンスコン山の麓《ふもと》にいくつか点在する村々で、略奪騒《りゃくだつさわ》ぎが相次いだ。

どこからともなくあらわれた武装集団によって畑が荒《あ》らされ、収穫物《しゅうかく》や家畜《かちく》が奪《うば》われた。これに抵抗《ていこう》しようとする男たちは馬上から槍《やり》で突《つ》かれ、矢で胸を射抜《ぬ》かれた。無防備に外に出ていた百姓《ひゃくしょう》の妻や娘《むすめ》たちがさらわれることもあった。

山賊《さんぞく》か、あるいは賊兵の仕業《しわざ》だと村人たちは噂《うわさ》した。──『賊兵』とは、近隣《きんりん》の領主に雇《やと》われている兵隊のことではあるものの、城に詰《つ》めている兵らと比べると禄《ろく》が少ない。代わりに、国の支配がおよびにくい国境付近で、商人や旅人から「旅の安全のために護衛する」という名目で通行料をせしめている。これを国主も黙認《もくにん》する。実際、護衛がついていたほうが商人たちも安全に旅ができる。また賊兵たちは、時には隣接する別の国へ赴《おもむ》いて、村々を襲《おそ》うこともある。略奪、火かけ、人殺し、人さらい。これを、自分たちの出自は隠《かく》して、無法者、あるいは武装漁民の振《ふ》りをしてやる。利益と実戦訓練を兼《か》ねたこの手の襲撃《しゅうげき》を、彼らは国主の命令でおこなうことすらあった。もちろん目的は他勢力への攻撃《こうげき》、挑発《ちょうはつ》、牽制《けんせい》など多岐《たき》にわたる。

アトールでは、地域ごとの領主がこの賊兵を抱《かか》えていて、同じ国内においても他地方を荒らさせるということがたびたび起こっている。そのなかでもっとも悪名高く、公王家からも恐《おそ》れられているほどの男がいるのだが、いまは詳細《しょうさい》を省く。

今回の場合は、まちがいなくアリオン軍であろう。本隊が山賊の振りをしているのか、あるいは地方の賊兵たちを金で雇ったかのどちらかだ。寺院周辺はどの国にも属さない地域のため、村が荒らされれば、村人たちは寺院に庇護《ひご》を求めて逃《に》げてくるしかない。村々から山の市場《しじょう》へ出荷されていた食料は途絶《とだ》え、さらに寺院は余計な人員を抱え込むことともなる。

「賊どもを掃討《そうとう》せよ」

ログレス司教は令を発した。

さすがにこのころには隊の編制もととのっている。部隊ごと迎撃《げいげき》に出た。

賊兵たちのうち大半は、寺院兵に出くわすとすぐさま逃げ去った。この動きが機敏《きびん》である。統率《とうそつ》が取れている証拠《しょうこ》だ。ということは、なまじの賊ではないから、いざ実際に交戦する事態となると手強《てごわ》い。寺院をなんとしてでも守らねばならない僧兵《そうへい》たちはともかく、ならず者の寄せ集めなどは、少しでも相手が粘《ねば》ると今度はこちらが逃げ腰《ごし》になる。そして多少の弱気でも相手は見逃《のが》さず、

「いざいけ、いけいけっ」

その弱い部分から突《つ》き崩《くず》しにかかって、結果、寺院側《がわ》は村を守るどころか、いくらかの局面で敗北を喫《きっ》した。

掃討隊として、パーシー率いる小隊もいく度となくこの戦いに投入された。ノーマ・ラウマ

ールなどはこれも溜飲《りゅういん》を下げる絶好の機会ととらえてか、パーシーを「頼《たよ》りがいのある隊長」と持ちあげては、連戦を命じてきたのである。反感はあるものの、パーシーも命令には逆らえない。実質、彼ら以上に戦果をあげる者がいないのも事実だった。

昼に夜にと駆《か》り出されては、パーシーは馬を走らせた。賊兵《ぞくへい》たちはこちらを強敵と判断するとたちまちのうちに逃《に》げる。ばらばらに散っているようで、しかし次にあらわれたときはまた統率《とうそつ》が取れた動きを見せる。押してくるかと思えば、こちらが槍《やり》でひと突《つ》きにしようとするとまた引いていく。徒労の繰《く》りかえしだ。

「おのれ」とカミュは、歯ぎしりして悔《くや》しがることしきりだ。「卑劣《ひれつ》な真似《まね》をしおって。堂々とかかってくればよいものを」

なんの、とパーシーは無言のうちに思う。勢力の中心同士がぶつかりあうものだけが戦争ではない。一滴《てき》も血が流れないまま、牽制《けんせい》だけで終始するケースも多々ある。これも戦争だ。が、同時に、

(アリオン軍の動きとしては妙《みょう》だ)

と思わずにはいられない。考えられることとしては、

(アリオンは、コンスコン山一帯を包囲するだけの頭数《あたまかず》がないのではないか。もしくは、さほど兵站《へいたん》に余裕《よゆう》がないのか。その両方とも考えられる)

ログレス司教がかつていっていたことを思い出した。アリオンは寺院討伐《とうばつ》に必ずしも乗り気

ではない。おそらくアリオンにおいても一部の者が気炎《きえん》をあげているに過ぎないのではないか。だから軍勢の規模としては決して大きくない。万単位ではないだろう。一千に足るかどうかすら怪《あや》しい。

といったところで、寺院側《がわ》のほうが苦汁《くじゅう》を嘗《な》めさせられている現実がある。

（受け身のまま長引けば、寺院側は傷つく一方だ。いずれは食料も尽《つ》きようし、飢《う》えた雇《やと》われ兵などはあっさり裏切りかねない）

そのうちに、ログレス司教の命令で、村々に隊を直接駐留《ちゅうりゅう》させることとなった。またノーマの命令によって、パーシー隊もこれに加えられることとなる。相変わらずの激務であるが、ひとまずのところパーシーに異論はなかった。村の被《ひ》害《がい》を抑《おさ》えるためばかりではない。村人たちが、この戦いに嫌気《いやけ》が差してアリオン側に家々を明け渡《わた》すようなことになれば、麓《ふもと》は一転して寺院攻略《こうりゃく》のための前哨《ぜんしょう》基地と化す。直接出向いて村人たちを安心させるための役まわりでもあった。

林に囲まれたその村は、戸数百ていどの規模だった。

パーシーは見張り台を築き、周辺の偵察《ていさつ》も、以前より密《みつ》におこなった。出陣《しゅつじん》に際してリィガン家よりいくばくかの軍資金が出ている。パーシーは惜《お》しみなくそれを使って、馬を数頭買い、また様々な雑事を頼《たの》むことで、村の鍛冶《かじ》師や馬具職人にも儲《もう》けをもたらした。

時々は、村に一軒《けん》しかない居酒屋にも兵をいかせた。村人との喧嘩《けんか》はご法度《はっと》なので、必ず数名は素面《しらふ》でいさせることにしている。カミュもその役目を担《にな》った。彼はもともと酒に縁《えん》がない。悪い酔《よ》い方をして、面倒《めんどう》を起こしそうな兵がいれば、彼がその豪腕《ごうわん》で次々外へ連れ出した。

もう一人の盟友クオンはというと、彼は酒が入っていようがなかろうが、常に争いごとの中心にいた。

隊に加えたはよいが、最初のころ、パーシーはクオンがなにか揉《も》めごとを起こすたびに駆《か》けつけねばならなかった。喧嘩《けんか》の原因などは、たかが知れている。名前や訛《なま》りを笑われた、サイコロ賭博《とばく》でいかさまをやられた、逆にクオンの飾《かざ》らない言葉遣《づか》いが若い兵の反感を買った——など。

「皆《みな》、別におまえを軽《かろ》んじているわけではない」パーシーはその都度《つど》、クオンに説いた。「ただ、もの珍《めず》しがっているだけのことさ。放《ほう》っておけばそのうち馴染《なじ》む。いちいち目くじらを立てて拳《こぶし》を振《ふ》るわない限りはな」

鼻っ柱を赤く染めたクオンは無言だ。

「クオン、大望を抱《いだ》いた男というのはな、誰《だれ》に笑われようが気にもしないものだよ。おまえも剣《けん》ひと振りを持って故郷を飛び出した身なら、なにか心に期すものがあるのだろう。つまらないいざこざを自分で招き寄せるような奴《やつ》には、なにもなし遂《と》げられなどしない」

「大望だの、なし遂げるだの、おれにはなにもねえさ」たまに口を開けば、クオンは悪態しかつかない。「今日、食えるものを食えりゃそれでいい。それだけだ。それのなにがよくない」

「せっかくの働き場所を追い出されれば、食えるものも食えなくなるという話だよ」

パーシーはそう説いている自分を笑いたい気持ちにもなっていた。クオンは、まるでほんの昔の自分自身を見るようだったからだ。自分の価値が自分でもわからず、そのくせ、他人に軽んじられるのをなによりも嫌《きら》った。初陣《ういじん》でなにもできなかった男が、いつか大功をあげるなどと吹《ふ》いて槍《やり》に励《はげ》んでいる姿を、周囲すべてが嘲笑《あざわら》っている——、そう思い込みもした。

もう一つ笑いたくなったのは、そんな自分そっくりの少年の姿を見ていると、まるで自分が年寄りじみた役割を担《にな》わされていると感じるからだ。

ともあれ、そうやって、最初のころはクオンに振りまわされたパーシーだったが、いざ戦場に立つと、クオンの様子は一変した。普段《ふだん》から血の気の多い小僧《こぞう》なだけに、果たして命令どおりに動いてくれるものやら心配していたのだが、実戦の場となると、意外なほど従順に、しかも機敏《きびん》に立ち働いた。

戦場を経るごとに、周囲の見る目も変わってきた。

「あいつ、身体《からだ》はまだ小さいのに、剣《けん》を恐《おそ》ろしくよく遣《つか》う」

「勇気があるんだよ。敵を恐れもせずに、一直線に駆《か》けていきやがるんだ」

そうやって周囲が変われば、クオン自身の態度にも若干《じゃっかん》の変化が見られるようになった。

もともと山岳《さんがく》育ちのためか、彼は夜目《よめ》が利《き》いた。夜の見張りを自ら買って出ることも多かった。また、時には、日がな一日山中をうろついていたかと思うと、帰ってきたときには両手に大量の草葉を抱《かか》えていた。それらを地面に並べると、食べられる野草と、薬にできる草とにわける。後者のほうは自ら葉をすりつぶして、それを傷ついた兵たちに与《あた》えてまわった。

「ほう、あの小僧《こぞう》、変わりましたかな」

リィガン家に古くから仕えている兵も、そういって感心した。いま、見張り台の下に集まってぐるぐる駆《か》けまわっている村の子供たちを、クオンが「危ない」といって追い返している。子供たちにとっても、その訛《なま》りや、犬の鳴き声に似た名前がやはり面白《おもしろ》いらしくて、事あるごとに「クオンちゃん、クオンちゃん」と彼の名を連呼していた。

「どうかな。あれは変わったというよりも」パーシーは首をひねった。「ひとまず荒事《あらごと》に身をおいているから、自分から騒動《そうどう》を起こす必要がないためであろう」

クオンはもともと生まれ故郷において、常日頃《つねひごろ》から仲間たちとともに侵略《しんりゃく》者と戦っていた。当然、押し寄せてくる敵めがけてばらばらに立ち向かったのではなく、彼らには彼らの作戦、計略があったろうし、クオンも生まれついたころから集団戦闘《せんとう》における厳しい掟《おきて》を学んできたはずだ。事あるまで持ち場を離《はな》れるな、無駄《むだ》な呼吸一つするな、ひとたび号令が発せられれば臆《おく》すことなく敵集団へ斬《き》り込め――。

クオンが一兵士として有能な面を見せるのも、考えてみれば当然のことといえた。慣れない文明圏《けん》ゆえにあれこれと戸惑《とまど》うこともあったろうが、いまの彼が「変わった」のではなく、いまのクオンの姿こそがもともとの彼であったのだろう。

ある夜、火を囲んで部下たちが大いに盛りあがっているなかに、彼の姿を発見した。一人、冗談《じょうだん》の上手《うま》い男がいて、女にまつわる過去の失敗談などでしきりに皆《みな》を笑わせていた。クオンも腹を抱えて笑っていた。少年らしい姿にパーシーは安堵《あんど》したが、翌日には、クオンはまたむっつりとした顔で、皆から距離《きょり》を置いた場所でひとり剣《けん》を磨《みが》いていた。

難しい男だ。難しい年頃《としごろ》、というべきか。パーシーは、いつかクオンの口から、山にいたときのことや、山を飛び出した経緯などを聞き出したいものだと思った。つまり、

（あいつが生きのびるようなら、ひょっとして、長いつきあいになるのではないか）

そんな、願望めいた予感が芽生えていたことを意味する。

パーシー・リィガンは駐留《ちゅうりゅう》中、ただ黙《だま》って敵の襲来《しゅうらい》を待つような真似《まね》はしなかった。村の者に頼んで周辺の地図をもらっている。が、地元でのみ通じるような代物《しろもの》で、よそ者のパーシーたちにはわかりづらい。そこで彼は部下数名を馬で走らせ、地形を調査させた。地図上に線が増えていき、詳細《しょうさい》な地形が露《あら》わになってくると、パーシーは賊兵《ぞくへい》どもが出没《しゅつぼつ》した地点に×印を書き込んでいった。

敵はでたらめにあらわれては、ばらばらに逃《に》げ帰っているように見えるが、実際は組織立った行動を取っている。ということは、山の周辺に、砦《とりで》や城とはいわないまでも、馬をつないで寝《ね》泊《とま》りできるくらいの拠点《きょてん》がいくつか築かれているはずだ。そして村を襲《おそ》う頻度《ひんど》からいって、

拠点《きょてん》の一つ、二つは必ずこの近くにある。

パーシーはカミュに頼《たの》んで、周辺の村々をまわらせた。村人の信頼《しんらい》を得るには、寺院僧《そう》であるカミュが役立つ。彼の呼びかけで村々から人手を集めると、パーシーは周辺の林から木をいくらか伐採《ばっさい》させた。

その木材で、村それぞれに見張り台を兼《か》ねた簡易な櫓《やぐら》を組み、そして柵《さく》を築く。昔読んだ書物を参考に、パーシーは先の尖《とが》った杭《くい》を地面に打ち込んで、数本ずつ縄《なわ》で束ねた。これを多重的に配置する。いわゆる馬防柵というやつだ。これはさほどの高さは必要ない。馬は低い柵とて越《こ》えたがらない性質があるためだ。

さらにパーシーは周辺に穴を掘《ほ》らせ、上から藁草《わらくさ》で覆《おお》った。そしてその掘った土で馬防柵の隙間《すきま》を固めて、築地《ついじ》状の防壁《ほうへき》にする。

敵が襲来《しゅうらい》するのは大半が夜であるため、このような柵や、即製《そくせい》の壁《かべ》、落とし穴でも十分効果は見込めた。

木を伐《き》り、柵や壁をつくって、穴を掘る作業には当然のようにパーシーの兵らも動員された。全員、朝から晩まで泥《どろ》まみれ、汗《あせ》まみれになって働いた。これも書からの受け売りだが、戦争とは大半の時間が土木作業に費《つい》やされるものでもある、とパーシーは理解している。

柵をつくる際に余った木材で、矢もつくらせた。この作業には女手も加わったが、パーシーがあきれたことに、そのなかにセーラの姿がちゃっかりまぎれ込んでいた。いつしか監禁《かんきん》を解かれた彼女は、兄たちの行方《ゆくえ》を知ってここへ下りてきたのだろう。

予想どおり、カミュとちょっとした口論になったが、これもパーシーの想像したとおり、軍配は妹のセーラにあがった。なんといってもセーラは社交的な人物で、早くも村人たちに好感を抱《いだ》かれていた。特に、子供たちにはいい遊び相手となった。

「いざというときのため、みんなで訓練しよう！」

といって、村の子供たち——普段《ふだん》はやんちゃ盛りで親の手を焼かせる悪童どもも含《ふく》まれる——を集めて、いっしょに駆《か》けっこをした。セーラも率先《そっせん》して加わった。息を弾《はず》ませ、僧衣の裾《すそ》をはためかせながら駆ける彼女の姿は、村人たちの注目を集めた。

「一着！」

セーラが息せき切って、自分で定めたゴールラインに到着《とうちゃく》する。と、軒下《のきした》で剣《けん》を磨《みが》いていたクオンとばったり視線をあわせた。

一瞬《いっしゅん》、いい知れない雰囲気《ふんいき》が立ち込めた。クオンのほうが先に視線を逸《そ》らして、

「まるで男みたいな走り方だ」

非難とも賞賛ともつかない口ぶりでいった。対するセーラもなんといってよいやらわからない様子だったが、

「あんたも走ってみる？　お山育ちで足には自信があるんでしょう。なんだったら、晩御飯《ごはん》を賭《か》けてわたしと勝負してみない？」

挑発的《ちょうはつ》にいった。クオンは唇《くちびる》の端《はし》を歪《ゆが》めて、立ちあがった。磨《みが》いた剣《けん》の表面に自分の顔を映すこと数秒、その場から立ち去っていこうとする。

「なによ、逃《に》げるの？」

「女と勝負なんてしない」

クオンがいうと、セーラはぷっと頬《ほお》を膨《ふく》らませた。が、すぐさま笑顔《えがお》になると、

「負けるのが怖《こわ》いんだわ。みんな聞いて、クオンちゃんは臆病《おくびょう》者だってよ！」

セーラは子供たちをあおって、クオンを囃《はや》したてた。クオンが彼思うところの『男』の態度を保っていられたのもそう長くはなかった。数秒後にはセーラとともに肩《かた》を並べ、号令とともに駆《か》け出していた。

結果などは、いうまでもない。

「わたしはさっき走ったばかりだったからよ」セーラが肩を上下させながら、クオンをにらみつけた。「もう一度。……いえ、それだと同じことになるから、休憩《きゅうけい》を挟《はさ》んでから」

「うるせえ奴《やつ》だな！」

クオンが助けを求める視線を送ってくるのに気づきながら、あえてパーシーは素知らぬ顔をした。と、セーラもパーシーの存在に気づいて、クオンの肩越《ご》しに顔つきを改めた。子供じみた感情が消えて、いかにも淑女《しゅくじょ》っぽくなる。まったく、猫《ねこ》の目のように表情がくるくると変わる少女だった。

数日後。

クオンが、陽《ひ》の入りごろに敵の姿を発見した。普段《ふだん》なら大声で皆《みな》の注意を促《うなが》すところだが、今回はすぐさま櫓《やぐら》を降りるとパーシーにこのことを告げた。そうするように厳命されていたからである。パーシーは顎《あご》を引いた。

(そろそろ頃合《ころあい》だ)

とは彼自身も思っていた。

柵《さく》を巡《めぐ》らせ、落とし穴まで用意させたのは、当然、村の防衛を強化するためであるが、それは敵の襲来《しゅうらい》があった場合、いままでより数少ない兵でも十分対応できるようにするためでもある。いつもより減らした分をどうするかというと、

「こちらから討《う》って出るぞ」

そう、攻《せ》めに使う。パーシーは三十騎《き》ほどの騎馬兵を従え、号令をかけた。

なかにはクオンの姿もある。彼は馬にも手馴《てな》れていた。一方、カミュ、セーラには村の防衛にまわってもらっている。パーシーたちは敵が襲来してくると思われる方向とは逆に村を出立《しゅったつ》し、それから宵闇《よいやみ》のなかを駆けに駆けた。

これで襲来部隊の背後を衝《つ》く――のではない。村の喧騒《けんそう》は次第《しだい》に遠ざかっていく。パーシーの目的はもっと大本にあった。敵拠点《きょてん》の一つを叩《たた》く。その位置を、パーシーはこれまで敵のあらわれた箇所《かしょ》と時間帯から推察《すいさつ》していた。

果たして、細い川のほとりに、密集した木々に隠《かく》れるようにしてその拠点《きょてん》はあった。騎馬《きば》の兵たちが襲撃《しゅうげき》に出かけているために手薄《てうす》である。

パーシーの胸が軽《かろ》やかに躍《おど》った。七年ものあいだ、アトールの都において、戦場で活躍《かつやく》する自分を妄想《もうそう》しなかった夜はない。血の火照《ほて》りにうなされていたそんな夜ごとに、頭のなかで思い描《えが》いていた場面が、いま目の前にある。

「よしっ」

パーシーはひと声あげて、大きく火を焚《た》かせた。この火に気づいた拠点側《がわ》の兵たちが、何事かと出てくるところ、まずパーシー率いる騎馬二十騎が平らげた。

「敵襲、敵襲っ」

わらわらと徒《かち》の兵たちが這《は》い出てきたときには、パーシーたちは距離《きょり》を置いて迎撃《げいげき》の姿勢を取っている。そしてその間には、クオンをはじめとした特に腕《うで》の立つ精鋭《せいえい》十名が、側面から、丸太を組んだばかりの簡素な建物に侵入《しんにゅう》し、兵が出払《ではら》ってさらに手薄《てうす》になったこの拠点を立ちどころに制圧してしまった。

あとは兵を適当に追い散らしながらも、拠点内にどっしりと構えた。村を襲撃した隊が戻《もど》ってくるところを待ち受け、これに強襲をかける。

一方的な殺戮《さつりく》となった。

結果として、パーシー・リィガンはこの戦いにおいて、味方の兵を一人も失うことなく、いくらかの食料、銃《じゅう》を含む武具、そして捕虜《ほりょ》七名を手にすることができた。

2

この戦果は、寺院から大いに賞賛された。

いっときパーシーは小英雄《えいゆう》のように持ちあげられた。となれば、彼の上官であるノーマ・ラウマールもふたたび鼻高々になる。彼はここ数日、自分がいかにしてパーシーに戦術を授《さず》けたかを説明するのにいそがしく、いく先々で喝采《かっさい》を浴びた。

パーシー本人も心が弾《はず》んだ。七年近く、胸に溜《た》め込んだ初陣《ういじん》への未練が多少なりとも晴れる思いがした。とはいえ、それでパーシー・リィガンとしての武名が轟《とどろ》くはずもなく、またこれで勝利を得たとも思ってはいない。捕《と》らえた七名の捕虜はやはりはした金で雇《やと》われた賊兵《ぞくへい》に過ぎず、一人、ほかの拠点との連絡係《れんらく》をつとめていた男がいて、新たな拠点の位置を吐《は》かせることには成功したが、そこを落としたところで事態は好転などしなかった。

このときから、またも敵の動きが変わった。

いよいよアリオン軍の正規兵が動き出したのだ。まず武装の種類が変わった。彼らはきちんと具足《ぐそく》を着込み、銃を多数用意していた。なにより、ガラガラと車輪の音をひびかせながら大《たい》砲《ほう》までも曳《ひ》いてきた。

寺院側《がわ》はこのとき、二番目に奪《うば》った敵拠点《きよてん》に資材を運び込んで、自分たちの砦《とりで》に改築しようとしていたさなかだったが、これをあっという間に奪い返された。無論、この拠点を敵が奪還《だつかん》しようとするだろうという読みは寺院側にもあって、ここの防衛を強化し、敵をひきつけている隙《すき》に攻撃《こうげき》隊を挟撃《きようげき》する手はずだったのだが、敵の行動が早すぎたのである。

あれよあれよという間に砲《ほう》を擁《よう》するアリオン部隊が麓《ふもと》近くにまで迫《せま》った。寺院側も掃討《そうとう》隊を矢継《やつ》ぎ早《ばや》に繰《く》り出すも、いままでの賊兵《ぞくへい》とはわけがちがう。坂道の上から、側面からと、立体的に襲撃《しゆうげき》を繰《く》りかえすことでかろうじて押し返しはしたものの、死傷者の数でいえばこちらがはるかに上まわった。

日々、連戦、そして激戦。

パーシー隊もいったん駐留《ちゆうりゆう》隊としての任を解かれ、これらの戦いに何度となく駆《か》り出された。傷つき、動けなくなる兵が多数出てきた。パーシー当人や、クオン、カミュといった面々は五体満足のままだったが、陣《じん》に引き返してくるたびに疲弊《ひへい》の色を隠《かく》せなくなっている。

アトールの正規兵や寺院の僧兵《そうへい》らは奮戦をつづけたが、パーシーがかねてより抱《いだ》いていた懸《け》念《ねん》がここに来て表面化した。ならず者を中心とした傭兵《ようへい》たちは、いったん形勢が不利と見ると、即座《そくざ》におよび腰《ごし》になる。戦っている最中でも、平気で仲間を見捨てて逃《に》げた。これでは作戦など意味をなさないし、まともな戦いにもならない。

「臆病者《おくびよう》めらが」

カミュが、ある夜、かがり火の近くで顔を赤々と照らされながら吠《ほ》えた。手にしている椀《わん》には、薄《うす》い麦粥《むぎがゆ》が揺《ゆ》れている。なかにはカブが数片入っているきりだ。

「悪を滅《めつ》する神の聖戦であるぞ。いまから皆々《みなみな》を聖堂に集め、神の教えを説くべきだ。全員が死を恐《おそ》れず、神のため身を盾《たて》にして戦えば、あのような連中、いますぐ撃滅《げきめつ》できるものを」

「教えをひと晩説けば、皆が死をも恐《おそ》れぬ境地に達《たっ》せるのか？」そんな場合ではないと知りつつも、パーシーはこの善人をからかいたくなった。「ずいぶんとお手ごろな教えだな。では、日々を修行《しゅぎょう》に費《つい》やしている坊主《ぼうず》たちはさぞものわかりの悪い連中にちがいない。ひと晩どころか、十年、二十年かけても、なかなかその境地に達していないようだから」

「なにを？」

気の立っているカミュは、ぎょろりとした目をパーシーに向けたが、このとき火の近くで布を身体《からだ》に巻いて横になっていたクオンまでもが、

「同感だ。銃声《じゅうせい》を聞いただけで震《ふる》えあがって、山賊連中といっしょに逃げた坊主だって、おれは何人もこの目で見たぜ」

という。

カミュは「ぬぬ」と歯を食いしばった。それから、無理矢理に声を張りあげる。

「ともかく！　まだかろうじて互角《ごかく》。ということは、より意気を見せたほうが勝つ」

（どうかな）

パーシーは疑念を抱《いだ》いたが、今度は口に出さなかった。

こちらは毎日血みどろになっているが、敵に目立った損傷を与《あた》えられた実感はない。敵は押しては引き、引いては押すの繰《く》りかえしだ。糧食《りょうしょく》や、銃弾《じゅうだん》、矢などの物資にまだ余裕《よゆう》があるためだろう。カミュの言葉をあえて引用して反論するなら、

(アリオン軍は、意気を見せるまでもない)

のである。

矛《ほこ》を交えたことで実感してか、あるいは寺院内に潜《もぐ》り込ませているだろう間者《かんじゃ》からの情報によってか、アリオン軍としてはむざむざ危険をおかす必要がないと判断したのだろう。こうして進退を繰《く》りかえしているだけでも寺院は疲弊《ひへい》を重ねていき、ほどなくして自滅《じめつ》する。

さらには、アリオン軍が砲《ほう》を使って前進しているという噂《うわさ》は麓《ふもと》の村々にも悪影響《あくえいきょう》を与《あた》えた。家を焼きはらわれるのではないかと危惧《きぐ》した村人たちが、寺院へこぞって避難《ひなん》してきた。

食《く》い扶持《ぶち》がかさむ。当然、寺院の情勢はさらに悪化する。パーシーは自分の椀《わん》を見おろした。数日前まではこの粥《かゆ》にも肉が入っていたのだ。

幸い、敵にこの山を包囲する数はない、という彼の読みだけは当たっていた。ログレス司教は馬を飛ばしてよその村や町で食料を買いつけさせたが、それとて資金に限りがあるし、また、護衛の数もそう出せるわけではないから、アリオンの哨戒《しょうかい》部隊といわず、賊兵《ぞくへい》どもに見つかってしまえば、当然金も食料も強奪《ごうだつ》される。

そのうち、粥のなかにはカブさえ浮かばなくなるだろう。そうなると、気の荒《あら》い連中が多いから、配給を巡《めぐ》って喧嘩《けんか》騒《さわ》ぎになるのが目に見えている。逃亡《とうぼう》者も続出するはずだ。が、

「天は自ら助くる者を助く、ともいう。われわれが不義に屈《くっ》せぬ志を見せつければ、おのずと神に与《あた》えられた義こそが正道を歩むものだ」

カミュの意気込みはおさまらない。半ばは自分にいい聞かせているのかもしれない、とパーシーは思いはじめたものの、カミュのそうした考えや、

「難しいことはいい。要は、敵将だよ。そいつを狩《か》れば、戦いは勝てる」

クオンの単純な思い込みにも、パーシーは羨《うらや》むような思いもしていた。こんな荒々しい場にあっては、あるいはそうした思い込みこそが逆境を切り開く刃《やいば》になり得るのかもしれない。

一方で、パーシーの上官たるノーマ・ラウマールは震《ふる》えあがっていた。

先日までの鼻高々ぶりが嘘《うそ》のように、建物内に引きこもって、周辺をアトール正規兵にきっちりと固めさせた。そしてパーシーを呼びつけて、

「そろそろ潮時《しおどき》か」

と、許可を得るかのような口ぶりで尋《たず》ねてきた。

よい感情を抱《いだ》いていなかったはずのパーシーに、戦場をよく知る人物としての助言を求めたくらいだから、ノーマも心理的に追い込まれている。

「われわれは十分に戦った。援兵《えんぺい》としての役目は果たしたといえるだろう。公王陛下に撤退《てったい》の

許可を求める使者を出したほうがよいか」

ともいう。一概《いちがい》には彼を責められない。パーシー自身、

（勝つ見込みもなく、しょせん武名もあがらぬ戦い）

と何度となくそう思ってきた。命の懸《か》けがいがない。「潮時《しおどき》」というのもわからぬでもなかった。だというのに、なぜかパーシーの心はただちにここを去ることをよしとはしなかった。

（なにか、案はないものか）

敵とて鉄壁《てっぺき》の布陣《ふじん》を敷《し》いているわけではない。アリオンはアリオンで、こちらに大軍をもって当たれない事情があるようだ。だからこそパーシーはあきらめきれない。いっそ抗《あらが》いきれぬほどの大軍勢がかかってくるほうが、パーシーも、

（これ以上いたずらに兵を失うよりは）

と引く道を考えられたであろう。いまは、まだ衝《つ》くべき隙《すき》がある。というのに、指揮の一角を担《にな》う男が弱腰《よわごし》ではどうにもならない。ここで、

「そのような弱気でどうされるか！」

パーシーは試《ため》しに叱《しか》ってみた。テーブルを強く叩《たた》く。一瞬《いっしゅん》ノーマ・ラウマールはぽかんとなり、それから怒《いか》りの朱色《しゅいろ》を顔にのぼらせた。ノーマが立ちあがろうとしたその機先を制して、パーシーは一歩、大きく前へと踏《ふ》み込む。するとノーマはまさか斬《き》りつけられるとでも思ったのか、狼狽《ろうばい》の声をあげて椅子《いす》ごとあとずさった。

「いま貴公がこの場を離《はな》れられてしまえば、寺院は大きな支えを失った建物と同様、その瞬間にでも音を立てて瓦解《がかい》いたしましょう。この場にいる皆《みな》、ノーマ・シャーリング卿《きょう》がそこにいらっしゃると感じればこそ、その赫々《かっかく》たる武名に触《ふ》れる思いがし、勇気が凛々《りんりん》とみなぎってくるのです」

「お、おお。そうであるか、いやいや、そうであるとも」

ノーマ・ラウマールは終始目を白黒させていた。「失礼いたしました」とひと声あげてから部屋を辞す際、

（さて。このような大仰《おおぎょう》なもののいいよう、わたしもカミュに影響《えいきょう》を受けたかな）

パーシーは微笑《ほほえ》みを隠《かく》すのに苦労させられた。

その日の夕刻である。

アリオン軍から使者が来た。旗を掲《かか》げつつ、単騎《たんき》で駆《か》けてきたかと思えば、山門のまん前まで来て、

「司教どのにお目どおり願いたい」

と大声をあげる。

ログレス司教は面会を承諾《しょうだく》した。ただし二人きりでの席などは設けず、面会場所には聖堂前の広場を指定した。当然、向かいあう両者の周りには人だかりができた。パーシー、カミュ、セーラの姿もある。

使者がこれから発するであろう言葉など、パーシーならずともたやすく予想がついたはずだ。果たして、使者は降伏勧告《こうふくかんこく》を口にした。ログレス司教ただ一人が軍門に降《くだ》れば、山にはこれ以上害を加えぬという。

「ご聖断を、司教どの」

パーシーは言葉の内容そのものより、使者の堂々たる態度と重くひびくような声音《こわね》にいたく感じ入った。見た目、まるで彼のほうこそ山賊《さんぞく》の頭領のようだったが、その冷静沈着《ちんちゃく》な態度からして、名のある武将にちがいない。

(よくぞ、たった一人で)

降伏勧告の使者として、それなりに名のある者が選ばれること自体は珍《めずら》しくないが、コンスコン寺院は国家ではない。だというのに、無法者どもを傭兵《ようへい》として抱《かか》えているということも承知の上で、この使者は相手に礼を尽《つ》くしてやってきた。

が、司教の反応は芳《かんば》しいものではなかった。これも予想どおり。司教が大勢の人前で使者と会おうとしたことから推察《すいさつ》できたことだ。

「格別のご配慮《はいりょ》、痛み入ります。貴殿《きでん》の人品卑《じんぴんいや》しからぬお姿に触《ふ》れて感服することしきり。しかし、なればこそ、その正しき義をもって、わたしが呪《のろ》いをかけたなどとおぞましき流言を繰《く》りかえしている邪悪《じゃあく》な者どもにこそ立ち向かわれよ。この戦いを真に望む者は誰《だれ》で、その意図はなんであるのか、賢明《けんめい》なそこもとにはすでにおわかりであろう」

司教の言葉と態度に、今度は信者たちのほうが感じ入った。それぞれ手にした槍《やり》や剣《けん》を振《ふ》りあげて、

「アリオンの蛮人《ばんじん》どもは国へ帰れ！」

「司教の御身《おんみ》と引《ひ》き換《か》えに、われわれが安穏《あんのん》とした眠《ねむ》りにつけると思ったか」

口々に鼓舞《こぶ》の声を張りあげる。

司教が手をあげて彼らの盛りあがりを制すると、使者は苦渋《くじゅう》の顔つきで、

「司教どのとわれらのあいだには誤解もあるようだ。だからこそ、ログレス司教、一度アリオンに戻《もど》られて、そこでご自身の口から……」

「わたしの礼拝堂には火をかけられ、神の下僕《げぼく》として従事していた罪なき信徒たちも火のなかに消えたのです。彼らの魂《たましい》を安らかなる地平に導く祈《いの》りこそ欠かせねど、火をかけた咎人《とがにん》たちがのうのうと暮らしている場所に足を踏《ふ》み入れたくなどはありませぬな」

司教の表情にも声にも、感情の昂《たかぶ》りはない。しかしだからこそそのガラスをはめ込んだような瞳《ひとみ》に見据《す》えられ、使者は肝《きも》が冷える思いがしたことであろう。

それは、傍《はた》から見ていたパーシー・リィガンにしても同じことであった。

コンスコン寺院がアリオンを悩《なや》ませるほどの勢力となったのは、ひとえにこのログレス司教の力によってであり、また同時にアリオンの力添《ぞ》えあってのものだともいえる。

——およそ七年前のことだ。

アリオン王国に王子が誕生《たんじょう》した。王は即位《そくい》前に商家の女性とのあいだに庶子《しょし》を儲《もう》けていたが、正室との子は初である。ただし未熟児《みじゅくじ》で、赤子《あかご》は生まれ落ちたときより生死の境目をさまよった。数日でなんとか峠《とうげ》は越《こ》したものの、その後も病にかかることが多く、体力が徐々《じょじょ》に衰《おとろ》えて、乳を飲ませるのにもひと苦労するほどになった。

王と正室はあわてふためいた。無論わが子かわいさもあるものの、アリオンでは、正嫡《せいちゃく》が幼くして逝去《せいきょ》するというのは凶兆《きょうちょう》と考えられているためでもある。極端《きょくたん》な話、いったんは王位の野望を捨て去ったほかの王族たちが、これを理由に「いまの王は精霊《せいれい》に嫌《きら》われており、国を乱す恐《おそ》れがある」と軍を起こしたとて大義名分になり得る、というくらいだ。

王は全土から医師を集めた。国で抱《かか》えている魔道士《まどうし》も総動員した。庶民のあいだで「霊能がある」と噂《うわさ》されていた怪《あや》しげな祈禱《きとう》師や、名も知らぬ神に仕える巫女《みこ》さえ、御前《ごぜん》に呼びつけた。

そのなかに、ログレスもいた。当時彼は、アリオン領内のとある城主に雇《やと》われて城内礼拝堂の司祭をしていた。アリオン王家そのものは十字教と無縁《むえん》であったが、ログレスは病に臥《ふ》した城主の妻をたちどころに治した過去があり、王はその事実にすがったのである。

「医学の知識はもとより浅い。そんなわたくしが城主奥方《おくがた》さまの病を癒《いや》せたのは、ひとえに神の天啓《てんけい》によるもの」ログレスは王の御前で、朗々《ろうろう》たる声を披露《ひろう》した。「天啓を得るには、神への施《ほどこ》し、無償《むしょう》の愛、滅私《めっし》奉公が必要となります」

ログレスはさらに、アリオン領外に朽《く》ち果てかけた古い寺院がある、という話をした。もはや藁《わら》にもすがる思いの王である。ひとまず寺院内の礼拝堂だけでも再建するだけの資金と人手を出した。わずか七日後、ログレスはその礼拝堂内で、不眠《ふみん》不休の祈《いの》りをおこなった。そのさらに七日後、ログレスは「天啓《てんけい》のままに生み出した霊薬《れいやく》」を手に戻《もど》ってきた。毒味はさせたものの、赤子《あかご》の口に含《ふく》ませるにはさすがに覚悟《かくご》がいる。が、すでに赤子は衰弱《すいじゃく》の極《きわ》みにあったため、王は手ずからわが子にこの薬を飲ませた。

すると、いかなる奇跡《きせき》か、王子の容態は見る見るうちに落ちついていった。母の乳房《ちぶさ》に吸いつく力を取り戻し、身体《からだ》は丸々と太りはじめ、ありったけの大声で夜泣きをして世話の者の手を焼かせるほどになった。

王は大変喜んだ。

ログレスの求めるがままに金を出し、寺院の再建を続行させた。首都内に立派な聖堂も建てさせると、ログレスをそこに住まわせて大がかりな布教活動も許した。王家との蜜月《みつげつ》関係はそれからの七年近くつづいた。

領内に信者が増えていくにしたがい、ログレスは王家の相談役のような立場で政治的な発言をもたびたびおこなうようになった。アリオンは近隣《きんりん》勢力のどこかしらと常に戦争状態にあったが、それを批判し、また貴族たちの放蕩癖《ほうとうへき》をも断罪した。ログレスの存在は煙《けむ》たがられはじめ、宮殿《きゅうでん》内に対抗《たいこう》勢力が生まれた。これは一致《いっち》団結して、まずコンスコン寺院が商人たちを呼び寄せて財をなし、さらに外敵にそなえて武装していることを槍玉《やりだま》にあげた。

「ログレスは領内では神の愛を説きながら、一方、領外では武装集団を育成している。王のご寵愛《ちょうあい》を逆手に取って、いずれはアリオンを、軍事、政治、双方《そうほう》で乗っ取るつもりでいるのだ」

などと噂《うわさ》を流した。

それでもログレスが多数の信者と王の庇護《ひご》を背景に、これらの勢力に対抗していると、先に触《ふ》れた焼き打ち事件が起こって、ログレスは寺院へと逃亡《とうぼう》せざるを得なくなった。

そして、今回の事態に至る。

――その、ログレス司教。使者へと見せた態度がそうであるように、態度も腰《こし》もずっしりと重い。無感情にも見える顔の裏側《がわ》から、もはや逃《に》げはせぬという覚悟が透《す》けて見えるようだ。

ふたたびパーシーは思わずにはいられない。司教には、なにか未来への見通しがあるのか、それともただ単に神に殉《じゅん》ずるのになんの恐《おそ》れもないということなのか。

僧兵《そうへい》たちは湯気立つほどに意気あがっている。近くにいたカミュなどは感涙《かんるい》にむせんでいた。彼らなら、最後の一兵卒《いっぺいそつ》になろうとも司教のお側《そば》近くで槍を振《ふ》るい、たとえ胸を銃弾《じゅうだん》に撃《う》ち抜かれたとてアリオンに抗いつづけるかもしれない。

使者も、これまでと判断したのだろう。司教にひと言挨拶《あいさつ》を残して、ふたたび馬に飛び乗った。立ち去っていくその背中に、兵たちの荒々《あらあら》しい罵《のの》りの言葉が飛んだ。

（さすがに礼を失している）

と感じたパーシーは、使者の近くへ駆《か》けると、馬の轡《くつわ》を取って、先導役を自ら買って出た。

馬上の使者が微笑《ほほえ》んだ。

「かたじけない」

「失礼ながら、お名前を耳にする機会を逸《いっ》した。よろしければお教え願いたい」

「名乗るほどもないが、クロード・アングラットと申す」

(なんと、あのクロードか)

パーシーは驚《おどろ》くとともに、彼の堂々たる物腰《ものごし》にも得心がいった。クロードといえば、アトール公国にも縁《えん》がある。というより因縁《いんねん》か。先のいくさにおいて、もっとも功績をあげたのがこの男だと聞いたことがある。

山門を抜《ぬ》ける際、

「使者のお役目、見事につとめられました」

最後にそう声をかけた。クロードは素直《すなお》に笑《え》みを浮かべ、一つうなずくと、あとは馬に鞭《むち》をくれて駆け去っていった。

(一兵卒《いっぺいそつ》の身分からなりあがった男だと聞いた。アトールでは、ああいう気風の男は育たないかもしれない)

自国の武人たちを思い浮かべてそう思ってしまうのも、彼の若さだ。

このときパーシーの胸中で、ある種の焦燥感《しょうそう》が顔を覗《のぞ》かせつつあった。あの、初陣《ういじん》に抱《いだ》いていた未練に近い。

はじめて『敵』としての顔を間近に見たせいかもしれなかった。クロードは確かに立派な男だったが、その顔には、勝利以外の結末がこの戦場にあろうはずがない、という気持ちがあらわれていた。向こうはこちらのことを『敵』とさえ認識《にんしき》していないのではないかと思うと、むらむらとした気持ちがパーシーのなかで雨を呼ぶ黒雲のごとく湧《わ》き起こった。

ノーマを叱責《しっせき》した直後でもある。

（勝つ。……とまではいわないまでも、せめて。せめて）

パーシーの胸中で感情が揺《ゆ》れた。

背後では、まだ僧兵《そうへい》たちが掛《か》け声《ごえ》を揃《そろ》えている。その集団のなかから、セーラが歩み出ていた。彼女は何度か後ろを振《ふ》り返りながら、

「時々思うのだけど、男って、女には見えていないものが見えるのかしら。それとも女に見えているものが男には見えていないだけ？」

「有史以来の命題だろうね、それは」

パーシーはあえてしかつめらしい顔でいった。要するにセーラは、

（男って馬鹿《ばか》ね）

といいたいのだ。兄よりは多少現実が見えているということなのだろうが、それならそれで

パーシーには気になる点がある。

「が、男とちがうものが見えているであろうあなたご自身、この戦いから逃《に》げたがっているようにも見えないが」

「あなたなんてずいぶん他人行儀《ぎょうぎ》ですこと、パーシーさま。セーラ、と呼び捨ててくださって構いませんわ」

そういうセーラのほうこそ、わざと他人行儀な言葉遣《づか》いをする。が、自分で自分の名前を呼んだとき、目もとにほんのり含羞《がんしゅう》の色が浮かんでいた。つくづく不思議な娘《むすめ》だ。クオンといがみあっているときはほんの子供のようであり、二人きりで話すときは妙齢《みょうれい》の女性としての顔を覗《のぞ》かせつつも、友人を傷つけられたとあれば大男の額に鉛弾《なまりだま》を撃《う》ち込むような真似《まね》すらしでかしてみせる。宮廷《きゅうてい》ではまずお目にかかれない種類の女性であることはいうまでもない。

と、そのセーラは、辺りを見まわしたり、髪《かみ》を掻《か》きあげたりと、なにやら落ちつかない様子だ。ほかに、なにかいいたいことがあるようだったが、パーシーがあえて助け舟《たすぶね》も出さずに黙《だま》っていると、「そういえば」とわざとらしく前置きをしたあとで、

「あの馬鹿《ばか》はどちらにいらっしゃったのかしら？」

と、たまらず聞いてくる。パーシーは、今度は笑《え》みを出さないよう苦労しつつ、

「あの馬鹿？　わたしの知りあいで、そう頭ごなしに決めつけられる者もいないはずだが」

「ええ、馬鹿といって申しわけなかったわ。いつもの呼び方でよければ山猿《やまざる》ね。最近姿を見かけないようだけど、ひょっとして討《う》ち死《じ》にしちゃった？　いえ、それなら兄がなにかいうはず

だけど、聞いた覚えがない。もしかすると、いくさが怖《こわ》くて山に逃《に》げ帰っちゃったのかしら」

「クオンのことか」

と、わかりきっていたくせに、パーシーは小声でいい、面《おもて》を伏《ふ》せた。その仕草に、セーラがはっと息を呑《の》むのを横目にしながら、

「彼は……そう、そうだ、勇敢《ゆうかん》な男だ」

「まさか。——本当に？」

「勇敢な男であるがゆえ」

「もう、もういいわ」セーラは長い髪ごと、かぶりを激しく振《ふ》った。「彼のことを馬鹿といって、山猿といって、さぞわたしを軽蔑《けいべつ》したでしょうね、パーシーさん。でもまさか、彼がそんなにあっさり死ぬなんて、考えもしなかったのよ」

「おい」

「こんなことになるんなら、もっと優《やさ》しくしてあげればよかったわね。いつもこんな後悔《こうかい》が絶えないのよ、わたし。この寺院だって、寒がって、お腹《なか》を空《す》かせて震《ふる》えている子供たちがぬくもってくれる火のような場所になってくれればいい、ってずっと願っていたのに。クオンも、そうね、彼だって、ほんの子供だったのよ。最初からそう割り切ってさえいれば、子供たちを愛せたように、彼を愛することだってできたかもしれないのに」

「おい」

「クオン、彼の魂《たましい》が安らかならんことを。いま、不浄《ふじょう》の土に抱《いだ》かれる彼のため、せめてこの祈《いの》りが神の捧げ物に足らんことを願う――」

長い睫毛《まつげ》を伏《ふ》せて祈りの文句を口にするセーラの姿はまさしく聖女そのものだったが、あまりにもしつこく「おい」と声をかけられるものだから、

「なによ」

聖女の祈りはどこへやら、狼《おおかみ》みたいに視線をあげて噛《か》みついた。と、

「どけ、といってるんだ。道の真ん中に突《つ》っ立ちやがって。踏《ふ》み殺されたいか」

馬上から荒々《あらあら》しく声を返したのはクオンである。セーラの顔から血の気が引くのをよそに、

「やあ」パーシーは何気ない調子で手をあげる。「思ったよりも早かったな。首尾《しゅび》はどうだ？　敵に見つからなかったか」

「偵察《ていさつ》隊と何度かすれちがったが、あいつらなんて、夜目《よめ》の利《き》かない鳥みたいなもんだ。なまじ火を持っているから、火のあるところにしか目を向けない」

「さすがだな。おまえを選んだわたしの目もまちがってはいなかったということか」

馬上のクオンと同じくパーシーも胸を張ったが、その肩《かた》をつつかれた。振《ふ》り向くまでもない。猛火《もうか》のような気配が背後で立ちのぼっていた。

「パーシーさん、パーシーどの、パーシーさま？」セーラの、表情をなくした顔が間近にある。

「ぜひ、さっきのお話のつづきをうかがいたいわ。『彼は、勇敢《ゆうかん》な男だ。勇敢であるがゆえ』、

それからなんとおっしゃりたかったの？」

「いや、だから、勇敢な男であるがゆえ、特別な任務を与《あた》えることにした、といいたかったのだ」

（これは、少し遊びすぎたか）

パーシーはあわてて、今度はクオンの跨《また》る馬の轡《くつわ》を取りながら、さっさと歩きはじめた。

「さあ、詳《くわ》しい話を聞かせてくれ。ここではないほうがいい。わたしにも少し考えがあるのでね、あまりほかの者たちの耳には入れたくないのだ」

「わかった」

と素直《すなお》にクオンは従った。そのまま素直でいてくれればよかったのに、彼は突《つ》っ立っているセーラを振り返り、

「おい」とわざわざ声をかけた。「聞こえてたぞ。おまえにガキ扱《あつか》いされて愛されるくらいなら、鉄砲《てっぽう》構えている敵の胸《むな》もとに飛び込んでいったほうが何十倍もましだ」

「ええ、ええ、そうでしょうとも」対するセーラはクオンをにらみつけるかと思いきや、白い歯を見せて、いかにも挑戦《ちょうせん》的に笑った。「ぜひ、次の戦いではそうしなさい。のこのこ生きて帰ってこようものなら、わたしのほうがあんたの額を撃《う》ち抜《ぬ》いて差しあげるから」

3

クオンは広げられた地図上にあれこれと書き足しはじめた。それをパーシー、そして呼び出されたカミュがじっと見つめている。

クオンが数日、寺院を留守にしていたのは、夜目《よめ》が利《き》き、山や森での生活に慣れた彼にパーシーが単独の偵察《ていさつ》行動を命じていたからだ。いままで見つけた敵拠点《きょてん》の位置から、パーシーはアリオンが本陣《ほんじん》を据《す》えている場所にも目星《めぼし》をつけていた。その確認《かくにん》と、周辺地形の調査とがクオンに与《あた》えられた任務である。

(やはり)

とパーシーは目を細めた。クオンが太い線を引いた場所は、パーシーが当たりをつけていた箇所《かしょ》とほぼ同じである。寺院より北西の一帯は、山々が連なっており、その一箇所だけが平地状に開けている。クオンも間近に観察できたわけではないが、おそらくアリオンはそこに出城《でじろ》を築いているだろう、とのことだ。

アリオン領にほど近い。七年前の戦いで拡張《かくちょう》したばかりの土地である。したがって国境警備の城も北に点在していたが、これらの城から南への道筋は険しい山と深い谷の連なりでほぼ封《ふう》鎖《さ》されている。となると、おそらく食料や物資などはもっと西寄りの地点から運ばれていると見ていい。飛空船でも用意していれば話は別だが、少なくともクオンが見張っているあいだ、空飛ぶ船の影は一つも確認《かくにん》できなかったという。

(アリオンが本腰《ほんごし》を入れていないことが、また一つ証明された)

飛空船の運用にはとかく金がかかる。まだ発展途上《とじょう》の技術であるのと、その動力源である魔素《エーテル》が世界的に枯渇《こかつ》しつつあるのが原因だ。

(ここを襲《おそ》うことができれば)

補給路を断たれた前線部隊は引きあげざるを得なくなる。いや、陥落《かんらく》させるとまではいかずとも、本陣が襲われたとなれば、必ずや前線の動きにも支障が出るはずだ。

パーシーの目に感情の火が灯《とも》った。クオンに偵察を命じたときは、まだそこまで決意が固まっていたわけではない。寺院防衛のため、敵の情報を一つでも多く欲したばかりのこと。しかし、

「ほう、ここを襲うのか」

パーシーの顔を覗《のぞ》き込んだカミュが驚《おどろ》いたようにいった。あたかも本心を見抜《ぬ》かれたかのような気持ちになりつつ、パーシーは表面上穏《おだ》やかな顔で返した。

「クオンは山に強く、そして夜にも強い。地形もあらかじめ調査してくれた。クオン、ここの山を通って出城に辿《たど》り着くにはどれほどかかる？」

平地を馬で飛ばせば、たかだか三日ほどの距離《きょり》だったが、クオンはしばし考えて、

「十日ほどは覚悟《かくご》しなけりゃならない」

「いや、この二つの川がぶつかるところまではぎりぎり馬でいけるだろう」とカミュ。「ここの漁村で馬を預け、そこから北に逸《そ》れて山道に入ればどうだ」

「そこまで一日として、それからしかし五日はかかる」

「強行軍で三日」パーシーがクオンを見据《す》えていった。「それでいけるか？」

「いける。だけど、脱落《だつらく》する奴《やつ》も出るだろう。重い装備も捨てなきゃならない」

「それでいい」

このとき、地図に視線を落としたパーシーの頭上で、クオンとカミュは珍《めずら》しく共感のこもった眼差《まなざ》しを交《か》わしあった。

（こいつ、本気か）

という感情が絡《から》みあう。パーシーも気づいて顔をあげた。微笑《ほほえ》んで、

「われわれだけで、しかけようというのではないさ。さすがに数が必要だ。百、いや二百。そのあたりか。それ以上増えると行軍の足枷《あしかせ》になる」

「二百か。しかし敵本陣《ほんじん》となると、どれだけの敵兵がいるものか」

「それらをおびき出す」

（ほう？）

パーシーの脳裏には、すでに計画が形となって描《えが》かれてるらしい、と気づいて、今度はカミュが目を細めた。

「上手《うま》いことに、ちょうどよい時機に敵が降伏勧告《こうふくかんこく》をしてくれた。これを突《つ》っぱねられた形のアリオンだ。誘《さそ》いをかければ、ならば目にもの見せてやる、とばかりに大攻勢《こうせい》をかけてくる公算が大きい」

「その裏を衝《つ》くと？」

パーシーは首肯《しゅこう》した。少しの沈黙《ちんもく》が落ちた。それが、パーシーには意外だった。カミュもクオンも、多少種類は異なれど、血の気が多いという意味では共通している。こちらの計画の一《いっ》端《たん》でも話せば、

（このまま、ただ敵に攻《せ》められるのを待つよりは）

と、すぐにでも乗り気になってくれるだろうと踏《ふ》んでいた。が、なにやら二人にはためらいがある。パーシーの胸中に焦《あせ》りが湧《わ》いてきた。

「どうした、ここへ来て怖気《おじけ》づいたのか」思わず怒《いか》りの混じった声が出てしまう。「これはまたとない好機だぞ。ここを逃《のが》せば、もう寺院は勢いのままに呑《の》まれるか、じわじわと消耗《しょうもう》させられて内側《がわ》から瓦解《がかい》するか、二つに一つしかない。コンスコン軍切っての勇士二人が、そのような運命を甘受《かんじゅ》するとは意外だな」

「いや、いやいや」

顔にも声にも火を宿したようなパーシーに、あわてたふうにカミュがかぶりを振《ふ》った。クオンがあとを継《つ》いで、

「やるさ。あんたがやるというならな。だけど、あんたがそんなことをいい出すとは」

「なんだ、わたしの問題か？　わたしの本気を疑ってるんなら――」

なお怒《いか》りに任せていいかけて、はたとパーシーは口をつぐんだ。二人の目を丸くした様子に気づいたのだ。

それから、急に笑いがこみあげてきた。二人は一転して真顔になって、

「大丈夫《だいじょうぶ》か？」

「相次ぐ連戦でどうかしたのではあるまいな」

「馬鹿《ばか》」とパーシーは笑いで喉《のど》を引きつらせながらもいった。「ば、馬鹿なことをいうな」

パーシーはこのとき、上官のノーマを叱《しか》り飛ばしてでもこの地に残ろうとした自分の真意に気づいていた。

初陣《ういじん》への未練――などではない。そんなものはいつの間にか消え去っていた。では、寺院への横暴に対するアリオンへの怒りか？――それもちがう。

彼にとってははじめての戦地にして、はじめて敵兵の命を奪《うば》い、はじめて敵拠点《きよてん》を陥落《かんらく》させ、はじめて味方の死を間近にしたこのコンスコンの地。尼僧《にそう》が銃《じゅう》をぶっぱなしたかと思えば、僧兵が巧《たく》みに槍《やり》を遣《つか》い、少年が剣《けん》を振《ふ》るう。火を焚《た》いて、その近くで布を被《かぶ》って眠《ねむ》るとき、大勢のがやがやした男たちの声や、獣《けもの》じみた体臭《たいしゅう》があった。リィガン家の館《やかた》では決して味わえぬ、殺伐《さつばつ》、混沌《こんとん》としたこの空気、そして出会った多くの者たち――敵をも含《ふく》めて――に対して、パ

ーシーはいまや耐《た》えがたいほどの執着《しゅうちゃく》があった。愛着といい換《か》えてもいい。ただ単にそれだけのことだ。

そんな自分が馬鹿馬鹿しくなった。必ずや功名をあげ、アトールの誰《だれ》にも負けない勇士になると胸に期していた過去の自分もろとも、笑い飛ばしたくなった。いまはもうこの地で名をあげることなど考えていない。パーシーの考えていることなどただ一つ、

（ただ一撃《いちげき》でいい。敵が寺院に刃《やいば》を向けたことを後悔《こうかい》させるくらいの一撃を与《あた》えられればというようなものでしかなく、つまるところ、ただ力の差そのままに殴《なぐ》られっぱなしになるのも気に喰《く》わないから、最後に一発、握《にぎ》り拳《こぶし》をアリオンの鼻《はな》っ面《つら》にぶつけてやろうという、幼くも愚《おろ》かな考えだ。

そんな自分自身もさることながら、「一発与えてやろう」という提案に目を丸くしていたクオンとカミュ、二人に対してもおかしみがこみあげてきたのである。

（もともとは、おまえたちが乗せたのではないか。いまさら知らん顔したって、おれのほうこそ知らんぞ）

というのがいまのパーシーの本音であった。そしていま、二人ともまったく正反対の立場で、パーシーに感化されつつある。

「やるさ、やろうとも」カミュはさっそくその気になっている。「神のご加護を信じぬおれではないが、かといって、祈《いの》ってただ待っていればそれで必ずや神罰《しんばつ》が敵の頭上にくだる、とも

思わぬ。神は、自らの命をも顧《かえり》みず戦う勇者にこそ加護をくださるものだ」

「そうだ、そうとも、カミュ。クオン、おまえはどうなのだ。本陣《ほんじん》にいけば、敵将を獲《と》れるぞ。おまえの欲しがっていた手柄《てがら》としてはこれ以上望むべくもない」

これまでにないほど興奮に顔を火照《ほて》らせながらパーシーがいうと、

「やるさ」

言葉短く、しかし目を輝《かがや》かせてクオンは顎《あご》を引いた。それから、

「まったく、どうかしていやがる」歯を剝《む》きながら彼はいった。「手前《てめえ》ら二人しておれを縛《しば》ったときのことを忘れてやがるんだ。文明人ってのも、神さまの信徒ってのも、つまるところ、お山の猿《さる》とちっとも変わりゃしねえってことさ」


まずは兵の調達だ。パーシー隊でいま動けるのは、クオン、カミュを含《ふく》めて二十名以上にもならない。さらに山での強行軍となれば、ついてこられる者は十名にも満たないだろう。

そこでパーシーは、ノーマ・ラウマールに打診《だしん》することにした。すでにおよび腰《ごし》になっていた彼はぎょっとした顔を隠《かく》せなかったものの、

「手柄を得る絶好の機会です」

とパーシーは根気よく彼を説いた。手柄といっても、名も出自も隠しているこの状況《じょうきょう》では将としての士気が盛りあがらなくて当然なのだが、

「シャーリング卿《きょう》としての名を轟《とどろ》かせれば、当然、公王さまのお耳にも届きましょう。恩賞もあるはず。それに、いずれ情勢が落ちついたころにでも、その謎《なぞ》多き英雄《えいゆう》の正体があれやこれやと、この地において囁《ささや》かれることとなるでしょう。その正体とはもしや、あのノーマ・ラウマールなのでは、と皆が噂《うわさ》するようになれば、それまで黙《もく》して秘密を語らなかったあなたのことを、誰《だれ》もが畏敬《いけい》の眼差《まなざ》しで見あげるようにもなるのです」

繰《く》りかえし同じことを説いているうち、徐々《じょじょ》にノーマもその気になった。気に喰《く》わぬとみなしていたパーシーが、国を出て以来ずっと従順な態度でいたのもよい方向に働いた。彼は直属の隊、それにほかの隊からも数を出させた。

パーシーは熱心にノーマを掻《か》き口説《くど》きはしたものの、しかし実際のところノーマに計画の全容までは明かしていなかった。

(いったん寺院を離《はな》れて北西の山に部隊をひそませておき、攻勢《こうせい》に転じた敵の背後を衝《つ》く)

というような概要《がいよう》しか明かしていない。その言葉に説得力を持たせるため、あえて嘘《うそ》の情報を織り交ぜもした。これは、高い確率で寺院内に潜《もぐ》り込んでいるであろうアリオン側《がわ》の間者《かんじゃ》を警戒《けいかい》してのことである。

また、ノーマも、隊の指揮をパーシーに任せようとはしなかった。いくら間接的に手柄をあげられるからといって、さすがにリィガン家の若造においしいところを与《あた》えたくなかったのだ。

(この期《ご》におよんで)

とは思うものの、ひとまず数さえ揃《そろ》えば問題はない。

パーシーは、山の行軍には耐《た》えられぬとみなして寺院に置いていく直属の兵に、いくつか命令を残したあと、いよいよ出立《しゅったつ》の日を迎《むか》えた。

指揮官に任じられた男は張りきって馬の手綱《たづな》を取った。ノーマ直属の小隊長だが、彼が指揮官でいられた時間は、実のところ半日でしかない。最初に取った小休止の際、カミュは川で汲《く》んだ水を沸《わ》かしたあと、

「寺院に伝わる秘伝の薬茶」

と称《しょう》して、お茶を振《ふ》る舞《ま》った。

「ひと口飲めばたちどころに精気が身体《からだ》に満ちあふれまする。僧《そう》たちもこれを飲んで夜どおしの修行《しゅぎょう》や聖務にいそしむこともしばしば」

指揮官は喜んでこれをひと息に飲み干した。が、「秘伝の薬茶」などとは嘘《うそ》っぱちもいいところで、実際は、クオンが山歩きをしている際に拾い集めた、とある葉っぱや植物の根を煎《せん》じて煮詰《につ》めたものだった。クオンは山に詳《くわ》しく、薬となる植物にも詳しい。薬の知識があるということは、逆に毒の知識も兼《か》ねそなえているということだ。

茶を飲み干した指揮官は、意気揚々《ようよう》、ふたたび馬上の人となったが、半時間もしないうちに顔色が青ざめて、脂汗《あぶらあせ》をたらたらと垂《た》らしはじめた。ついには我慢《がまん》ならなくなって、馬から落ちるほどの勢いで飛び降りると近くの茂《しげ》みに駆《か》け込んだ。

「これはいかん」カミュが真顔で彼を診断《しんだん》した。「信心の足らぬ者があの薬茶を口に含《ふく》むと、たちどころに神の怒《いか》りが落ちるといういい伝えがございまする。腹を下して、汗、小水《しょうすい》が止まらなくなり、二、三日寝込《ねこ》むのはまだよいほうで、なかには体内の水分すべて出しつくして、干《ひ》からびたミイラ同然の死体をさらすことになる者もあるとか」

「ば、馬鹿《ばか》な。ど、ど、どうすればよい」

「神の怒りには神のご加護を。いますぐ聖域たる寺院へお戻《もど》りなさいませ。コンスコンならば神のお慈悲《じひ》がきっとあなたをお守りくださるでしょう」

矢も盾《たて》もたまらず、指揮官は供の者二、三名をつれたきりで、あっという間に来た道を引き返していった。

「かの方のご病状も心配なれど、時が惜《お》しい。先を急ぐぞ」

パーシー・リィガンはそういうと、皆《みな》を引きつれて先へ進んだ。ちらりと後方を見た際、カミュが、

(おれに三文芝居《さんもんしばい》の片棒など担《かつ》がせおって)

というようなにらみをくれてきたが、口もとはほころんでいる。この一隊、なし崩《くず》し的にパーシーが指揮官となるであろう。もちろんそれを見込んでの計画だ。毒を調合したクオンを含め、三人には妙《みょう》な共犯意識が生まれつつあった。

ひとまずは計画どおり。――が、馬を飛ばしていくうち、その三人にも予定外のことが起こ

った。背後から近づく馬蹄《ばてい》のひびきに気づいて、クオンが後ろを振《ふ》り返る。彼は耳もよければ、夜に限らず目もよい。パーシーが警戒《けいかい》の声を発しかけたとき、クオンの顔になんともいえない表情が浮かんだ。つづいて、カミュ。

馬上で蠱惑《こわく》的な笑《え》みが揺《ゆ》れている。修道衣の裾《すそ》をなびかせ、鞍《くら》に銃《じゅう》をぶらさげて近づいてくるのは、セーラであった。

一方、彼らが出立《しゅったつ》したあとのコンスコン寺院においても、パーシーが残してきた兵たちがあらかじめ与《あた》えられていた命令どおりに行動を起こした。

まず、山門の警備を強化させた。これもノーマの協力を得て、大勢のアトール兵が、山中にいくつもある門を昼夜問わず厳しく見張った。

「山中には間者《かんじゃ》がいる恐《おそ》れがあります。われらの情報が漏《も》れてしまえば、せっかくの手柄《てがら》も、お手もとからこぼれ落ちてしまいましょう」

パーシーにそう説得されていたからこそノーマも兵を割《さ》く気になったのだが、これで困ったのは、アリオンの間者もそうであろうが、なにより、この山中から一刻も早く逃《に》げだしたがっているならず者どもだ。

戦況《せんきょう》が芳《かんば》しくないことは誰《だれ》の目にもあきらかで、となれば、あとはどのタイミングで逃亡《とうぼう》を図《はか》るかということだけだったが、こうも警備の目が厳しいと容易には動けない。さらには、

「昨夜、ある男が山から逃げ出そうとしたんだが、門番に見つかって捕《つか》まっちまったらしい。この男、もとはケチな盗《ぬす》っ人《と》風情《ふぜい》だ。もちろん間者なんかつとまるタマじゃないはずだが、僧《そう》兵《へい》どもはこいつを間者と決めつけて、『尋問《じんもん》』と称《しょう》して毎晩棒やら鞭《むち》やら水責めやらで痛めつけているって話だ——」

そんな噂《うわさ》が広まった。つまるところ、寺院側《がわ》は、これ以上一人も逃亡兵も出したくないため、いち早く逃げようとした盗っ人風情《ふぜい》を『間者』として拷問《ごうもん》にかけることで見せしめにしたのだという。

この噂に震《ふる》えあがったケニーという男がいた。拷問にかけられたという男同様、小物の盗っ人であったが、実際は、アトール、アリオンの国境付近で賊兵稼業《ぞくへいかぎょう》をしていた男である。アリオンから小金《こがね》を渡《わた》されて、一傭兵《ようへい》としてコンスコン寺院に潜《もぐ》り込んだ。いわば間者であるが、これも実際のところ、寺院に潜り込んだ『本職』の間者はほかに数名ほどいて、ケニーにはその存在を知らされていない。つまるところ、彼は囮《おとり》である。彼に嫌疑《けんぎ》の目を向けさせることで、その他の間者が動きやすい環境《かんきょう》をつくるための存在でしかない。ほかの間者はケニーの存在を知っているので、いざ自分が疑われそうになった場合は、彼を差し出すことで自分は信頼《しんらい》を得る、といった使い方もできる。

（まずいことになった）

アリオンが大攻勢《こうせい》にかかるという噂もあって、ケニーは一日も早くこの山をあとにしたくて仕方なかった。が、山門の監視《かんし》が厳しくなって、容易に出入りできなくなった上に、例の間者《かんじゃ》騒《さわ》ぎだ。自分がもし捕《つか》まってその正体を明るみにされれば、見せしめに殴《なぐ》られるどころではない。それこそ拷問《ごうもん》にかけられてしまう。

そうして震《ふる》えあがっているケニーのもとへ、一人の、山賊《さんぞく》出身の男が接近した。

「まずいことになったな」

と男はいう。驚《おどろ》いたことに、彼もまたアリオンから放たれた間者であるらしい。「おまえの存在はあらかじめ知らされていた」と男はケニーに打ち明かした。周りをしきりと気にしながら、

「いい情報を仕入れたんだが、どうもおれは僧兵《そうへい》どもから疑われているようだ。山門を抜《ぬ》けてアリオン陣《じん》に届けるどころじゃない」

そこで、

「おまえがやってみないか」

と男はいった。

「おまえは明日の夜明け近く、南の山門近くで伏《ふ》せていればいい。約束の時間が来たら、おれが仲間といっしょに騒ぎを起こして奴らの注意を引きつける。おまえはこの書を携《たずさ》えて、西のアリオン拠点《きよてん》へ向かってくれ。金はそこで受け取れるだろう」

拠点の位置を記した地図まで渡《わた》された。馬と糧食《りょうしょく》は、その山門近くであらかじめ準備するともいう。

ケニーにとってはうますぎる話だ。やや危険な橋を渡らねばならないが、ここでがたがた震えてアリオンの攻撃《こうげき》を待っているよりははるかにいい。決意を固め、実行に移した。

夜明け間近、山腹の森に伏せ、山門の様子をうかがっていると、頭上のほうから銃声《じゅうせい》がした。「何事だ」と叫《さけ》び交《か》わしながら、僧兵たちがぞろぞろと道を登っていく。陽動が成功した。ケニーは木につながれていた馬に跨《また》がって、すばやく坂道を駆《か》け降りさせた。

コンスコン寺院側《がわ》は、麓《ふもと》の村々を占拠《せんきょ》されるのを恐《おそ》れた。そのため、頂上の寺院近くに築いていた砲兵《ほうへい》陣地を一時解体し、大砲三門を麓《ふもと》近辺におろしているらしい。

——この情報を受け取ったアリオン軍指揮官。

名を、ヘイデン・スウィフトという。

アリオンと寺院の関係が悪化したとき、寺院に引きこもったログレス司教の説得に当たるために派遣《はけん》された調停団の一人である。しかし交渉《こうしょう》は決裂《けつれつ》。司教が「王族を呪《のろ》った」などという話もあって、現在の交戦状況《じょうきょう》にいたっている。

しかし、ログレス司教当人や、パーシー・リィガンが考えていたとおり、この戦闘《せんとう》は決してアリオンが挙国一致《いっち》で挑んでいる類《たぐい》のものではない。現に、調停が失敗に終わったときも、アリオン国王は、

「しばし時間をおくか」

と悠長《ゆうちょう》なことを口にしている。「司教が王族を呪《のろ》った」などという噂《うわさ》が流れはじめたのはその直後からだ。そして真っ先に反応したのがヘイデンであった。

彼は王の親類で、また個人的にもアリオン国王と親しかった。狩《か》りの仲間であり、また盤上《ばんじょう》でコマを奪《うば》いあうゲームのよい競争相手でもあった。彼は、そのゲームの最中に、

「王家を呪った連中などを捨て置いては、王家の威光《いこう》に傷がつきます。いったんついた傷はほころびとなって、あっという間に四辺に広がる亀裂《きれつ》となりましょう。時おかず、ここは力を見せつけるべきかと存じます」

と王を口説《くど》いた。王は、若くして老成したような雰囲気《ふんいき》のあった男がこうも熱を帯びて語ることに驚《おどろ》いた。調停団の一人として司教に直接会ったからこそ、顔に泥《どろ》を塗《ぬ》られた気分でいるのかもしれない。

王は三十代の若さであるし、親縁《しんえん》の友人に甘い。

「国内には十字教の信者たちも数多い。わが側近にすら存在しているほどだからな。王家を呪った、などという噂がまだ強い印象があるうちに片づけろ。そして寺院側《がわ》がなにかしらの譲歩《じょうほ》を――司教が投降してくるなり、武装を放棄《ほうき》するなり――してきたら、ただちに攻撃《こうげき》を中止するのだ」

そう釘《くぎ》を刺《さ》しながらも、国内から兵を集めて、八百もの数を彼に預けた。

が、これもパーシーが考えていたとおり、山を丸ごと包囲するには数が足りない。王は、こ

ちらが少し脅《おど》しをかければログレスが争いを嫌《きら》ってすぐさま折れるものだと高をくくっていた節がある。

当のヘイデンも同じであったかどうか。

彼は、慎重《しんちょう》を期して兵を動かした。賊兵《ぞくへい》をわざわざ金で雇《やと》って暗躍《あんやく》させ、降伏勧告《こうふくかんこく》の使者をも派遣《はけん》した。なるべく自軍に犠牲《ぎせい》を出したくない姿勢のあらわれのようである。

しかし寺院側にはまだ折れる気配がない。

王と同様、ヘイデンも見込みが外れたかに見えた。

もしも、この時点において、ヘイデン・スウィフトが王を焚《た》きつけてでも──「呪い」云々《うんぬん》の噂話は、誰《だれ》あろう、ヘイデン本人が人を使って流させたものだ──部隊を動かしたその目的が、実のところ大方達成《たっせい》できていたのだと聞かされたところで、いったい誰が信じただろう。

ヘイデンは、ここのところ領内で飛び交《か》っている噂と、クロード・アングラットに「使者としてコンスコン山へいけ」と命じたときの彼の表情を思い出して、ひそかにほくそ笑《え》んだ。

クロードはなりあがりとはいえ、前回のいくさで名をあげたひとかどの男である。国境警備用の城と、わずかばかりではあるが領土も持っている。その男を死の危険がつきまとう使者に任じた。ヘイデンはクロードがこの命令を断りきれないと踏《ふ》んでいたし、実際そのとおりだった。

（さて、あとは）

この時点で、ヘイデンは目的を大方はかなえていたのだ。

彼にしてみればいますぐ兵を引いても少しも構わぬのだが、自分が兵を動かした立場上、目に見えた戦果の一つは欲しいところだ。

ただし相手はたかだか武装した僧《そう》に、ならず者の集まり。勝利するのは当然にしても、ここで自軍に必要以上の犠牲《ぎせい》を出しては、将として「能無し」の烙印《らくいん》を捺《お》される恐《おそ》れもある。

（まあ、それも時機が来ればたやすかろう）

ヘイデンは臨時に築きあげつつある城砦《じょうさい》内で、ひとり盤上《ばんじょう》のコマを動かして時間を潰《つぶ》していた。そこへ、拠点《きょてん》の一つから知らせが届いた。

こちらからの使者をはねつけたことで、寺院はアリオンの大攻勢《こうせい》があると踏《ふ》んだようだ。砲《ほう》をおろし、麓《ふもと》の村々に向けているという。寺院に潜《もぐ》り込ませていた間者《かんじゃ》の言《げん》によると、

「そのおかげでまったくの無防備になっている場所もあります。わたしの仲間が火を掲《かか》げて案内する手はずになっていますので、夜間にでも襲撃《しゅうげき》をかければ、寺院などは労せずして落とせるでしょう」

とのことだ。

ヘイデンの待っていた時機が来た、ということだ。

「よし、まずは二百の隊で陽動をかけろ。麓を占拠《せんきょ》する動きに見せかけて敵の砲を誘《さそ》いつつ、倍の数を、間者の案内に任せて山に突入《とつにゅう》させるのだ。存外しぶといようなら、深入りの必要もない。山のあちこちに火をかければ、敵とてこれ以上抗《あらが》いはせんだろう」

これが最後の命令のつもりでヘイデンはいった。

いままで兵を指揮する権限は有していても、ほとんど前線に立ったことのない彼であったが、多少の軍学は学んでいる。一国の軍勢相手ならばともかく、自分の指揮が素人《しろうと》の集団に引けを取るようなことはない。最初からわかりきっていたことであっても、

（多少は浮き立つものを期待したのだが）

ヘイデンはため息を隠《かく》しきれない。

狩《か》りにしても、盤上のゲームにしても、学問にしても、手慰《てなぐさ》みにはじめた絵画、詩歌、そして恋愛においてさえも、ヘイデンは人並み以上のものをこなせる才能があった。そしてそれがわかった時点で、どのようなものであれ、楽しみを見出《みいだ》すことができなくなる。

（生まれついての不運だ）

ヘイデン・スウィフトはわが身を呪《のろ》うこともしばしばだ。

（なまじ、王家の遠縁《とおえん》に生まれたばかりに。……この上を目指してもかなえられず、落ちることを恐れる必要もない。狩人《かりうど》ならば狩りの方法を模索《もさく》し、日々腕《うで》を磨《みが》くであろう。兵卒ならば戦場で手柄《てがら》を立ててのしあがろうと胸を熱くするし、商人とて軒《のき》を少しでも広げようと努力する。自分にはなにもないのだ。なにもなくとも、アリオン王家が健在である限りは、わたしは貴族として生きていられる。そんなわたしにいったいなにを望めというのか。なにを願えというのか）

だからこその不運であったし、だからこそ、はじめて大勢の兵を指揮する立場になった際、多少は胸がときめくのを覚えた。もしかするとこのヘイデンの、冬の真水みたいに冷たい血がいっときであれ沸騰《ふっとう》することになりはしないかと。

が、干戈《かんか》のひびきも一発の銃声《じゅうせい》も聞こえない後方の陣《じん》で腰《こし》をおろしたきりで、すべては彼の思うがままに展開してきた。結局、大勢の武人が名をあげるのと引《ひ》き換《か》えに命を懸《か》ける、そんな戦場でさえも、ヘイデンにはもはや色あせた過去の遊び場に過ぎなかった。

(まあ、よい)

ヘイデンは命令を下したあと、一人きりになった室内で目を閉じた。

瞼《まぶた》の裏に、一つの人影《ひとかげ》が浮かびあがる。楚々《そそ》とした容貌《ようぼう》、緊張《きんちょう》のなかでたどたどしく歌いあげる声、火灯《ほあか》りで蜂蜜《はちみつ》色に照らされた肌《はだ》。あれからいく日も経《た》ったというのに、たったいま目の前にいるかのように鮮明《せんめい》に思い出される。早くもヘイデンの動悸《どうき》が高まった。

あのように美しい娘《むすめ》は、アリオン宮廷《きゅうてい》でも見かけたことがない。いや、単純に見た目の華《はな》やかさでいえばいくらでも上まわる女性はいるのだろうが、彼女の場合、目鼻立ちのどれを取っても、ヘイデンがこの世でそれ以上を望むことがないというほどにできすぎている。あたかもアリオンの領土に息づくあまたの精霊《せいれい》たちが、ヘイデンに引きあわせるためだけに丹精《たんせい》込めてつくりあげた人型のようだ。

もはや理屈《りくつ》ではなかった。血だ。心だ。魂《たましい》が、ヘイデンをひきつけるのだ。あらゆるものへの関心を失いかけていたヘイデンにとって、それはあまりに耐《た》えがたい欲望の疼《うず》きであり、情熱の熱さであった。

なにより、若いのがいい。まだ世俗《せぞく》に汚《よご》れていない。正直、ヘイデンの好みでいえばもう少し歳《とし》を重ねてからのほうがいいのだが、こういった果実は早いうちに保護しておかねば、美しさの本当の意味さえ知らぬ──考えようともせぬ──下賤《げせん》な漁色家《ぎょしょくか》などに目をつけられて遊び半分でもぎ取られるか、ただ少しばかり時間を共有したことで運命の恋に出会ったつもりになった田舎《いなか》貴族どもに連れ去られかねない。

ヘイデンはその想像に憤《いきどお》った。誰《だれ》であれ、彼女に近づく男皆々《みなみな》が滅《ほろ》んでしまえばいいと思った。一刻も早く手の届く場所に彼女を保護し、その成長を見届けねばならないと念じた。

出会ってまだ数時間も経《た》たぬうちのことだ。もはや彼に時間など関係がなかった。だから、クロード・アングラットにすぐさま直談判《じかだんぱん》したのだ。

結果は芳《かんば》しくなかった。ヘイデンはクロードに疑念と怒《いか》りとを抱《いだ》いた。身が熱くなるようなそんな感情さえ彼には久しぶりのことだった。

が、彼もアリオンの高位貴族の端《はし》くれである。いざとなれば鉄の自制心をも発揮することができた。その場は涼《すず》しい顔をして辞した。

帰宅したその日、彼は一睡《いっすい》もせずに計画を練った。それからもともとの知りあいやら、血筋の威光《いこう》をもって呼びつけることのできる人物に多数接触《せっしょく》した。王から狩《か》りの誘《さそ》いが来たとき、

「体調が悪い」といって断ったほど、彼はこの作業に没頭《ぼっとう》した。失っていた情熱がこのわずか数日間に凝縮《ぎょうしゅく》されて噴《ふ》きあがったかのような、いま思い返してもめまいがするほど色濃《こ》い時間であった。

ヘイデンはようやっと両目をこじ開けた。すると脳裏に生々しく浮きあがっていたはずのフロリー・アングラットの姿は現実の風に容赦《ようしゃ》なく吹《ふ》き消されて、あとには、寒々しい、板作りの部屋ばかりが広がっていた。ヘイデンの唇《くちびる》から怒《いか》りと嘆《なげ》きの息が吹きこぼれた。

(だが、もう少しだ)

彼は歯ぎしりせんばかりの表情で、そう考えた。

(もう少しで、そなたをあるべき場所に連れ帰ることができる——)

だが、ヘイデン・スウィフトが兵を出立《しゅったつ》させた、その翌々日のこと。

彼の人並み以上の才をもってしても、予測不可能な出来事が起こった。

同じころ、パーシー率いる二百の隊が、険しい山道を登って、アリオン軍本陣《ほんじん》に接近しつつあった。

出立してから四日が経《た》とうとしている。睡眠《すいみん》もまともに取らず、小休止を数回挟《はさ》んだていどの強行軍である。アトール兵のなかにはパーシーの忠告も聞かず甲冑《かっちゅう》をつけている者もあったが、大半がすでに脱《ぬ》ぎ捨てている。それでも全員が、息を切らし、体中を汗《あせ》と泥《どろ》にまみれさせている。ただ一人、皆《みな》を先導している格好のクオンばかりが表情に活力を残していた。

パーシーも隊長として泣き言を洩《も》らすようなことはなかったが、

(見事だな)

と彼が内心賞賛していたのは、セーラである。彼らのあとを追ってきた妹をカミュが叱責《しっせき》したが、セーラはまったく耳を貸そうとしなかった。そのうち、

(どうせ途中《とちゅう》で音をあげる)

とでも思ったか、カミュは一転して押し黙《だま》った。どの道、時が惜《お》しい。

が、案に反して、セーラもまた泣き言一つ発さず、歯を喰《く》いしばりながら、男でも脱落《だつらく》しそうな強行軍についてきていた。

四日目の陽《ひ》が暮れて間もなく、先頭のクオンが足を止めた。

「み、見えたか。敵の砦《とりで》が」

その背中に必死で喰らいついてきたパーシーが、喘《あえ》ぎ喘ぎそういったのだが、

「しっ」

クオンは鋭《するど》く制して、背後の者に伏《ふ》せるよういうと、自らは木の陰《かげ》に隠《かく》れた。パーシーは肺に残ったわずかな息を使いきる覚悟《かくご》で、すばやくクオンの隣《となり》に並んだ。彼と同じく木陰から先をうかがってみる。

道の左手、峻険《しゅんけん》な崖《がけ》の下に、敵城砦《じょうさい》らしき影《かげ》が、周辺の火灯《ほあか》りによって黒々と浮かびあが

っていた。

が、火が燃えているのはそこばかりではなかった。暗く閉ざされているはずの山道のそこかしこで、まるで光を放つ虫のような灯《あか》りが複数蠢《うごめ》いている。兵士にちがいない。ただの見まわりにしては尋常《じんじょう》な数ではなかった。あきらかになにか異変が起こって、それに対応する動きだ。

（こちらの動きを気取《けど》られたのか）

パーシーの背筋に寒いものが走った。

四章　邂逅《かいこう》の一夜

1

丸四日をかけてようやく敵陣《てきじん》を前にしていた。仲間たちと軽口《かるくち》をいいあったり、その逆に、来《きた》るべき戦いに身が引き締《し》まる思いがしたりしたのも、馬を飛ばした最初の一日だけ。あとは疲労《ひろう》と空腹の積み重ねでしかない。たまの小休止が来るたび、皆《みな》、声もなくへたり込んだ。次に立ちあがるときは以前よりもっと足が重かった。先ゆきにはただ疲労を重ねる道しかない。それでも時に励《はげ》ましあい、時に足の止まった仲間を叱咤《しった》しながらも、なんとか期限どおりに目的地へ辿《たど》り着いていた。

その血を絞《しぼ》るような努力も、一瞬《いっしゅん》にして無と帰した。

敵が火を掲《かか》げつつ山道を徘徊《はいかい》している。こちらの襲撃《しゅうげき》が気取られた、とパーシーは見た。瞬間、全身が麻痺《まひ》したようになった。敵の本陣を衝《つ》いて味方を雄々《おお》しい勝利に導くはずの部隊は、いまやただ敵中で嬲《なぶ》り殺《ごろ》しにされるのを待つだけの小隊でしかなくなった。

と、その隣《となり》でクオンがするすると器用に木を登った。灯りの列が広範囲《こうはんい》に見わたせる。数はいかばかりか、と目を細めようとした矢先に、坂道の上からこちらめがけて下ってくる一団を発見した。まだこちらに気づいてはいないようだが、何事かを口々に叫《さけ》んでいる。クオンの耳には、

「公子」

という単語が聞こえた。クオンは急いで木から下りてパーシーに報告した。数は二、三十ていど。様子からして、

（襲撃《しゅうげき》に備えていたわけではないのか？）

パーシーはそう思ったが、こちらの存在に気づかれれば同じことだ。クオンがいち早く行動を起こしたことで、パーシーも麻痺《まひ》の状態から抜《ぬ》け出した。わずかいっときとはいえ、なにもせぬままただ殺されるのを待つような心境にあったとは、恥《は》ずべきことだ。

彼はすぐさま決断し、味方に手を振《ふ》って坂道を降りるよう命じた。

（まずはこの集団をやり過ごし、どこかに身をひそめたら、クオンを偵察《ていさつ》に向かわせて状況《じょうきょう》を判断する——）

パーシーの念頭にはそのような計画があったが、ほどなくしてそれも無駄《むだ》になった。先を急ぎすぎたアトール兵の一人が、木の根っこに足を取られて転倒《てんとう》したのだ。前をいく兵らをも巻き込んだため、派手に物音がした。たちまちのうちに荒々《あらあら》しい叫《さけ》びが頭上から轟《とどろ》いてきた。

「誰《だれ》かいるぞっ」

「公子か？」

「いや――あれは」

（急げっ）

パーシーは転倒した兵たちの手を取って立たせながら、いままでより激しく手を振った。味方が飛ぶように坂道を駆《か》け降りていくのと、頭上からアリオン兵が迫《せま》ってくる速度はほぼ等しい。

「待て、待たぬと矢を射掛《いか》けるぞ」

「こちらには銃《じゅう》もある」

アリオン兵が次々と合流してくるのが、頭上に増えていく火の数でわかった。パーシーももはや声を隠《かく》さず、

「走れ、走れっ」

と味方を急がせながらも、本人は足を止めかけている。彼は敵を視認《しにん》できる距離《きょり》まで引きつけてから、味方とは別の方向に走っていくつもりだった。敵の注意を分散させ、足を鈍《にぶ》らせるためである。彼の頭と胸は寒々しい恐怖心《きょうふしん》に満ちていたが、しかし味方を壊滅《かいめつ》させる恐怖に比べれば、自身の身に降りかかる危険のほうがまだしもだ。経験の浅いパーシーに、前者の苦痛は耐《た》えがたい。

そこへ、カミュが駆け戻《もど》ってきて、「なにをしている」とパーシーの肩《かた》を引こうとしたが、

パーシーは逆に僧兵《そうへい》の腕《うで》を取って、

「味方をまとめて下山してくれ」

と頼《たの》んだ。間近にあったカミュの目が揺《ゆ》れた。と、その目がかっと鋭《するど》く見開かれ、突然《とつぜん》パーシーを突《つ》き倒《たお》した。パーシーの立っていた地面に矢が突き刺《さ》さったのはその直後。頭上からではない。横あいからだ。

(挟《はさ》まれた)

立ちあがりながらも、パーシーは絶望に唇《くちびる》を噛《か》んだ。敵は追っ手を二つにわけたようだ。地の利はいうまでもなくアリオン勢にあった。

が、ここで意外にも反撃《はんげき》の銃声《じゅうせい》が近くで聞こえた。セーラのものだった。いつしか彼女も戻《もど》ってきたらしい。その狙《ねら》いは正確で、次の矢をつがえかけていたアリオン兵が前のめりに倒れた。しかしそれに倍する数の矢が頭上から、右手から放たれる。反撃の手段を持つ敵とわかれば、アリオン側にももはや容赦《ようしゃ》はない。

パーシー、カミュ、セーラの三人は木の陰《かげ》に隠《かく》れて矢から逃《のが》れたが、同時にまったく動けなくなった。そのうちに包囲網《もう》が狭《せば》まってくる。パーシーの心臓が激しく高鳴っていた。ふと宙を仰《あお》ぐ。星が出ていた。

と、視界の隅《すみ》でなにかが蠢《うごめ》いているのに気づいた。はっきりとした姿は見えねど、クオンだ、とパーシーは直感した。おそらくは樹上に身をひそませつつ、隙《すき》を見て矢を射るなり、飛びおりるなりして、敵の混乱を招くつもりだろう。

(馬鹿《ばか》が。逃《に》げればよいものを)

パーシーは心中《しんちゅう》で毒づいた。クオン一人が敵の隙を衝《つ》いたところで、この状況《じょうきょう》が覆《くつがえ》せるとも思えない。

(リイガン家の次男も、ここまでか)

心身を凍《こお》りつかせるほどの恐怖《きょうふ》に、もし一つでも特効薬があるとするなら、それは諦念《ていねん》だという。パーシーはふたたび虚脱《きょだつ》感に似た感情を味わった。

(一発殴《なぐ》りかえすどころではなかったな)

結局のところ、この作戦を考えていたときに感じていた血の熱さなど、若さゆえの蛮勇《ばんゆう》でしかなかったのか。パーシーは身も心も冷え冷えするものを感じた。両親や兄の顔が脳裏を巡《めぐ》った。次いで、婚約者《こんやく》リアナの笑顔《えがお》。

瞬間《しゅんかん》、彼はずぶ濡《ぬ》れになった犬のように身震《みぶる》いして、虚脱の感情を振《ふ》り払《はら》っていた。

(待て。わたしは、アトール貴族だと知られるわけにはいかない)

ここで正体を暴《あば》かれれば、寺院ばかりか、故国にも危難を招くこととなる。それは先ほどの恐怖《きょうふ》とは種類も桁《けた》も異なっていた。どのような死を迎《むか》えるのであれ、親兄弟に泥《どろ》を塗《ぬ》るような死はごめんだ。

逡巡《しゅんじゅん》は一瞬とてなかった。

英雄《えいゆう》的活躍《かつやく》を欲する、いわば自己愛的な渇望《かつぼう》と、これまた、忍《しの》び寄る死の恐怖《きょうふ》をこれ以上味わいたくないという願望とが、パーシーの胸中で見事に共鳴しあった。

「神の御手《みて》はわが頭上にこそ。者ども、主《しゅ》の御名《みな》を讃《たた》えよ」

パーシーは聞きかじりの祈《いの》りを叫《さけ》んで、自ら飛び出していた。矢の一本がひょうっと音を立てて耳先をかすめ、次の一本がブーツの爪先《つまさき》から数ミリ先に突《つ》き立った。槍《やり》を手に、なおも敵めがけて進もうとした矢先に、

「馬鹿《ばか》が！」

声が頭上からした。クオンが、木から飛びおりざまに弓兵の一人を斬《き》った。さらに一人を斬る。が、多勢《たぜい》に無勢《ぶぜい》。敵の槍に押されるがままに、パーシーのところへと引いてきた。

「馬鹿が」

クオンは剣《けん》を振《ふ》って、矢の一本を切り払《はら》いながらもう一度怒鳴《どな》った。

(馬鹿はおまえだ。なぜ逃《に》げん)

パーシーは思わず叫びかえそうとした。が、彼の力強い手に引かれ、ふたたび木の陰《かげ》へと連れ込まれていた。

そうしている間にも、セーラがまた銃撃《じゅうげき》した。

木に突き立つ矢の数が減少したようだ。が、それは敵がひるんだのではなく、むしろこちらの数がわずかであることを察したためだろう、包囲網《もう》を狭《せば》めてくる速度が速まった。

パーシーは荒々《あらあら》しい息をつきながらも、隣《となり》で剣を構えるクオン、別の木に隠《かく》れたカミュ、そして銃を手にしたセーラを順繰《じゅんぐ》りに見やった。いずれも必死の形相《ぎょうそう》だ。そしてつい数秒後にはもう見えなくなるかもしれない顔だ。

そう意識したとき、パーシーの胸に恐怖《きょうふ》とは別の熱い感情がこみあげてきた。

出会ったのは二月《ふたつき》前にもならぬ。だというのに、こうして死地で肩《かた》を並べていると、まるで生涯《しょうがい》をともにしてきたような思いさえする。「くそっ」とパーシーの口から、らしくもない悪態が洩《も》れた。

(馬鹿は、自分ではないか)

自分の槍は故国を救うどころではない、なににも替《か》えがたい仲間たちをすら守れはしないのだ。

パーシーの手が震《ふる》えた。できることなら、突撃《とつげき》を敢行《かんこう》してでも彼らの逃げ道を確保したい。が、カミュが、セーラが、クオンが、いまさらそれに従うとも思えない。なら、

(呼吸を揃《そろ》えて)

四人、いっせいに別々の方角に駆《か》け出すか。一人は討《う》たれても残り三人、さらに一人が討たれても残り二人、さらにはもう一人が討たれてしまっても、最後の一人だけは逃げ切れるのではないか。

あとは可能性に賭《か》けるしかない。パーシーが仲間たちに目配せした。意図を読んだのはカミ

ュ一人か。彼は妹とクオンのほうを向き、これを言葉として伝えようとした。と、

「待て、矢を止めよ！」

そのとき頭上から、まるでそれそのものが太い矢のように夜気を引き裂《さ》く声がした。ぴたりと攻撃《こうげき》がおさまる。反射的にパーシーが坂道を見あげると、騎馬《きば》の姿があった。この険しい道でよくもと思えるほど巧《たく》みに馬を操《あやつ》って近づいてくる。その威風《いふう》堂々たる姿に覚えがあった。

騎馬は、弓兵の一人から火を受け取ると、自分の目の高さにまで掲《かか》げた。

「おお、やはり。そちらにいるのは、おれの轡《くつわ》を取ってくれた御仁《ごじん》ではないか」

火に照らされ、破顔したその人物は、クロード・アングラットだった。

パーシー、カミュ、クオン、セーラの四人はアリオン軍に捕縛《ほばく》された。

クロードから、

「丁重な扱《あつか》いをお約束する」

と投降を呼びかけられたとき、「なにを」とカミュは歯を剝《む》いたが、ほかに選択肢《せんたくし》はなかった。パーシーにできることは、いまや死の覚悟《かくご》を決めることなどではなく、三人の命を救うことである。

彼はいち早く木の陰《かげ》から脱《だっ》し、武器を投げ捨てた。ほかの三人にもそうするよう頼《たの》んだ。

セーラ、クオンが従い、最後にカミュが怒《いか》りの声もろとも槍《やり》を地面に突《つ》き立てた。捕縛されたとはいっても、縄《なわ》は打たれていない。前後をアリオン兵に挟《はさ》まれながら山道を進まされていった。

「放せ、おれに触《ふ》れるな」

クオンが怒《ど》鳴《な》っている。「触れるな」もなにも、虜囚《りょしゅう》の立場でありながら、手足を拘束《こうそく》されていないのが奇《き》妙《みょう》なくらいだから、パーシーがなんとかなだめていると、

「まったく、だからついてくるなといったのだ」

カミュが妹に険悪な声を出している。

「おれのいったことで、正しくなかったことが一度でもあったか。ほれ、いまもこのとおりだ」

「どうして敵に捕《と》らわれて威《い》張《ば》っているのよ。わたしは足手まといになった覚えはありませんからね。つまりは兄さんの失策でもあるのよ、これは」

「おれがなんの失敗をしでかした。もともと計画に無理があった。その無理を道理として通そうと、およばずながらも槍を取ったまでだ。おまえには男のこの志、理解はできんよ」

前をいくパーシーには耳が痛い。彼は一度ならず、この窮《きゅう》地《ち》で死《し》を覚悟《かくご》した。といって、勇ましい戦士の心境などとはほど遠い。ただ単に、首をじわじわと締めあげられるかのような恐怖《きょうふ》に耐《た》えきれなかっただけだ。パーシー・リィガンは経験の浅さを痛感させられた。

先導する格好のクロードの背中を見あげながら、そっと息をつく。

(ほかの兵は逃《に》げられたろうか。ならば、まだ命を懸《か》けた甲斐《かい》はあったが)

このまま城砦《じょうさい》につれていかれるかと思えば、しかしクロードはなぜか城砦につながる道を選択《せんたく》せず、むしろさらに上へと登って、木々の拓《ひら》けた場所へと四人を導いた。

そこにかがり火が燃えて、急ごしらえの陣《じん》が形成されている。銃《じゅう》を携《たずさ》えていた兵たちがクロードの姿を見て直立した。先ほどまでクロード自身が指揮をしていた場所なのだろう。城砦から離《はな》れた位置で陣立てをしていたということは、やはり自分たちの襲撃《しゅうげき》が気取《けど》られていたということではないのか、とパーシーは考えたのだが、そこへちょうど別の方角から駆《か》け込んできた騎馬《きば》があって、

「おや、父上」とやはり馬上にあったクロードの姿を見て目を丸くした。「どちらへ赴《おもむ》かれていたので?」

「少し、野暮《やぼ》用ができてな」

クロードはパーシーらのほうを見てにやりとした。捕虜《ほりょ》を見つめる目ではない。まるで悪戯《いたずら》を共有した小僧《こぞう》っ子《こ》のような眼差《まなざ》しに、パーシーはどきりとするものを感じた。

「それより、見つかったか」

「周辺には影《かげ》も形もありません。北のほうにはヘイデンの兵が出ているので、こちらは近づくこともできず」

「ヘイデンめ、指揮も忘れて熱心なことだわな」クロードは歯を剝《む》いた。「わざわざアトール

兵の噂《うわさ》を本国にまで流した男のことだ、公子が娘《むすめ》をかどわかしたのだと決めつけて、公子のお命をも狙《ねら》いかねん」

「父上を使者に仕立てたような男です。あいつめ、フロリーに怪我《けが》でもさせたら容赦《ようしゃ》しない」

「はやるんじゃない。悪いが、もう一度周辺を洗ってくれんか」

「はっ」

クロードの息子《むすこ》は手綱《たづな》を引くと、すばやく陣を駆け去っていった。クロード本人はしばし馬上で北の方角をにらみ据《す》えていたが、馬から飛び降りると、

「こちらはこちらで事情あり、だ」

やや苦そうな笑《え》みを見せた。パーシーは我慢《がまん》ならず口を開いた。

「うかがってよろしいでしょうか。この布陣、われらの襲撃を予期してのことではなかったのですか？」

「まったくもって」意外にも、クロードは率直《そっちょく》にそう認めた。「厄介《やっかい》なことが起きてな。なにが厄介かというに、おれのほうからは深入りできんところがさ。ヘイデンの奴《やつ》は、おれの兵が近づいただけで、またよからぬ噂を吹《ふ》いてまわることだろう」

パーシーにはその事情はわからない。ヘイデンの名も初耳《はつみみ》だ。が、先ほど「公子」という単語を耳にしたとき、パーシーはあることを思い出していた。

（クロード・アングラットに──公子。そうだ、人質としてアリオン領に出されたアトールの

第二公子レオさま。確か、あの方を所領にて預かっているのがクロードその人だったはず）

パーシーは、いま置かれている自分の境遇《きようぐう》とは別の衝撃《しようげき》を味わった。さっきは、「公子の命を狙《ねら》いかねん」などという言葉もあった。いったいこの地でなにが起こっているというのだろう。わからねど、故国アトールにも決して無関係ではないということは確実だ。

このとき、クロード・アングラットは、まるでいまはじめて四人の存在に気づいた、というような目線で、彼らの姿を順番に眺《なが》めまわした。

「寺院の僧兵《そうへい》に、尼僧《にそう》に、傭兵《ようへい》――か」

「拷問《ごうもん》にかけたとて、おれはなにもしゃべらんぞ」カミュがぎょろっと目を剝《む》いた。「それに、捕虜《ほりよ》としての恥辱《ちじよく》を味わうのはおれ一人でよい。まさかアリオン将軍ともあろう方が、女性に手出しはせんだろうがな」

クロードはその言葉は無視して、最後にパーシーに目を当てた。

「噂《うわさ》はまことであったか。なるほど、ただの傭兵にしては、と思っていた。そなた、アトールの正規兵だろう」

「ま、まさか。わたしは、そのような」

パーシーは目がくらむ思いで自分の出自をごまかそうとしたが、

「隠《かく》さずともよい、アトールの者ならば、ある意味でおれたちと目的が一致《いつち》する」

なぜかクロードはひどく気が急《せ》いたように早口で制すると、四人全員がぎょっとするような申し出をしてきた。

「そなたらの力で、アトール公子レオ・アッティールどののお命を救ってはくれまいか」

2

「レオ兄さま、早くお逃《に》げになって」

フロリー・アングラットが思いつめた表情でレオにそういったのは、まだ昼を少し過ぎた頃《ころ》合《あい》のことだった。

レオは居間で読書の最中だった。ゆらゆら揺《ゆ》れるカーテンに刺繡《ししゅう》されているのは、精霊《せいれい》を擬《ぎ》人《じん》化した有名な図画を模倣《もほう》したものだ。

（逃げる？）

最初はなんの冗談《じょうだん》かと思ったが、フロリーの、いつもは薔薇《ばら》色をした頰《ほお》はすっかり青ざめ、引き結ばれた唇《くちびる》も血の気を失っている。

「早く逃げなきゃ、レオ兄さまは殺されてしまうわ」

瞳《ひとみ》いっぱいに溜《た》まった涙《なみだ》が、いまにも青い頰に滑《すべ》り落ちていきそうだ。

現在、この居館《きよかん》に当主であるクロード・アングラットはいない。

――事の発端《ほったん》は、コンスコン寺院との関係悪化にある。レオには忘れがたい、あの大貴族へイデン・スウィフトをはじめとした一団が寺院に向かったが、調停は成功しなかった。そのうちに討伐軍《とうばつ》を起こすという動きになり、ほかならぬヘイデンがその中心人物になっていると聞いてレオは少なからず驚《おどろ》いた。

たかが一度食事に同席しただけで、かの人物のなにを知るというわけでもないから、

（らしくもない）

と思った理由が、レオ自身よくわからなかった。

「大して長引きもせんだろう」

クロードは面白《おもしろ》くもなさそうな顔でそういっていた。寺院を力ずくで攻《せ》めるのに彼が反対しているのはあきらかだ。しかしなりあがりの武将である彼が、王族遠縁《とおえん》のヘイデンが中心となって進めた計画に口を出すことなどできない。寺院が兵を募《つの》ったところで、どうせ組織立った抗戦《こうせん》などできようはずもないから、せめて早く終わってくれ、という心境だったろう。

が、思いのほかこの戦いは長引いた。そしてクロードにも無関係な事態ではなくなった。数日前、早馬《はやうま》の使者がアングラット邸《てい》を訪《おとず》れた。

「補給物資の警護のため、街道《かいどう》に兵を出せ。指揮はクロード自身が執《と》るのだ」

というヘイデンからの命令書を携《たずさ》えていた。

ヘイデン・スウィフトが本陣《ほんじん》に定めた場所は、ちょうどクロード領の真南に当たる。双方《そうほう》の距離《きょり》はさしたるものではないが、この道は険しい山と谷とで遮《さえぎ》られている。直接行き来するに

は、相応の装備と技術、さもなくば命知らずの勇気が必要となった。当然馬では進めないため、高高度を飛行できる飛空船《ひくうせん》でも所持していない限り、物資と人員を運ぶには効率がよくない。したがってヘイデン陣の補給は西からのルートに頼《たよ》っている。その街道を守護せよという。

「おれには国境警備の任があるというのに、街道に兵を送れだと？」

クロードはむっとした感情を隠《かく》せなかったが、ヘイデンは今回の軍事行動に関して王の承認《しょうにん》を得ている身だ。不承不承、馬を駆《か》って城砦《じょうさい》を出、その任務に就《つ》いた。

また数日経《た》って。不穏《ふおん》な噂《うわさ》が、アングラット邸にいるレオたちの耳にも届いてきた。今回のこの戦いが長引いている要因の一つとして、

（アトール公国が寺院に援兵《えんぺい》を出している）

という情報が囁《ささや》かれていた。

アトール公国といえば七年前に槍《やり》を交えた隣国《りんごく》である。シャザーン国と組んで、身のほど知らずの喧嘩《けんか》を吹《ふ》っかけてきたアトールは、しかしその圧倒《あっとう》的な力差を思い知らされると、立ちどころに戦意をくじかれて和睦《わぼく》に応じた。以降、人質としてレオ・アッティール公子をアリオン領地に差し出している。

だというのに、アリオンと敵対する勢力に援兵を出した。すなわち、裏切りである。

「おい、おまえの国はおまえを見捨てたらしいな」

クロードの次男ジャックが朝食の席でレオをからかった。ここ二、三年、彼の、レオへの悪

意ある関心はだいぶ鳴りをひそめていたのだが、父が長男のウォルターだけをともなって任務に赴《おもむ》いたのが面白《おもしろ》くなかったらしい、やや丸くなりはじめた顔に苛立《いらだ》ちを覗《のぞ》かせている。ついでにレオへの態度も子供時代のものに戻《もど》りつつあった。

「寺院の騒動《そうどう》が片づいたら、次はアトールだぞ。おまえはもう人質としては用済みだから、きっとアトールへの見せしめで真っ先に縛《しば》り首《くび》にされるだろうな」

「やめて、ジャック兄さま」

同席していたフロリーが、やはりこれも子供時代と同じく大きな目に涙《なみだ》を溜《た》めながらレオを庇《かば》った。ジャックは「ふん」と鼻を鳴らしつつ、スープに浸《ひた》したパンにかぶりついた。

「裏切り者呼ばわりされるのが嫌《いや》なら、おまえも槍《やり》を取るんだな。おまえが生きのびたけりゃ、アトール人を殺して、アリオンへの忠誠を示すしかないんだ」

彼がそんな具合にレオをからかえたのも、まだ噂《うわさ》が噂の域を出ていなかったからだ。が、どうしたことか――確たる証言も証拠《しょうこ》もなかったというのに――、噂は日増しに真実味を帯びてきて、アリオン領内ではアトールを批判する声が続出した。

「アトールめ、七年前に恩情をかけてやったというに」

「小国の分際で思いあがりおって。あのとき攻め滅《ほろ》ぼしてやればよかったのだ」

「人質を預かっているのだろう？　その小僧《こぞう》をいますぐ牢獄《ろうごく》へぶち込め。それでもなおアトールが寺院への加勢をやめぬというなら縛り首にするのだ。当然、その覚悟《かくご》があった上での行為《こうい》なのだろうからな」

ジャックが冗談《じょうだん》半分で口にしたような事態が、まさに現実のものになろうとしている。何度か触《ふ》れたが、アリオン領内では十字教に感化された信者も多い。したがって今回の寺院討伐《とうばつ》に関してはいまひとつ国内でも盛りあがる気運がなかったのだが、ここにきて鬱屈《うっくつ》した感情の捌《は》け口《ぐち》として「アトールの裏切り」が浮上してきた。寺院よりもむしろ、アトール憎《にく》しの感情が上まわりはじめたのである。

最初のころはレオ自身、アトールが援兵《えんぺい》を出したという話など、

（まさか）

と半信半疑であった。

自分が人質であるから、というのももちろんあるが、アトールでは、領土の南半分を治めている諸侯《しょこう》との関係が影響《えいきょう》して、いかに公王といえど独断で多くの兵を動かすことはかなわない。すなわちアリオンと寺院、双方《そうほう》の力差を覆《くつがえ》すほどの兵など最初から出せるはずがないのだ。が、噂は日ごとに真実味を増すばかり。レオも小さからぬ懸念《けねん》を抱《いだ》きはじめた。自分には人質としての価値すらないのか、とも思いはじめた。

（もとより、ぼくは人質に出されたんじゃない。あの時点で、打ち捨てられていたんだ）

苦い思いと、母の声とが、心理の表層をかすめる前に、レオはさっとそれを遠ざけた。この六年で彼がもっとも成熟《せいじゆく》させた技能とは、剣《けん》でも弓でもない。都合のよくない感情を意識から

切り離《はな》すという、ある種奇妙《きみょう》な特技である。その切り離された感情は黒いよどみとなり、レオ・アッティールによく似た姿をおぼろに形成しながら、自分自身を遠くから見つめているのだった。

そうして、おのれの問題を埒外《らちがい》に置いたまま状況《じょうきょう》を考えると、やはり父の行動も、ヘイデンが率先《そっせん》して兵を出した事態も、どこか不自然だという気がしてならない。あえて極端《きょくたん》に突《つ》き詰《つ》めてみると、

(まるで、物事がぼくの死一つを望んで動いているみたいだ。コンスコン寺院も、ヘイデンも、父も——なにもかもが)

という結論さえ得られる。思わず苦笑いが浮かんで、

「なるほど。——殺されるか」

声に出して唸《うな》ると、フロリー・アングラットは激昂《げきこう》した。

「いいえ、いいえ！　レオ兄さまは死んだりなどしません。わたしがそうはさせませんわ！」

その泣き声を耳にしてレオはわれに返った。いったん遠ざけていた感情が、よどみが、痺《しび》れていた手足にじわじわ血が通っていくかのように舞《ま》い戻《もど》ってくる。

いったんフロリーを落ちつかせて話を聞くと、たまたま城下の小さな町に出かけた際、彼女は噂《うわさ》話を耳にしたらしいのだ。どうやらまたもアングラット邸《てい》にヘイデンからの使者が放たれたという。その使者は十数名からなり、いずれも武装しているとのこと。

当主なきアングラット邸になんの用かと思えば、彼らは、誰《だれ》あろうレオ・アッティールをヘイデンの陣《じん》につれてくるよう、命令を帯びているらしいのだ。レオは目を丸くした。

「ぼくにいったいなんの用があって？」

「わかりませんわ。でも、例の——よからぬ噂もあることですし」フロリーは言葉を濁《にご》しつつも、「ジャック兄さまにもその話をしたの。たとえ使者がやってきても、レオ兄さまを引き渡《わた》すような真似《まね》はしない、って約束してほしかったのだけど」

話しているうちにまた感情が昂《たかぶ》ってきたか、フロリーの瞳《ひとみ》にふたたび涙《なみだ》が盛りあがりはじめた。

「ジャック兄さまったら、ふがいないお言葉ばかり！　いつも、いばりんぼうのくせして、いざとなったら意気地《いくじ》がないんだわ」

「ジャックの立場もわかっておやり。彼はいま、この城の当主代行だ。彼の独断で、余計な騒《さわ》ぎを起こすわけにもいかないんだよ」

「余計な騒ぎとはなんです。兄さまご自身のお命が懸《か》かっているのですよ！」

（それは、まあ）

レオは口のなかでもごもごと弁解じみた言葉をいった。それに業《ごう》を煮《に》やしてか、フロリーは涙の溜《た》まった目をきっと吊《つ》りあげて、いきなりレオの手を取った。

「逃《に》げましょう、いますぐ。フロリーもお供いたします」

か細い少女の腕《うで》には意外なほどの力が込められていた。もはや「逃げろ」ではなく「ともに逃《に》げましょう」という。レオが無言のままでいると、

「フロリーお嬢《じょう》さま」

丸々と太った中年女が飛び込んできた。アングラット家に仕えている下働きの女中だ。雰囲《ふんい》気《き》が切迫《せっぱく》している。なにか要《い》らぬ誤解でもさせてしまったか、と思い、レオは少女の手を振《ふ》り払《はら》おうとしたが、

「厩番《うまやばん》のミリアスを街道《かいどう》の見張りにつけていましたが、そのミリアスから伝言です。アリオン軍の使いがもうすぐそこまで来ているとのこと！」

「レオ兄さま」

フロリーの手にいよいよ尋常《じんじょう》でない力が加わった。半ば、レオはその目から迸《ほとばし》る情熱の火に焼かれたかのように錯覚《さっかく》しながら、フロリーの動きにあわせて足を進めはじめていた。

（逃げる。逃げるのか。どこへ、どうやって？）

自問する。そのまま居館《きょかん》を出て、塀際《へいぎわ》にある厩舎《きゅうしゃ》へと進んだ。葛藤《かっとう》の波に揺《ゆ》れる内心をよそに、レオが意外に思ったのは、あの女中をはじめ、見張りに立ったミリアス、そしてミリアスとは別の年配の厩番までもが、すでにレオの馬に鞍《くら》をつけるなどして、こぞってレオの手助けをしてくれていることだ。

（いや、これはぼくじゃない。フロリーのおかげだろう）

ぼんやりと思う。家で預かった人質を逃がすなどということ、当主のクロードがいれば当然許されるはずもない。だというのに、職を失う、いや最悪罪に問われる覚悟《かくご》までして手助けしてくれたのは、フロリーが彼らに泣きついたからだろう。アングラット家の令嬢《れいじょう》はこの家の誰《だれ》からも愛されていた。

厩番の老人に腰《こし》を押されるがまま、馬に跨《また》がった。フロリーがごく当然のようにその後ろに位置する。

「来ました、来ました。レオさま、フロリーお嬢さま、お急ぎになって!」

二階の窓から顔を出した女中が叫《さけ》んでいる。首をいっぱいに伸《の》ばしているのは、街道のほうの様子を窺《うかが》っているからだ。レオは馬に鞭《むち》をくれて走らせはじめた。裏門が開いている。門番の、にきび面《づら》をした若者が片手をあげて、馬が通っていくのを見送った。

木々に挟《はさ》まれた小路《こうじ》を駆《か》ける。レオは、断頭台の冷たい影《かげ》がすぐ背後にまで迫《せま》っているかのように錯覚《さっかく》した。さすがに冷やりとしたものの、その影は結局のところ、彼が馬を走らせていくその先で——どこであっても——罪人の首を落とす刃《やいば》をぎらぎら光らせたまま、鎮座《ちんざ》して待ち受けているような気がした。

陽《ひ》が落ちた。

レオたちはいったん館《やかた》の裏門から西へ向かうと見せかけて、森のなかで馬を乗り捨てると、鞍袋《くらぶくろ》だけを担《かつ》いで、南にいき先を変えて山道に入った。六年以上過ごしただけあって、レオにもそれなりの土地勘《かん》がある。

鞍袋には少量のパンとチーズ、松明《たいまつ》、それに火打石《ひうちいし》と金具の一式が入っていた。陽《ひ》が落ちると松明に火をつけて進んだ。暗がりのなか山中を歩いていると、クロードの腰《こし》にしがみついて馬に乗っていたあのときを思わせた。レオはクロードに振《ふ》り落とされ、

「死人も同然の小僧《こぞう》」

と嘲弄《ちょうろう》されて、顔を真っ赤にしながらクロードを追いかけたのだ。

あれから体格ばかりは成長したものの、置かれている状況《じょうきょう》はそのときと大差ない。レオは黙々《もくもく》と歩きつづけた。さしあたって、目的があるわけではない。感覚だけを頼《たよ》りに歩いている。フロリーはしきりと後ろを気にしていた。枝葉が密集しているのを手で払《はら》いながら狭《せま》い道を進んでいくと、急に目の前が開けた。

草っぱらになっている。それも、六年前に大の字になった場所を思わせた。ゆるやかに道を登った先に大きな木がそびえている。その木の背後に星をちりばめた空が真っ黒くひろがっていた。あまりに急激に空間がひろがったので、レオは一瞬《いっしゅん》めまいを覚えたほどだったが、

「レオ兄さま！」

そのときフロリーがはっとした声をあげた。振り返ると、この位置からは麓《ふもと》のほうまで見おろすことができた。遠くに、火灯《ほあか》りがちらちらと連なって見える。

「軍の人たちでしょうか」

「ああ。左手に見える灯りが、アングラット邸《てい》までぼくを迎《むか》えに来た連中だろう。右手にもっと遠く見える灯りは、多分ヘイデンどのが構えている陣《じん》から出ている。あっちの方角からだと相当道が険しいはずだけど、よっぽどぼくを逃《に》がしたくないらしい」

「また、そのような呑気《のんき》なおっしゃりよう。さあ、早くいきましょう」

「これ以上山登りをしても同じだよ。それより、少し休もう。フロリーも疲《つか》れたろう」

「いいえ、わたしは」

フロリーは抗弁《こうべん》しようとしたが、すでに息も絶え絶えだ。無理もない。馬を乗り捨ててからすでに四、五時間は経《た》っている。その間、歩き詰《づ》めだった。フロリーは汗《あせ》だくになっていて、その汗を吸った衣服も泥《どろ》にまみれ、もはやお屋敷令嬢《やしきれいじょう》の見る影《かげ》もない。よくいままで泣き言一ついわずについてきたものだ。

フロリーが気を揉《も》むのをよそに、レオは大木に背を預けて腰を落としてしまった。冷たい夜風をしばし味わいながら、

「こうしていると、ここに来たばかりのころを思い出す」つとめてのんびりとした声をあげた。

「ごらん、あのときも、山の麓に火が赤々と燃えていて、ぼくやクロードさまを迎えてくれたんだ。あれは、大勢の人がぼくを捜《さが》してくれていた証《あかし》でもあった。それはほかならない、ぼくがレオ・アッティールだったからだ。いまも同じだね。両親の顔さえ忘れかけているというの

に、ぼくはいまだにアッティール家の次男。その事実は、どうしようもなくつきまとってくるんだ」

フロリーは、こんなときに、淡々《たんたん》と言葉を重ねるレオを、心底不思議そうに見つめた。まるでなにも恐《おそ》れていないように見える。

それもそのはずで、レオは、逃《に》げ切ることができるなどとは最初から思っていなかった。

第一、ここで姿を消してしまえば、アングラット家に多大な迷惑《めいわく》がかかる。フロリーや、彼女に協力した下働きの者たちは無論、当主であるクロードも責任を取らされるだろう。もともとなりあがりの身であるゆえ、領地を没収《ぼっしゅう》されることだってあり得る。

それでもフロリーに従ってここまで来たのは、

(逃げましょう)

とフロリーが、燃える眼差《まなざ》しで自分の手を取ったとき、胸にぽつんとそれこそ火のように宿った感情を、さしものレオとて、遠ざけたり、見過ごしたりすることができなかったからだ。

少しだけつきあおう、とレオは決めた。そしてその「少しだけ」の時間も間もなく終わりを迎《むか》えようとしている。

レオはいったん両目を閉じた。そして目を開けたとき、彼はいった。

「フロリー、歌ってくれないか」

「兄さま、このようなときに」

フロリーは背伸《せの》びをしながらあちこちに視線を飛ばして、いっこうに落ちつかないでいる。火の列が「近づいてきた」と騒《さわ》いでは、レオに一刻も早い出発を促《うなが》すのだが、

「フロリーが歌ってくれたらね」

その都度《つど》、レオはやんわりとした微笑《ほほえ》みを返す。何度か繰《く》りかえした。レオが座り込んで十分ほどは経《た》ってから、ついにはフロリーのほうから折れた。瞬間《しゅんかん》、がっくりと首をも折ったように見えたのは、彼女とて、胸中では、

（これ以上逃げるのは）

無理だろう、とどこかで考えていたからではないか。

フロリーは顔をあげると、最初はゆっくりとためらいがちに声を発した。レオはじっと若い歌姫《うたひめ》の姿を見守っている。微笑んではいたが、フロリーが眼下に見える火の列に気を取られそうになると、

「集中して」

とたしなめるようにいった。

次第《しだい》次第にフロリーの声におおらかな膨《ふく》らみと、しなやかな伸びが加わってきた。フロリーの意識が歌に集中しはじめたと見て取ると、レオはふたたび目を閉じた。

屋敷《やしき》でも何度か聞いた歌だ。幼子《おさなご》が無邪気《むじゃき》に遊ぶさまを歌った歌で、様々な解釈《かいしゃく》がある。

「子供が無心に遊び、はしゃぐその様子は、彼らをはぐくむ社会が健《すこ》やかであるなによりの証《あかし》

だ」

との解釈《かいしゃく》もあれば、

「生きる糧《かて》を得るためにあくせく働く大人たちが、遊びに熱中できる子供時代を懐《なつ》かしんでいる」

という解釈、

「人生などしょせん子供の遊びの延長であるから、いかなる切所《せっしょ》、苦境においても、遊び心を失わず、無心に生きていこう」

との解釈もある。

フロリーは時折、幼児のような息遣《いきづか》い、声音《こわね》を真似《まね》して歌うこともあった。これが驚《おどろ》くほどよく似ていて、目を閉じて聞いていると、本当に、六、七歳ていどの女児がはしゃいで歌声をあげているように錯覚《さっかく》するのだ。クロードが、その妻エレンが、ウォルター、ジャックさえもが食事を忘れて聞き入っている晩餐《ばんさん》の風景が、フロリーの歌声に重なって思い出される。炉《ろ》にはあたたかな火が揺《ゆ》れていた。

知らず、レオの瞼《まぶた》の裏が熱くなってきた。

こんなにもフロリーの歌は胸を刺《さ》すものだったろうか。こんなにも彼女の声は、息遣いは、近くに感じるその体温は、レオ一人を包んで余りあるほどに優《やさ》しく、穏《おだ》やかで、かつ激しいものだったろうか。

（泣きはすまい）

レオが奥歯を強く噛《か》みしめようとしたときだ。

ぴたりと歌声が止まった。あたたかな火もともに消える。情感にひたりはじめた矢先のことだったので、レオは歌をやめたフロリーに怒《いか》りさえ感じて目を開けた。すると、若い歌姫《うたひめ》は両手で顔を覆《おお》っていた。細い肩《かた》が震《ふる》えている。

「レオ兄さま、おかわいそう」

フロリーはいった。立ったまましゃくりあげている。

「歌だったなら、いつでも歌って差しあげましたのに。レオ兄さまの頼《たの》みなら、いつだって。なのに、はじめて兄さまがわたしの歌をせがんでくれたのが、こんなときだなんて」

レオは何事かいいかけて、しかしすぐに口をつぐんだ。

「わたし、レオ兄さまに笑っていただきたかった。最初に来たとき、いつも暗く塞《ふさ》ぎ込んでおられるように見えたから。わたし、レオ兄さまにアリオンのことを好きになっていただきたかったの。ご家族から離《はな》れてさぞ寂《さび》しい思いをされているだろうけど、でもわたしの大好きな父さまや母さまや兄さまたちと仲良くして、わたしの歌を聞いて、ここへ来てよかった、って、思っていただきたかった。それなのに——レオ兄さまは、アリオンへいらっしゃらなければよかったのだわ。そうだったなら、こんなことにならずに済んだのに。あまりにも、レオ兄さまがかわいそうすぎるわ」

フロリーはついには我慢《がまん》ならずにしゃがみ込み、背中を丸めて泣きじゃくった。聞く者の胸をえぐるような声とて言葉とて、夜風は、おそらく眼下で交《か》わされている兵たちの蛮声《ばんせい》と等しい扱《あつか》いでさっとさらいあげていくばかり。

「来なければよかった」

レオのぽつりとしたつぶやきに、フロリーの背中がよりいっそう激しく震える。レオは、眼下でちらちらと蠢《うごめ》く火灯《ほあか》りを見つめながら、

「……というよりも、本来なら、ここへ来るのは、ぼくではなかったはずなんだ」そういった。「ぼくではなく、第三公子――つまりはぼくの弟であるロイ・アッティールが人質として差し出される予定だった。ロイは当時八つだ。幼くはあったけれど、十分に人質としての役目は果たせる年齢《ねんれい》だ。ところが、土壇場《どたんば》になって、ロイではなく、ぼくが代わりに人質に出されることとなった。なぜだと思う？」

フロリーは答えられなかった。レオは、

（なぜ、というなら、なぜ、いまぼくはこんなことをしゃべっているんだろう）

そんなごく冷静な声を心の内側《がわ》に聞きながらも、返事を待たずに語を継《つ》いで、

「母上がロイを溺愛《できあい》していたのさ。ロイを出すくらいなら、自分もともにアリオンに参ります、といって聞かなかった。引き離されたならその瞬間《しゅんかん》にでもロイを道連れにして自害するんじゃないかというほどの取り乱しようだった。あんな母上はいままで見たことがなかったよ。そ

して、ぼくの見たことのない顔で、ぼくの聞いたことのない声で、母上はおっしゃったのさ。『レオにすればよい。人質なら、レオでよいではありませんか』」

「――」

「面と向かって罵《ののし》られたわけでも、『おまえなら死んでもよいのだ』などといわれたわけでもないよ。でも、あのときのぼくには同じことだったかもしれないな。なにせ、ぼくは当時十を越《こ》えていたのに、結構な甘えん坊《ぼう》だったんだ」

(『いま』は、ちがうとでもいいたいのか？)

さらに心の内側《がわ》で囁《ささや》く声。いつしかそれはレオ本人の心とは微妙《びみょう》にちがう位置に存在しており、誰《だれ》にも気取《けど》られないていどの速度でゆっくりと剝離《はくり》していくと、例のよどみと化して、レオの間近にいた。レオは無視してつづける。

「ぼくはそれ以上母上を苦しめるのが嫌《いや》で――というより、ぼくの知らない母上といっしょにいるのが嫌で、ぼくのほうから人質の役目を志願したんだ。『見識を広めるよい機会です』なんて大人の振《ふ》りをしてね」

(大人の振りをしているのはいまも同じだ。いま考えればたいしたことじゃなかった、などと無理矢理にでも思おうとしているのか？　フロリーの前で大人を演じたいのか？)

六年以上。

レオの心理を占《し》めていたのは、結局は母親のことだった。忘れよう、意識から遠ざけようと

しても、母親のあの顔、あの声は常に彼の傍《かたわ》らにありつづけた。ここそう遠くない場所でクロードに拾われたとき、

「アッティールの姓《せい》、それに匹敵《ひってき》するほどの力を蓄《たくわ》えるまで、心の棚《たな》に預けてみんか」

そういわれて、目の覚める思いがした。勉学にも武芸にも励《はげ》んだ。アッティールの姓を業《ごう》のように背負って生きていくだけが道ではない、と思えた。あるいは、せめて目の前のことに集中して取り組むことで、自分が朽《く》ちる思いをしなくて済むと思った。

だが――、

（おまえはほかの何者にもなれはしなかった。母親に捨てられたときのままだ。なにも変わっちゃいない、ただ考えないようにしていただけのことさ。おまえはあのときから未来を失い、未来を思う心をも失ったのだ）

いまはっきりとわかる。あの、ヘイデン・スウィフトという男がアングラット邸《てい》を訪ねたとき、彼のどこか厭世《えんせい》的な雰囲気《ふんいき》に惹《ひ》きつけられたのは、きっと自分と同じ種類の人間を見つけたと思ったからだ。未来への活力を失っているという意味においては。

（いや、あの男もおまえも、ただの甘えん坊だ。さっき自分でいったじゃないか。過去も未来も他者に預けて、おまえたちは現在を嘆《なげ》くだけ。おまえはこの六年、ずっと泣きどおしの甘えん坊だったんだ）

「そうさ」

このときレオがうなずいた理由をフロリーには理解できなかったろう。彼は内心の声に応《こた》えつつ、

「そのとおりだ。だけど、アリオンにいた時間が、ぼくにとってまったく無意味なものだったわけじゃない」

その声の朗《ほが》らかさに釣《つ》られたのか、フロリーが顔を覆《おお》っていた両手をおろした。と、レオがまっすぐに自分を見つめていることに気づいて、フロリーの涙《なみだ》を伝わせた頰《ほお》が一瞬《いっしゅん》にして赤くなった。

「きみがいたから」

レオがいった。

「きみがいた、クロードさまがいた、お母上がいた。ウォルターとジャックは時々意地悪だったけど、でも時々は年長の友人にもなった。勉強でも武芸でもよい競争相手だった」

フロリーは一見、純粋無垢《じゅんすいむく》のようでいて、その実、身内の者をあざやかに騙《だま》すという才能を露《あら》わにすることがたびたびあった。

ウォルター、ジャックの兄弟に、「三人で遠乗りに出かけましょう」などと誘《さそ》ったその日、実はレオをも誘っていて、互《たが》いには内緒《ないしょ》にしていた。厩舎《きゅうしゃ》で顔をあわせた三人はフロリーの意図に気づいて渋《しぶ》い表情でいたが、

「さあ、いきましょう。今日はとてもいい天気だわ」

などと、当たり前のようにレオの後ろに乗って、はしゃいだ声をあげた。

ウォルターたちは騙されたことにしばらくは不機嫌《ふきげん》でいたものの、なにせレオを含《ふく》めて三人とも子供だ。すぐに馬を飛ばして風を浴びる爽快《そうかい》さにわれを忘れた。川べりについたあとは、魚釣り、石投げ、木登りの競争になった。フロリーは全員に等しく歓声《かんせい》を送りながら、実のところちょっぴりレオを贔屓《ひいき》していた。

レオにも、そんなふうに笑顔《えがお》とともに思い出せるような、輝《かがや》かしい一日だっていくつもありはしたのだ。

「ぼくはアリオンに来てよかったよ。きみや——、きみたちに会えたから。だから泣くことなんてない。ぼくをかわいそうだと思う必要もない。笑っておくれ、フロリー。そして歌っておくれ。アトールもアリオンもないんだ。きみが笑い、歌ってくれるその場所が、ぼくが幸せに笑える場所なんだから」

レオが手を差しのべた。フロリーがおずおずとそれに応えて立ちあがったとき、足もとのほうからいくつもの足音と声が聞こえた。

はっとフロリーが立ちすくむ。見ると、茂《しげ》みの向こうで火灯《ほあか》りが揺《ゆ》れていた。

「おい、誰《だれ》かがいるぞ！」

「なにっ、火を貸せ」

アリオン兵が数名、茂みを掻《か》きわけながら姿を見せる。

レオはすばやく立ちあがった。

3

クロード・アングラットもまた、コンスコンへの出兵には大きな疑念を抱《いだ》いていた。出兵を王に強く迫《せま》った人物がヘイデン・スウィフトであるというのが、いかにもうさん臭《くさ》い。ただ、このときはまだ、

(さてはあの腑抜《ふぬ》け男め、自分の調停が上手《うま》くいかなかったのを寺院のせいだと逆恨《さかうら》みして、子供じみた復讐《ふくしゅう》をやろうというのではないか)

などと決めつけ、ヘイデンを小馬鹿《こばか》にしていた節がある。が、そのヘイデンから街道《かいどう》警備を命じられた時点からなにやら雲ゆきが変わりはじめ、さらにほどなくして、

「アトールが寺院に加担している」

との噂《うわさ》が蔓延《まんえん》しはじめた。

まさか、と思ったが、ヘイデンはすでに敵兵の一人を捕《と》らえて尋問《じんもん》にかけており、そこから、アトールの兵『一千』が正体を偽《いつわ》って参陣《さんじん》していることが知れた、という。

「人質のレオ公子がこちらの情報を寺院側《がわ》に流しているらしい」

などといった、根も葉もない噂が流れたかと思えば、さらに尾《お》ひれがついて、

「裏で糸を引いているのはクロード卿ではないのか。しょせんあ奴《やつ》はなりあがり者、アトールか寺院から大金を積まれているのだ」

とまで囁《ささや》かれはじめる。事ここにいたって、クロードはよからぬ考えを抱《いだ》きはじめた。

（まさか。そう、これもまさかだが、まるで寺院との関係悪化も、戦闘《せんとう》が長引いているのも、アトール参陣も……おれを追《つ》い詰めるためだけにすべてが動いているようではないか）

このあたり、レオが抱《いだ》いた感想とほぼ同様である。レオはこれを「さすがにあり得ない」と苦笑いを浮かべていたが、クロードの場合、それを裏づける人物の姿が見え隠《かく》れしている。

もっとも、クロードとて実証する手立てがあるわけではない。

だから、ヘイデンに危険極《きわ》まりない使者の役目を任じられたときも、引き受けざるを得なかった。アリオンへの忠誠を示すためでもあったが、無事に任務を果たして帰れば帰ったで、

「それもアトールや寺院とつながっているためではないか」

などと陰口《かげぐち》を叩《たた》かれる始末だ。忸怩《じくじ》たる思いは募《つの》る一方だった。

そして――、降伏勧告《こうふくかんこく》を拒否《きょひ》されてから数日後、ヘイデンは本格的な攻勢《こうせい》に出た。敵の情報がつかめたとして、本陣から大半の兵を出した。ようやくこの不毛な戦いも終わりを告げるかに思えたとき、思わぬ情報がクロードの耳に届いた。

「ヘイデンが、レオ公子を陣に連行しようとしている」

街道《かいどう》警備の指揮に戻《もど》っていたクロードは仰天《ぎょうてん》した。

真意が読めない。いくら王と友人であるからといって、また、いかにアトールが裏切りをはかったからといって、独断でレオに処罰《しょばつ》を下せるはずがないとは思うものの、気が急《せ》くものを感じたクロードは、息子と若干名《じゃっかんめい》の兵とともに本陣《ほんじん》へ急いだ。真意を確かめるためであったのだが、陣にはヘイデン当人の姿がなかった。いままで一度も前線に赴《おもむ》いたことがないはずの彼だが、もしや今度ばかりは陣頭指揮を執《と》るつもりか、と思いきや、陣は右往左往する人の群れであふれており、なにやら混乱を来《きた》している様子だった。陣に残されていた兵たちも、ばたばたと足並みを乱しながら、四方八方に出かけているのが見て取れた。

なにか予想外のことが起こったにちがいない。

クロードは、スウィフト家の近習《きんじゅう》を捕《つか》まえて事情を聞こうとしたが、この近習も名門貴族の末子であるためか、クロードを端《はな》から見くだして、

「お味方といえど、優《すぐ》れた指揮官はみだりにその動向を明かさぬものです」

などという。クロードは有無《うむ》をいわさず襟《えり》もとを掴《つか》みあげた。

「ご、ご、ご無体《むたい》な」

「本陣の兵が出払《ではら》った隙《すき》に、敵が奇襲《きしゅう》をしかけてくるという情報が入ったのだ。さあ、いわんかえ。その優れた指揮官どのはいまどこにいらっしゃるのだ？」

口から出任せもいいところだったが、近習は青ざめ、一部始終を明かした。

クロード・アングラットもまた青ざめた。

（レオ・アッティールが館《やかた》から逃《に》げただと。しかも、おれの娘《むすめ》とともに）

クロードも驚《おどろ》いたが、数時間前に同じ知らせを受けたヘイデンは、なぜだかそれ以上に衝撃《しょうげき》を受けて、ひどく取り乱したらしい。ヘイデンは、念のため本陣に配置していた虎《と》の子《こ》の飛空《ひくう》艇《てい》に乗って、陣に残った兵の半分ほども率いて出立《しゅったつ》したという。

常軌《じょうき》を逸《いっ》している。指揮官自らが、本陣を留守にして山狩《やまが》りをおこなっているのだ。

（相変わらず、わからん男だわい）

クロードは内心あきれたが、いくぶん肝《きも》が冷えてもいた。いったいあの男の執着《しゅうちゃく》はどちらへ向いているのか。陣へ呼び寄せようとしていたレオ公子か、あるいはひと目会ったばかりで「手もとに置きたい」と懇願《こんがん》してきた娘のほうか。いずれにせよ、危険だ。

クロードは部下たちに本陣周辺を捜索《そうさく》させた。レオがいつごろに逃げ出したのかがわからなかったためでもあるが、可能性は薄《うす》い、と最初から踏《ふ》んでいた。クロードの城と本陣のあいだを遮《さえぎ》る峻険《しゅんけん》な山と谷を、娘をつれたまま踏破《とうは》できるはずがない。

そうこうしているうちに、偶然《ぐうぜん》、パーシー・リィガン率いる奇襲部隊と遭遇《そうぐう》した。クロードにしてみれば、ヘイデンの近習についた嘘《うそ》が現実になった格好だ。

結果、クロードはパーシーら四名を捕《と》らえたが、

（豪胆《ごうたん》な男たちだ。いや、女もいるか。僧兵《そうへい》というのも侮《あなど》ったものではないな）

内心唸《うな》った。が、リーダー格であるパーシーを改めて見つめたとき、とある不審《ふしん》を抱《いだ》いた。
クロードは、息子《むすこ》の教育係として十字教の僧《そう》を居館《きょかん》に招いていた。それに近い匂《にお》いを感じない。
かといって、傭兵《ようへい》や山賊《さんぞく》あがりになどはまったく見えない。轡《くつわ》を取ってくれたあの態度やら、
わが身を犠牲《ぎせい》にしてでも兵を逃《に》がそうとした姿勢をあわせて考えたとき、
(なるほど、ヘイデンの流した噂《うわさ》もあながち嘘《うそ》ではなかったか)
パーシーが、アトールの正規兵、それも高貴な血筋の者だということを見抜《ぬ》いた。となると、
いまのこの厄介《やっかい》な事態を招いた『アトール援兵《えんぺい》』の件に関して腹が立ちもするのだが、糾弾《きゅうだん》
している暇《ひま》などはない。
その代わりに、自分でも意外な手段が頭にひらめいた。
「そなたらの力で、アトール公子レオ・アッティールどののお命を救ってはくれまいか」
実際口にしてみて、悪くない手だ、と思えた。
ヘイデンは山の北側《がわ》、すなわちクロードの城に近い位置を山狩《やまが》りしているが、「協力しよう」
などと申し出たところで、クロードは疑われている身、おそらくこちらの兵は近づくことも許
されないだろう。が、アトールの兵や僧兵ならばもともとアリオン軍の敵である。
「陽《ひ》が暮れたなか、この道を進んできたおまえたちのことだ。山には慣れていよう。それでも
公子に会えるかどうかは賭《か》けでしかないが、どうだ、運試《うんだめ》しのつもりでいってはくれんか」
クロードは、レオ公子が置かれている境遇《きょうぐう》をざっと説明したあとで、そう依頼《いらい》した。

パーシーはずっと無言であったが、内心はほぞを嚙《か》む思いをしていた。まさか自分たちの参《さん》陣《じん》がアリオンに気取《けど》られていて、さらにそれが人質のレオ公子を窮地《きゅうち》に追いやっていようとは。

「おれたちを囮《おとり》にしようって腹かよ」

クオンが吐《は》き捨てると、カミュも、ああ、と納得《なっとく》したようにうなずいた。

「大方、われわれがそのヘイデンの部隊に接近したところ、わざとこちらを発見させ、騒《さわ》ぎになっているあいだに自分たちが公子を救助しようというのだろう」

「それも悪くない手だわな」クロードはにやりとする。「無論、こちらもぎりぎりまで兵を差し向ける。もしおまえさんがたがヘイデンに見つかったなら、その手も使わせてもらう」

クオン、カミュの両名はむっとして、押し黙《だま》った。返す言葉がない。つけくわえるなら、この正直者の言葉に、両名とも好感を抱《いだ》いた。ただし立場上、それを面《おもて》に出したくなかった。

「それで」とやり込められた兄の傍《かたわ》らで、セーラが口を挟《はさ》んだ。「もしこちらが先にレオ公子を発見できたなら？　かの方を、あなたのもとへおつれすればよろしいのでしょうか」

こういう状況《じょうきょう》で口を利《き》ける女性というのもクロードには驚《おどろ》きである。彼は彼で、この場にいる四人を好きになっている自分に気づいた。そもそも、少数兵を率いて本陣へ奇襲《きしゅう》をかけようという心意気がよい。本陣から兵が出払《ではら》った直後というタイミングも完璧《かんぺき》に近いことからして、ヘイデンはおそらく敵に乗せられたのだ。

そう思うと、クロードとて多少溜飲《りゅういん》のさがる思いがするから、気分も大きくなる。

「当然、公子が手もとに戻《もど》るのを望むべきだろうが——、あとのことは知らんよ」

（えっ）

四人が同じ顔になった。なかに、あどけないとさえいっていい表情もある。

「まさか、国境警備を命じられているおれが、敵である僧兵《そうへい》やアトール兵と話をするはずもなし、そもそも、敵が本陣奇襲《ほんじんきしゅう》などと大それたことを考えでもせん限りは、おれが彼らと出会うはずもないのだ。だから、出会いもせん相手がなにをしようとも、おれの関与《かんよ》するところではないのが道理だろう」

パーシーはごくりと唾《つば》を飲みくだした。クロードはつまるところ、

（本陣奇襲はあきらめろ。その代わりに、レオ公子を見つけたなら自国へ連れ帰っても構わない）

といっている。

とんでもない発言ではあるが、公子をふたたび手もとに保護したところで、それで事態が収拾するわけでないのは確かだ。そも、ヘイデンが公子をどう扱《あつか》うつもりなのかは不明のままである。今回逃《に》げてしまったことで、さらにレオの立場は悪化しよう。クロードがそんな公子を庇《かば》いつづけようとすれば、あの根も葉もない噂《うわさ》——クロードは公国と通じていて祖国を裏切っている——に真実味を与《あた》えてしまい、アングラット家は窮地《きゅうち》に追いやられる。それならば、

（いっそのこと、国外へ逃げ切られたほうがよい）

というのがクロードの考えだ。

（しかし、それとて十分に危《あや》うい）

とパーシーは見る。所領にて預かった人質を逃がしたとあっては、もちろん責めをまぬかれまい。「わざと逃がした」などという噂も立つ。それでも、クロードはレオを挟《はさ》んで故国と争いになるよりは、と、ある種厄介極《やっかいきわ》まりない存在であるレオを解き放つことに決めたのだ。パーシーの胸が熱くなった。

（この御仁《ごじん》、なんと情《じょう》が深い）

クロードの立場からすれば、レオ公子をヘイデンに引き渡《わた》しても構わぬはずだ。というよりも、それがごく当然のなりゆきである。だというのに、六年以上預かったレオを見殺しにはできなかった。

もう一つ。

（危うい）

というのはなにもクロードのみの問題ではない。実際のところ、故国へ無事連れ帰ることができたにしても、レオ公子の立場は危ういままだといってよい。アトールが援兵《えんぺい》を出した事実はすでにアリオンにも知られているし、おまけに人質が逃げたとあっては、アリオンが次に軍勢を差し向けるのはアトール公国である可能性が高くなる。

（それでも）

やはり、パーシーの立場からして、そしてクロードの情の深さに感銘《かんめい》を受けた身としては、このままレオ公子を放《ほう》ってはおけない。――と、ここでパーシーは苦笑いを浮かべた。

「なにを笑う？」

クロードが見とがめてそういうと、パーシーはかぶりを振《ふ》って、

「いえ。虜囚《りょしゅう》の身となったことをしばし忘れておりました。ここにいる四名の命がみな助かり、また公子をもお救いできるとあれば、われわれには最初から断る理由もございません」

朗《ほが》らかにいいきった。

4

レオ・アッティールは追い詰《つ》められていた。アリオン兵士が間近まで迫《せま》っている。数は七名ほど。レオ本人は、どう行動すべきかすでに決めてあった。あとの問題はフロリーやクロード、アングラット家の人々である。

立ちあがったレオは、兵の掲《かか》げる灯《あか》りが近づいてくるのを見つめながら、

「フロリー、ぼくが捕《つか》まったあとで、あれこれ聞かれたら、ぼくに脅《おど》されてここまで逃《に》げたことにするんだ」

そういおうとした。が、それをさせず、フロリーは腰《こし》から護身用の短剣《たんけん》を抜《ぬ》くと、

「いざとなれば、わたしを人質にしてお逃げくださいレオ兄さま」

短剣の柄《つか》をレオの手に握《にぎ》らせようとする。

レオはなにもいえぬまま、思わず短剣を受け取りかけたが、すでに火灯《ほあか》りが間近まで迫《せま》っていた。鉄の装備が複数、火の色を反射しながらあらわれる。レオはフロリーの手を短剣ごと後方に押しやった。

「レオ・アッティール公子でいらっしゃいますな？」

進み出た一人が、さらに火を近づけてレオの顔を覗《のぞ》き込む。フロリーはいまにもレオの背後から飛び出していかんばかりの気配を漂《ただよ》わせたが、それをレオは手で制したまま、

「……そのとおりです」

顎《あご》を引いた。

兵も一つうなずきかえした。レオは観念したように自分のほうから一歩進み出た。

「レオ兄さま！」

背中にぶち当たるフロリーの泣き声だけが痛い。

いまになって手足が震《ふる》えはじめた。覚悟《かくご》ならとうに決めていたはずだ。いや、『覚悟』といえるほどのものであったかどうかは本人にも定かならねど、少なくとも、自分のせいでクロードやフロリーに累《るい》がおよぶようなことだけは避《さ》けねばならない。

それが、

（『レオ・アッティール』として示せる最後の矜持《きょうじ》）

であるからだ。

このとき、暗がりのためにレオは見落としていた。当然、兵たちは彼の身を捕縛《ほばく》して、このまま下山するはずであったのに、先頭の兵士は兜《かぶと》の下で奇妙《きみょう》な笑いを浮かべると、腰《こし》の剣《けん》に手をかけていたのだ。

「ご令嬢《れいじょう》はこちらへ」

「待って、待ってください――」

別の兵が強引《ごういん》にフロリーの手を引いて、集団より先に下り坂のほうへと移動しかける。レオとフロリーとが分断されたそのとき、レオの面前にいた兵は剣を抜《ぬ》き放とうとした。と、

「公子を見つけたのか？」

背後から別の集団があらわれた。同じくアリオンの鎧《よろい》兜を身につけた三名の兵だ。

「先に見つけたのはおれたちだ。ヘイデンさまに褒美《ほうび》をもらうのはおれたちだぞ」

「それは構わん。公子さえ発見できたならな」新たに合流した集団のうち、一人の若者が首肯《しゅこう》したのち、「しかし、その腰の剣にかけた手はどうしたことだ？　公子は武装などしておられんというに」

レオ公子はそのときはじめて、真正面に立つ兵の手が剣を抜こうとしているのに気づいた。

一方のフロリーは手を引かれて遠ざかりつつある最中。それを見越《こ》すと、兵はせせら笑いを

しつつ声を低めた。

「なんだ、おまえたちは聞いていなかったのか。公子が逃《に》げた時点でわれわれの任務は変わっているのだ」

「どういうことだ？」

「われわれの手から逃げて、山にお入りになった公子がどのような最期《さいご》を遂《と》げたかなど、誰《だれ》にもわからんということさ。飢《う》えた獣《けもの》に襲《おそ》われたのかもしれんし、足を滑《すべ》らせて谷底に落ちたのかもしれん」

新たな集団は兜の下で顔を見あわせた。最初に声を発した若者がうなずいて、

「つまり、ヘイデンさまは公子がお逃げになったという事実を利用し、この際、公子を人知れず始末せよとおっしゃるのだな」

大声で、一言一句《いちごんいっく》はっきりといい放った。

レオが息を呑《の》み、さすがに一歩あとずさった。その場から遠ざけられつつあったフロリーも聞きつけたとみえて、兵の手に抗《あらが》いながらこちらへ何事か叫《さけ》んでいる。

「馬鹿《ばか》めっ、大声など出しおって」

剣を抜きかけた一人が唸《うな》り声《ごえ》をあげた。と、今度は若者のほうがせせら笑いを浮かべた。

「令嬢を遠ざけてから始末するつもりだったか？　脳の足りん奴《やつ》らだ。どうせそう命じられていたのだろうが、それなら殺気を出すのが早すぎた。荒事《あらごと》に手馴《てな》れていないと見える」

「なにっ」

七名からなる最初の集団が剣呑《けんのん》な空気に染まった。

が——、その直後に起こった闘争《とうそう》を、レオははっきりと見て取ることができなかった。それほど事はすみやかに、そしてめまぐるしくおこなわれたのだ。

まず、腰《こし》に手をかけていた男は、結局、剣を抜《ぬ》くことはできなかった。「脳が足りん」とその兵を罵《ののし》った若者が、手にしていた槍《やり》を無造作《むぞうさ》に突《つ》いた。穂先《ほさき》は確実に喉首《のどくび》をとらえていて、レオが噴《ふ》き出す血の赤さに驚《おどろ》いている隙《すき》に、新手《あらて》のうち、ほかの二人も動いていた。

一人はやはり槍で間近にいた兵をたちまちのうちに突き伏《ふ》せた。もう一人は剣を抜きざま、身体《からだ》を低くして集団へと斬《き》り込んだ。この一人がもっとも素早《すばや》かった。野の獣《けもの》が跳《と》びはねる動作にも似て、彼が二回地面を跳躍《ちょうやく》したときには、一人は兜《かぶと》を割られ、一人は脚《あし》に強打を浴びていた。苦鳴をあげて両者が地面に膝《ひざ》をついたときには、『獣《けもの》』は三人目に跳びかかっている。

レオは呆気《あっけ》に取られる以外にない。最初の犠牲《ぎせい》者から噴き出た血を顔に浴びていたが、それに気づきもしなかった。

——この三人、当然、アリオン兵ではない。最初に槍を突いた男がコンスコン寺院の僧兵《そうへい》カミュであり、二番目の槍遣《づか》いがアトール貴族のパーシー、そして獣じみた動きで敵に躍《おど》りかかったのが山岳《さんがく》地出身の傭兵《ようへい》クオン。

三人ともう一人、カミュの妹セーラは、数時間前にクロードの申し出を受け、山中に入っていた。武具も返されている。

クロードは同伴させていた兵のうち、数名を選び出して案内役につけた。彼らはもともと、近隣《きんりん》の山にいくつか小屋を築いて狩猟《しゅりょう》の拠点《きょてん》にしている狩人《かりうど》だった。行程《こうてい》の半分ほどは、彼らのみが知る獣道《けものみち》を辿《たど》って、比較的《ひかく》なだらかに進むことができた。

皆《みな》、ほとんど無言だった。

パーシーは、自分がアトールの貴族だと見抜かれたことに後ろめたいものを感じていたが、公国の動向を気にしていたはずのカミュも、なにもいわない。

ヘイデン配下の兵が掲《かか》げる火灯《ほあか》りが近づいた頃合《ころあい》、狩人たちとは別れねばならなかった。仲間だけになってから、

「このまま逃げるという手もあるわよ」

こっそりとセーラが囁《ささや》いた。彼女にしてみれば、レオ公子のことなどどうでもよいことであるのは確かだ。が、首を横に振《ふ》ったのは、公国の貴族であるパーシーよりも、カミュのほうが先だった。

「神の信徒が約束をたがえてどうなる。あの将軍は信を置いてくれた。われらも信をもって返さねば」

「うまいことをいって」セーラが毒づいた。「なにか、目論見《もくろみ》があるんでしょう。そうじゃなかったら、兄さんは、『神の信徒が、蛮人《ばんじん》ごときの言葉質《ことばじち》を真《ま》に受けるものか』というに決ま

っているわ。自分の都合のいいしゃべり方だけは得意なんだから」

「な、なんだと」

カミュが声を荒《あら》らげそうになったので、パーシーがあいだに割って入った。兄妹《きょうだい》を仲裁しながらも、彼には、セーラの口にした『目論見《もくろみ》』の内容がわかる気がした。

(公子を救助できれば、公国に恩が売れると踏《ふ》んでいるのだろう。そうすれば、次は、寺院への表立った援助《えんじょ》を促《うなが》せるのではないかと)

だからこそ、いまさらパーシーがアトール貴族であることが露見《ろけん》しようと、なにも責めはしなかったのだ。

一人だけ無言だったクオンが、その後の案内役をつとめることになった。

膝《ひざ》を胸近くにまであげねば進めないような険しい坂も、足場などほとんどないような複雑な地形も、クオンにはなにほどのこともなく、すいすいと一人で進んだかと思えば、時折木によじ登って周辺を確認《かくにん》する。パーシー、カミュ、セーラは必死で彼に喰《く》らいついた。最後尾《さいこうび》をいくセーラはさすがに体力の消耗《しょうもう》が激しかったが、敵本陣《ほんじん》に辿《たど》り着くまでがそうであったように決して音をあげない。むしろ、何度か立ち止まって彼女が追いつくのを待っていたクオンに向かって、

「今度、わたしをそんなふうに——手負いの、憐《あわ》れな飼い犬でも見るような目で——見たら、あんたの目を鉛《なまり》の弾《たま》で撃《う》ち抜《ぬ》いてやる」

と息を喘《あえ》がせながらも脅《おど》しをかけた。クオンはいったん丸くした目を三角にし、それから低く毒づいて、また一人で歩き出した。クオンには気の毒だったが、パーシーにはなんとなくセーラの気持ちもわかる気がした。クオンは決して「遅《おそ》いぞ」とも「それ以上遅《おく》れるなら置いていく」ともいわない。並の男でも脱落《だつらく》しそうなこの道のりについてきている彼女を半ば以上は認めている気持ちのあらわれなのだろうが、セーラもそれがわかるだけに、彼や、あるいは自分自身に、いっそう腹の立つ思いをしているのだろう。

そんなセーラだが、彼女の存在が大いに役立つときがあった。持ち前の銃《じゅう》の技《わざ》によって、ではない。

このとき、クオンの目にも抜かりが生じていた。前方の偵察《ていさつ》ばかりおこなっていた彼は、背後から近づいてくる六名のアリオン兵に寸前まで気づかなかったのだ。この集団は隊とはぐれた者たちで、パーシーが掲《かか》げる火を味方だと思い込んで接近していた。茂《しげ》みを掻《か》きわける音が背後でしたとき、パーシーたちはぎょっとした視線を交《か》わしあった。

戦って勝てぬ数ではないかもしれない。が、敵に銃を使われるか、そうでなくとも単純に大声を出されてしまえば、敵は瞬《また》く間に二倍にも三倍にも膨《ふく》れあがる。瞬間《しゅんかん》、

「伏《ふ》せていて」

セーラは男たちに命じた。きょとんとなったクオンなどは手ずから地面に押さえつけた。そしてなにをするかと思えば、突然《とつぜん》自分の衣服を手で破りはじめた。きわどい箇所《かしょ》まで肌《はだ》が覗《のぞ》け

るほど破り終えると、パーシーから火を受け取って、自ら兵たちのほうに接近した。

兵たちも当然ぎょっとなる。味方に合流できるかと思えば、よろよろとした足取りで肌《はだ》の透《す》けた女が近づいてくるのだ。

「なっ、なんだ、おまえは」

「その格好——コンスコンの尼僧《にそう》か？」

「ええ、ええ」誰《だれ》よりクオンが驚《おどろ》いたことに、セーラは涙《なみだ》を流していた。「わたし、お山から逃《に》げてきたんです。戦いが恐《おそ》ろしくなって——、故郷に帰るつもりだったのに、ここへ迷い込んでしまって。わたし、たまたま通りかかった無法者どもに見つかって……」

「み、見つかって？」

「恥《は》ずかしい目にあわされたんです。……とても、口ではいえないことをされて」

セーラはわっと泣きじゃくった。アリオン兵たちは困惑《こんわく》しながらも、しかしセーラの肢体《したい》から目を離《はな》せずにいた。火に照らされたセーラの容貌《ようぼう》は美しく、その鼻筋や尖《とが》った顎《あご》のラインからはまるで貴族令嬢《れいじょう》のような気品がうかがえた。それだけに破れた僧衣《そうい》と、その下に覗《のぞ》ける肌のなまめかしさに男たちの思考が朱色《しゅいろ》にけぶった。

そしてその隙《すき》に、パーシー、カミュ、クオンは三方に散っていた。彼らは息をあわせてアリオン兵に躍《おど》りかかった。これまでの戦いで彼らは互《たが》いの技に信頼《しんらい》を置いている。呼吸のタイミングは見事のひと言に尽《つ》きた。

結果、敵にほとんど声をあげさせることなく、地面にアリオン兵の血を吸わせることに成功した。

パーシーの思いつきで彼らの装備を剝《は》ぎ取ると、男たち三名はアリオンの装具を身にまとった。カミュはさらに男のチュニックをも奪《うば》うと、それを妹に投げわたした。

さらに進むこと一時間あまり。さすがの男たちも疲労《ひろう》を隠《かく》せなくなっていた頃合《ころあい》、彼らは「誰《だれ》かがいるぞ」という声を耳にした。一瞬《いっしゅん》肝《きも》を冷やしたパーシーたちだったが、それこそレオ・アッティールを発見したアリオン兵の声だったのである。

セーラ一人を残して、三人は背後から味方の振《ふ》りをして近づいた。

――そしていま、レオ・アッティール公子が呆然《ぼうぜん》と見つめる光景につながる。

不意打ちの効果もあって、彼らは敵に抵抗《ていこう》らしい抵抗も許さなかった。フロリーを遠ざけようとしていたアリオン兵も、パーシーの槍《やり》に首を貫《つらぬ》かれて、仲間のこしらえた血だまりのなかに倒《たお》れた。それが最後の一人だった。瞬間《しゅんかん》、

「レオ兄さま――、おさがりになって！」

まるで呪縛《じゅばく》から解き放たれたかのようにフロリーが動いた。ずっと手にしていた短剣《たんけん》をパーシーたちの眼前に突《つ》きつける。その切っ先のみならず、瞳《ひとみ》までもおびただしく震《ふる》えている。彼女が、人死にを目の当《ま》たり《あ》にしたのはこれが生まれてはじめてだった。

「お、おさがり。おさがりなさい」これも震える声でフロリーはいう。「レオ兄さまとわたし

はもうアリオンには帰りません。そう決めたのです。ですから……お願い、放《ほう》っておいて。わたしたちをこのままいかせてください！」

「ほう」カミュが、血に彩《いろど》られた笑《え》みを浮かべた。「そうしなければ、われわれも殺されかねないほどの勢いだ。さすがはあのアングラット卿《きょう》の娘御《むすめご》であるな」

「父の……父のことを、なぜ」

うろたえたフロリーの目にわずかばかり理性が戻《もど》ったのを認めて、パーシーは槍《やり》を地面に突《つ》き刺《さ》した。はっとなって短剣《たんけん》を向けてくるフロリーに、

「われわれはクロード・アングラットどののご依頼《いらい》によって、お二方《ふたかた》の救援《きゅうえん》に参りました。われわれはアリオンの人間ではありません。アトールの兵であり、コンスコン寺院の僧《そう》であります」

「アトールの？」

今度はレオが驚《おどろ》きの声をあげる番だった。パーシーは微笑《ほほえ》んで、膝《ひざ》を心持ち折って一礼を送った。

「お初《はつ》に御意《ぎょい》を得られて恐悦《きょうえつ》でございます、レオ第二公子殿下《でんか》。公子に名乗るほどの名も実もございませぬが、わたくしはパーシー・リィガンと申す者」

「リィガン――、ああ、ノードレット・リィガンの」

「はっ、ノードレットはわが父。不肖《ふしょう》、われら血族は数代にわたって公王家に忠誠を誓《ちか》ってま

いりました」

　このとき背後で「ふん」とカミュが鼻息を噴《ふ》いたのは、

（やっと名乗ったか）

　という思いがあったからであろう。

「その、アトール兵と僧兵が、なぜクロードさまのご依頼でぼくらを？」

「詳《くわ》しいことはのちほど。こちらへ」

　パーシーが公子に手を差しのべようとしたが、

「嫌《いや》！」

　その手をはねのけるほどの勢いで、フロリーがレオにすがりついた。

「だって、だって……いけば、レオ兄さまは殺されてしまう。さっき、兵たちが口にするのを聞いていたでしょう？　ヘイデン・スウィフトはレオ兄さまのお命を奪《うば》うつもりだわ！」

（それだ）

　パーシーは気が急《せ》くのを感じながらも、強い疑念を抱《いだ》いた。

（それが、わからん。アトールの援兵《えんぺい》に気づいた敵が、人質である公子を処断するというのはわからぬ話でもない。だが、あの兵はなんといっていたか。「人知れず殺せ」——。確かにそういっていた。それは、ヘイデンなる男一人の意図ということになる）

　この戦い、なにかが奇妙《きみょう》で、奇怪《きかい》だ。クロード、そしてレオ公子が相次いで抱いた疑問を、パーシーもまた共有しはじめている。が、じっくり考えていられる余裕《よゆう》など、無論ない。

「さしあたってのことは、ここを離《はな》れてから」パーシーは強い語調で公子を促《うなが》した。「ここから山を東に下ったところで、クロードどのの兵が待っておられるはず」

レオはフロリーをなだめすかしながら、歩きはじめた三人の後ろについていった。

公子自身、まだ混乱はしている。断頭台が迫《せま》っている自覚があるなかで、しかしアリオン兵は彼を捕《と》らえて処刑《しょけい》するのではなく、山中にてレオの命を奪《うば》おうとした。かと思えば、故国アトールの貴族がやってきて、クロードの依頼《いらい》において自分を保護するという。

道を下ったところにはさらに女性が一人待っていた。フロリーとそう歳《とし》も変わらぬと見えるその美女が、銃《じゅう》を手にし、周囲を警戒《けいかい》している。レオたちが接近してくるのを見て取ると、彼女はにっこり微笑《ほほえ》んで、

「レオ・アッティール公子でいらっしゃいますか？　お初《はつ》にお目にかかります、わたしはセーラ。コンスコン寺院において……」

「あとにしろ、セーラ。ここからすぐ離れなければ」

「なによ、兄さん。運命の出会いを邪魔《じゃま》しないで。将来、妹が玉《たま》の輿《こし》に乗れるかどうかの瀬戸《せと》際《ぎわ》なのよ」

「ば、馬鹿《ばか》をいうな。セーラ、口にしてよい冗談《じょうだん》とそうでないものとがあるぞ」

「本気に取るな、カミュ。相手にするだけ馬鹿馬鹿しい。こいつはいつも誰《だれ》かにあきれられて

いないと気が済まないんだろうさ」

「なによ、クオン。お山の猿風情《さるふぜい》に、いつから人さまを批評できるほどの知恵《ちえ》がついたの？」

「いい加減にしろ、皆《みな》。声を抑《おさ》えるんだ。前みたいにどこからアリオン兵が近づいてくるかわからんぞ」

パーシーの声を耳にしながら、レオ・アッティールは開けた箇所《かしょ》をあとにする際、一度だけ後ろを振《ふ》り仰《あお》いだ。真っ暗な空がある。ながめているだけで身も心も吸いあげられそうな思いがするその空から、レオは名残惜《なごりお》しげに視線を逸《そ》らした。

皆、揃《そろ》って歩いていく。

パーシーはちらちらと、フロリーの手を引いているレオ公子の様子を見やった。

リィガン家は由緒《ゆいしょ》ある家柄《いえがら》ではあるものの、次男であったパーシーには公王家との接点などそうそうない。レオ公子も現公王の次男にあたる。六年以上前にアリオンへ人質に出されていたのだから、こうして目にするのもはじめてだ。

(年齢《ねんれい》のせいもあるだろうが、ずいぶん線の細いお方だ。顔も女性のようであられる)

正直にいえば、公子の身分にあるという点以外に、さほど強い印象はない。刃《やいば》を手にして自分たちに立ち向かおうとしたフロリー・アングラット嬢《じょう》のほうがよほど印象深かったくらいだ。

無論、パーシーはこのとき、思いもしていない。

リィガン家の次男パーシーのみならず、十字教の僧兵カミュも、山岳《さんがく》地出身の傭兵《ようへい》クオンも、よもやこのレオ・アッティール公子と自分たちの運命が強い力に結びつきあって、いずれ、その力がアトール公国に波乱を招き寄せることになろうなどとは。

神ならぬ彼らに想像し得たはずもない。

奇妙《きみよう》で奇怪《きかい》というなら、なによりこの一夜。

レオ公子を中心として動いていたすべての人物が、のちに、この一夜をたびたび追懐《ついかい》することとなる。

五章　アトールの人々

1

（公王さまは、さぞ度肝《どぎも》を抜《ぬ》かれたにちがいない）

レオ・アッティールは思う。公王さま、とは、当然、アトール公国公王マグリッド・アッテイールのことであり、すなわちレオの父だ。

公王はコンスコン寺院がアリオンと事を構えそうだというとき、五百の援兵《えんぺい》を出した。一応は寺院に恩を売った形ではあるが、その寺院が存続しなくなったのでは意味がない。このていどの兵数で公王が満足していたかどうか、つまりは、公王に次なる増援を出す心づもりがあったのかどうか、レオにそこまではわからなかった。

ともかく、マグリッドは寺院に派遣《はけん》したノーマと使者をやり取りして、あるていどの戦況《せんきょう》は把握《はあく》していたはずだ。アリオンが思いのほか手こずっていると耳にして喜んでもいただろう。これで、かつてオズエルという諸侯《しょこう》の一人が援兵を勧《すす》めたとき口にしていたような事態になれば——つまり、アリオン国内にいる信者たちがこの戦いをいとい、寺院擁護《ようご》の声をあげるようになれば——アトールとしての目論見《もくろみ》はまず当たったといってよい。

が、思わぬ悲報がマグリッドの耳に届けられた。

「レオ公子、アリオン領内にて処刑さる」

という。

アトールが寺院に加担していることが明るみになったため、これに激怒《げきど》したアリオン軍司令官がレオの命を奪《うば》った。この噂《うわさ》は南西の国境付近からじわじわと領内に浸透《しんとう》していき、数日をかけてアトール首都ティワナにも届いた。マグリッドは食事の最中であり、手にしていた匙《さじ》を床《ゆか》に落とした。

馬鹿《ばか》な、と思ったはずだ。今回の派兵にあたっては、当然、慎重《しんちょう》を期した。寺院からの要請《ようせい》自体、諸侯数名と、わずかな数の家臣《かしん》にしか打ち明けなかった。兵の準備もごく秘密裏におこない、装備さえもアトール独自のものは避《さ》けた。たとえば、アトールの正規兵は細身の半月刀《はんげつとう》を数多く用いていたが、兵にこれの所持を固く禁じた。また兵を選ぶ段においても、アトール独特の訛《なま》りがない、もしくは訛りを隠《かく》せるというのも条件の一つにしていた。

それらの苦労は水泡《すいほう》に帰した。アトールが援兵を出したという事実はアリオンに露見《ろけん》し、人質であるレオの命をも奪われたという。

（そのようなこと、ノーマからは報告を受けていないぞ）

公王は一時ひどく取り乱したが、「レオ処刑」のことなどはあくまでも噂である。

マグリッドは騒《さわ》がしくなりはじめた城内の人々を「このような流言に右往左往するとは何事か」といましめると——その『流言』とやらが、援兵《えんぺい》の事実なのか、レオ公子の処刑《しょけい》なのかは言葉巧《たく》みに断定せず——、真偽《しんぎ》を確かめるため、新たに使者を立てようとした。公王マグリッドが本当の意味で、「度肝《どぎも》を抜《ぬ》かれた」のは、まさしく、このさなかである。

これまた食事の最中、喜色満面《きしょくまんめん》で家令が飛び込んできたかと思うと、

「レオ公子、ティワナの都に無事ご帰還《きかん》されました！」

という。公王は、今度はグラスを手落とした。

公子が処刑された、との噂《うわさ》は当然ティワナに住まう領民たちも知っていた。アリオンに比べればずっと小国のアトールではあるものの、歴史はそれなりに長い。代々、公王家への愛着が土地に根づいている。公子処刑の悲報に人々は嘆《なげ》き、また怒《いか》りの声をあげていた。

そこへ、今度は「レオ帰還」の報である。なんでも、アリオン側《がわ》に処刑されそうになったのは本当のことだが、ひそかに公王が派遣《はけん》していた兵の助けを借りて脱出《だっしゅつ》に成功したのだという。

人々は沸《わ》いた。さすがは慈悲《じひ》深い公王さまだ、との声も多くあがった。

いつしか、レオとその一行がやってくるという往来には人だかりができて、実際に公子たちが通りかかると、まるで戦勝パレードのように歓声《かんせい》をあげ、手を振《ふ》って公子と公王の名を讃《たた》えた。

公王マグリッドと家臣《かしん》たちは、城の外へ出て、彼らを迎《むか》え入れた。そうせざるを得なかった

のだ。たとえばこれが、国境付近で「レオが発見された」というのであれば、公王はただちに早馬《はやうま》を出して、レオをその場にとどめ置くように命令を下すことで、事の真相を確かめる時間を稼《かせ》いだことであろう。

この際、親子の情よりは、国の情勢を優先させるのが為政者《いせい》のつとめである。もしもアリオンがレオを処刑しようとした事実などなく、これからもそのつもりがないというのであれば、援兵云々《うんぬん》の話はすっとぼけた上で、レオをアリオン領内に帰すという選択肢《せんたくし》もあり得たのだ。

が、一度は「死亡した」と聞かされていたレオ公子が、公王が派遣した兵によって救助され、無事帰還してきた。人々は公子の姿を目《ま》の当《あ》たりにし、歓呼の声をあげた。公王がこれを無視できたはずはない。

（それもこれも、あのパーシーやカミュという男たちの考えだ）

レオ公子は自分の置かれている立場も忘れて、微笑《ほほえ》んでしまいそうになる。

――あの山中から無事に東へと抜けた一行は、クロード陣営《じんえい》の兵たちに迎えられた。

道中、パーシーから聞いた話によれば、クロードはこのままレオが公国に帰還することを望んでいたらしい。山を下るあいだ、ほとんど無表情であったレオであったが、それを聞いたときにはさすがに落涙《らくるい》を抑《おさ》えかねた。さらには、

「無事、公子さまがご領地へお帰りになられるまでは」

クロードの娘《むすめ》、フロリー・アングラットはそういって、領外にまでついてきた。レオは当然

のことながら反対したが、

（いざとなれば、彼女を人質に取って逃《に》げてきたことにすればよいのではないか）

と思いついた。そうすれば、この逃走《とうそう》劇がクロードの手引きによるものなどでなく、レオの独断であったことが強調されて、アリオン内におけるクロードの立場が必要以上に悪化するのは避《さ》けられるかもしれない。

クロードは人数分の馬と糧食《りょうしょく》、それに少々の路銀《ろぎん》をも用立ててくれていた。レオの後ろにフロリーが跨《また》って、全員、国境を東へと抜《ぬ》けた。

さて、そこから、パーシー・リィガンと僧兵《そうへい》カミュが案を出しあった。彼らは、まさしく公王が先に触《ふ》れたような行動に出ることを恐《おそ》れた。そこで、彼らはアトール領内に入っても、ただちに街や城に寄って公子を保護してもらうのではなく、あえて街道《かいどう》から外れて、そのまま首都を目指すことにした。公子の身分を隠《かく》して村々で宿を取りつつ、「レオ死亡《しぼう》」の噂《うわさ》を率先《そっせん》して流した。のろのろとした足取りで、その噂をあとから追いかけるかのように首都へ辿《たど》り着いた彼らは、ここではじめて「レオ・アッティールと、その公子をお助けした者たち」という身分をあきらかにして都へと入ったのだ。今度はあえて人目につくよう、表通りを選んだ。町娘《まちむすめ》の扮装《ふんそう》をしたセーラがいち早く、「レオさまが生きてお帰りになられた」と街中に触れまわったため、早くも歓迎《かんげい》の人出があったというわけだ。

それらの計略が功を奏して、公王は息子を迎《むか》え入れねばならなかった。

──そうして表向きの態度は取りつくろった公王ではあるが、しかしもちろん胸中の思いは別のところにある。彼はいったん息子《むすこ》を部屋へと押し込めて、「休むように」といいわたしたあと、パーシーから詳《くわ》しい話を聞きだした。

パーシー・リィガンは聞かれるがままに語った。本陣《ほんじん》を奇襲《きしゅう》しようとしたこと、それが失敗して敵将軍に捕《つか》まったことは真実そのままだったが、そこから先は適当に脚色《きゃくしょく》を加えた。

「公子処刑《しょけい》がアリオン王の意向であったかどうか、われわれにもわかりかねます。ただ、その噂が広まったとき、アリオン軍にもいくばくかの動揺《どうよう》があったようです。公子は預けられていた邸宅《ていたく》から、その家の娘御《ご》をともなわれて山へと逃走されていました。われわれは山狩《やまが》りに右往左往する陣営から、隙《すき》をついて抜け出し、彼らより先んじて公子と合流することに成功いたしました。いかにわれらの援兵《えんぺい》がアリオンに腹立ちを招いたとしても、公子を見殺しにしたとあっては不忠の極《きわ》み。したがって、独断で公子をお連れしてきた次第《しだい》」

「大儀《たいぎ》であった」

という以外に、公王マグリッドにどのような言葉があったろうか。しかしこれは大儀、というよりは一大事である。

(アリオンが、寺院に加担したこちらの動きに気づいた)

だけならば、まだ言い訳のしようもあったろうが、

(人質として預けていたレオが、自力で脱走《だっそう》してきた)

とあっては、いい逃《のが》れのしようもない。

レオ帰還《きかん》の噂《うわさ》はいまや領内全域にいきとどき、そしてあちこちで波紋《はもん》を投げかけていた。最初のうちこそレオ公子の帰還を歓迎《かんげい》した民《たみ》であったが、

「この先、アリオンとの関係はどうなるか」

「明日にでも、大軍勢が押し寄せてくるのではないか」

と、震《ふる》えあがるような懸念《けねん》を抱《いだ》いた者も少なくない。

諸侯《しょこう》もこの噂を聞きつけて、首都のほうへ続々駆《か》けつけてきた。この『諸侯』とは、以前にも述べたとおり、アトールの南半分を分割して治めている領主たちのことである。アトールにおいては彼ら諸侯の権限が強い。同じ公国内であっても、彼らは彼ら自身の領地や財産を守るため、独自に兵力を抱《かか》え、時には団結して公王家にもの申すこともある。

この力関係を示す絶好の挿話《そうわ》として、十数年前の出来事がある。諸侯のうち二人の貴族が、新たに発見された、竜骨《りゅうこつ》の鉱脈を巡《めぐ》って争いとなった。互《たが》いに傭兵《ようへい》を雇《やと》い、武力衝突《しょうとつ》すら起こったのだが、公王家はこれに介入《かいにゅう》しなかった。介入しようにも、先に触《ふ》れたとおりアトールでは諸侯が領地ごとに兵を抱えており、公王といえども国内の兵を総動員できるわけではない。新たに兵を雇うには、当然金がかかる。このときアトール北半分の領地はこの地域にしては珍《めずら》しい長雨で洪水被害《こうずいひがい》が相次いでおり、村人の救済やら、治水工事やらで、金と人手を取られていたのも事情としてはある。

そのときの公王であったマグリッドの父は、形ばかりの書状と使者を送って、自然に鎮火《ちんか》するのに任せた。半年ものあいだ、にらみあいやら小競《こぜ》りあいがつづいたのち、ようやく双方《そうほう》は和解したものの、

「公王は領地と領民を見捨てなされた」

「あれではよその国と事を構えねばならぬときも、および腰《ごし》になるのではないか」

「陛下もいささか歳《とし》を召《め》された。そろそろよい頃合《ころあい》ではないか」

諸侯は口を揃《そろ》えて当時の公王を弾劾《だんがい》。各々《おのおの》、領内で兵を集めているという噂まで立ったため、

「国を割るような事態になるよりは」

と、マグリッドの父は公王の座を引かざるを得なかった。領内の争いに介入できなかった弱さからすればその選択《せんたく》もまちがいではなかったが、これは小さからぬ禍根《かこん》を残した。すなわち、諸侯が力をあわせればアッティール家とほぼ同等、いやあるいはそれ以上に発言力を示すことができるという前例ともなったのである。

主君たる公王が、諸侯の領地、民、財産を保護すればこそ、その命令に従うのであって、たとえば彼らにとって不都合であり、益のない命令に従ういわれはないということだ。

今回の、「コンスコン寺院への援兵《えんぺい》」はまさしく諸侯にとって利益のない事例である。

マグリッドは比較《ひかく》的関係の近しい諸侯を数名首都に招いて、今回の件を相談したのであるが、オズエル・ターホリンという男を除いてすべての者に反対された。オズエルとて援兵を勧《すす》めた

形ではあるものの、自分の兵を出したわけではない。したがって、マグリッドは、ただ単に「必要以上に兵を出してアトールが加担したことを気取《けど》られたくなかった」という理由以外に、そもそも最初から大規模に兵を出せる立場になかったのである。

さて、その諸侯《しょこう》が、次々と首都へ押しかけてきた。数は七名。

援兵《えんぺい》の事実を知らなかった者は、

「なぜ、寺院に兵など出したのか」

「われらは何も聞かされてはいなかった」

と口々に怒《いか》りを表明し、また事情を打ち明けられていた者たちも、

「いわぬことではない。だからわたしは反対したのだ」

とこれまた怒りを露《あら》わにする。

「これでふたたびアリオンとは敵対関係になるであろう。公王におかれては、事態を打開する策があるやなしや」

次々と迫《せま》られては、いかに公王といえど彼らを静める手段がない。

そうして父が窮地《きゅうち》に立たされている一方で、レオ・アッティールは国に帰還《きかん》して以来、一度も公《おおやけ》の場には顔を出さずにいた。父と顔をあわせたのも最初の日だけである。その後、兄のブラントンが訪ねてきた。レオより二つ上の兄は、およそ六年ぶりに顔をあわすなり、息が止まるくらいに弟を抱《だ》きすくめた。

「よく帰ってきた」と涙《なみだ》ながらに弟の耳に囁《ささや》いた。「いまはいろいろとつらい立場だろうが、辛抱《しんぼう》することだ。家にいる限り、なにも悪いことなど起こりはしない、心配するな」

それからレオが咳《せ》き込んだときにようやく彼を解放すると、改めて弟を眺《なが》めて、

「しかし見ないあいだにずいぶんと立派になった！　背丈《せたけ》などは、すぐさまわたしを追い抜《ぬ》きそうではないか」

相好《そうごう》を崩《くず》した。

レオがこの数日で味わうことのできた家族の情愛は、唯一《ゆいいつ》その場面だけであった。もう一人の兄弟である弟も、そして母も、家令を通じておざなりな挨拶《あいさつ》の言葉を伝えただけで、レオに会おうともしなかった。

食事ですら、レオは自分の部屋で黙々《もくもく》と摂《と》った。そこに、ウォルター、ジャックの意地悪なからかいはなく、クロードの山賊《さんぞく》めいた銅鑼声《どらごえ》も、裕福《ゆうふく》な商家出身でありながら台所で細々と働くことを好んだ彼の妻エレンの姿も、フロリーの笑顔もない。

そのフロリーは、現在、ティワナ城内にとどめ置かれているらしい。フロリー自身がここに残ることを希望したのだそうだ。

この少女はある意味において、レオ公子と同等以上に危険な火種《ひだね》になるやも知れぬ存在だ。必要以上の揉《も》めごとになるのを避《さ》けたいマグリッド公王は、「フロリー・アングラット嬢《じょう》を貴賓《きひん》として扱《あつか》い、もてなしている」という意味の書状を持たせた使者をクロードの城に派遣《はけん》した。

「お迎《むか》えする用意があるなら、こちらとしてもただちにお送りする」とも書き添《そ》えたのだが、

数日後、使者が先によこしてきた伝令によると、この使者は国境を越《こ》えることも許されなかっ

たという。

当然だ、とレオは思う。クロードはいま、アトール公国とのいかなるつながりも疑われたく

ない立場にある。こっそり使者をやり取りしているなどと噂《うわさ》が立てば、ますますその立場は悪

化しよう。

レオはつと、幼少期に過ごしたままになっている自分の部屋を眺《なが》めまわし、窓際《ぎわ》に立った。

子供っぽいデザインのカーテンを開くと、城下の向こうにうっすら山の稜線《りょうせん》が浮かんで見

える。さてはアングラット領にあった例の山か、と思い、目を凝《こ》らしてみたが、方角からして

別物だとすぐにわかった。

レオはひどく落胆《らくたん》し、カーテンを乱暴に閉ざしてしまった。

2

パーシー・リィガンも当然、ティワナに帰還《きかん》して以降は実家で寝泊《ねとま》りをしている。

リィガン家は城近くに邸宅《ていたく》を構えていた。

レオ・アッティールに比べれば、彼は家族からあたたかな歓迎《かんげい》を受けたものの、

「よくお役目を果たした」

といって褒《ほ》めたたえる両親の顔は、

「大儀《たいぎ》であった」

と口にした公王マグリッドのそれと似かよっていた。

公子の逃走《とうそう》を手助けした彼の行動は、いまだ城内でも評価の定まらぬ種類のものであり、両親や兄も態度を決めかねたというところだろう。いかにも興味深そうにパーシーの語る戦場での話に聞き入りながらも、表情のすぐ裏では懸念《けねん》を隠《かく》しきれずにいる。

「また、戦地に向かうのか」

ついでのように父が聞いてきたとき、

「命令あらば、すぐにでもコンスコンに赴《おもむ》きたく思います」

パーシーはすかさず答えたものの、この後の処遇《しょぐう》に関してはまだ正式な達《たっ》しがない。

いささか拍子《ひょうし》抜《ぬ》けする思いがあった。人質であった公子を連れ帰れば、国はさぞ大きく揺《ゆ》れるだろう――と想像を巡《めぐ》らしていたのだが、いまはただ諸侯《しょこう》が城に押し寄せているという情報があるばかりで、具体的な動きはなに一つとしてない。

国としての立ち位置も、パーシー本人の立場も、まるで宙にぶらさげられたような格好である。

（それは『シャーリング卿《きょう》』とて同じことか）

ノーマ・ラウマールとその手勢《てぜい》は、いまだコンスコン寺院に残されていた。公王としても無論、アトールの加担が疑われた時点で引きあげさせたかったのは山々なれど、ここへ来て数百の兵を移動させれば、寺院にいるであろう間者《かんじゃ》に気取《けど》られぬはずがない。情勢が落ちつくまでは、ノーマをあくまでも『シャーリング卿《きょう》』としたまま逗留《とうりゅう》させるしかなかった。

ノーマもさぞ当惑《とうわく》しているにちがいない。本陣《ほんじん》を急襲《きゅうしゅう》するために兵を率いていったはずのパーシーが、その任を果たせず、代わりに公子レオという小さからぬ手《て》土産《みやげ》を持って、いち早く自国へ帰還《きかん》しているのだ。当惑しているだけならともかく、

「こ、これは、リィガン家の若造め、またしてもおれを愚弄《ぐろう》したな。おれから兵を巻きあげて、それで自分だけが手柄《てがら》を立てたのだ」

などと怒髪天《どはってん》を衝《つ》く勢いで怒《いか》りくるっている御仁《ごじん》の姿が、容易に思い浮かぶ。

「ノーマさまなら、まちがいなくそうでしょうね」

ころころと笑ったのは、パーシーの婚約者リアナ。カールした黒髪《くろかみ》が肩《かた》の上で軽《かろ》やかに踊《おど》っている。

諸侯《しょこう》の一人を父に持つ彼女も、今回、公王への面会を求めてはるばるやってきたその父に同行してきた。のちのち義理の父となるであろうグロースター卿はティワナに来訪して以来、ずっと城に詰《つ》めている。今回、まだパーシーとは顔をあわせていない。グロースター卿は公王から寺院の件を相談されていた一人だったが、つまりは援兵《えんぺい》に反対の意を示した人物ということ

でもある。

その反対を押しきって公王が派遣《はけん》した軍勢のなかに、娘の婚約者《こんやく》がおり、またその男が厄介《やっかい》な火種《ひだね》を国に連れ帰ったと知ったとき、果たして卿はどのような顔をされたのだろう、と思う。

(下手をすれば、婚約を解消されるかもしれない)

そんな危《あや》うさをも感じていたが、当のリアナは父のことはまったく話題にはしなかった。普《ふ》段《だん》のままの態度で、パーシーにお茶を用意しながら、からかうような口調でつづける。

「ノーマさまのことだから、あなただけがアトールへ逃《に》げ帰った、とそう宣伝しているかもしれないわ」

「わたしが逃げ帰っただと。わたしとて、できれば一日も早くコンスコンへ——」

パーシーはいいかけて、口をつぐんだ。子供じみた体面を守るために戦場へ赴《おもむ》いたところで、それでアトールやコンスコン寺院が救われるはずもない。

眉間《みけん》の皺《しわ》がいっこうに消えないパーシーを、

「殿方《とのがた》のお気持ちは、まだ戦場にいらっしゃるようね」

リアナがそうからかった。

——パーシーたちがティワナに帰還《きかん》してから五日ほど。

彼は、中心街から外れた位置にある居酒屋に、クオンとカミュを呼び出した。

二人とも、城下町でも上級の宿を一部屋ずつ提供されて住んでいる。第二公子の命を救った功績に対する報賞《ほうしよう》だ。「望むなら、家も建ててやる」といわれたらしい。が、二人は断った。

カミュはともかく、

「いく当てなどないのだろう？　ここに住まいを構えるのも悪くないのではないか」

パーシーはクオンにそう勧《すす》めたが、山岳《さんがく》地出身の少年は曖昧《あいまい》に首を振《ふ》るだけだった。骨つき肉のスープを啜《すす》りながらも、その目は例の停滞《ていたい》を示している。こういった、普段《ふだん》から血の気の多い少年は、なにかやることを与《あた》えていないと、あっという間に凶暴《きようぼう》化するか、あるいは正反対にまどろんでしまうものらしい。パーシーはカミュのほうへと水を向けた。

「じゃあ、カミュはこれからどうするつもりなんだ？」

「それは、おれのほうから聞こうと思っていたところだ」

カミュはじろりとパーシーをねめつける。こちらはこちらでわかりやすく苛立《いらだ》っているようだ。酒にはまったく手をつけていないのに、赤ら顔になっている。

「いったい、アトールはどうするつもりでいるのだ。人質として預けた公子を殺されかけたのだぞ。公王家と領民が一体となって、いざアリオンに鉄鎚《てつつい》を下してくれん、と立ちあがってしかるべきだ。だのに、いつまでもぐずぐずと」

口調に棘《とげ》がある。この、神の敬虔《けいけん》なるしもべのこと、毎日が焦《じ》れるような時間の連続であるのは想像にかたくない。公子を救えば、公国がすぐにでも動いてくれるものと期待していたのだからなおさらだ。

（頼《たよ》りにならん者どもだ。こ奴《やつ》らがなにも動かぬというなら、いっそのこと）

たった一人でも、槍《やり》を引っつかんで寺院に駆《か》け戻《もど》ってやる——そう意気込んだとて不思議ではない。いや、実際、何度か決意をしかけたのではないか。が、カミュとて、無謀、無策な男でもない。一人、英雄《えいゆう》的な決意をして山に馳《は》せ参じたとて、それがなんになるというのか。

そんなカミュの心情、葛藤《かっとう》が手に取るようにわかるパーシーである。

リアナのいうとおり、パーシーは、戦場を懐《なつ》かしがっていた。

熱い混沌《こんとん》はいまや消え去った。今日明日にも、砲弾《ほうだん》が頭上から降りかかるのではないか、あるいは次の突撃《とつげき》のときに、ついには幸運から見放されて敵の槍が胸を刺《さ》し貫《つらぬ》くのではないか、といった緊迫《きんぱく》した時間もなくなって、朝も夜も、屋根の下で過ごして、石の壁《かべ》に守られている安心感こそ舞《ま》い戻ってきたものの、ただしその日常の裏には、なにやらじとっとして冷たい危機感がある。

それを、剣《けん》や槍、あるいは自分の意気でもって跳《は》ね返せないところが、なにより苛立《いらだ》たしい。

火を囲んで粗末《そまつ》な食事を摂《と》りながら、無謀な、それでも本人たちにとっては大いに意味のある議論を交《か》わし、疲《つか》れれば、明日のいくさに備えて眠《ねむ》っていたあのころが、パーシーには歯がゆいほどにまばゆいのだ。

ともすれば、カミュの手を握《にぎ》って、

（おまえもそうだったか。よし、なら二人してあの地へ戻ろう）

などと申し出たい衝動《しょうどう》が胸をかすめる。が、パーシーは強い克己心《こっきしん》をもって、あえて苦い顔をした。

「寺院に兵を出していたこちらの弱みもある」

「だからこそ、だ。それを見破られたいまとなっては、明日にも甲冑《かっちゅう》の群れがこのティワナに押し寄せてきても不思議ではなかろう。その前にこちらのほうからしかけねば。ただ手をこまねいていては、ティワナ城が火に焼かれるのを待つだけになる」

激しい語調でいう。単純な考えだが、それなりに真実をいい当ててもいる。

以前にパーシーは、国の立場が宙にぶらさげられている、と感じたが、それはごくごく細い一本の糸によってだろう。

わずかな風でも揺《ゆ》れる、乱れる、下手をすればあっさりと切れてしまう。

そんな、冷《ひ》や汗《あせ》を手に握《にぎ》るような焦燥《しょうそう》感が、常にある。

(——レオ公子。確かに、わたしは厄介《やっかい》なものを国に連れ帰ったのかもしれない)

パーシーがそう感じたとき、

「公子。レオ公子はどうだ」

カミュがそういったので、パーシーは胸を見透《す》かされたような気持ちになった。

「ど、どうとは、なにがだ」

「われわれがお救いになったあの公子、アリオンの人質として長年を過ごされたのだろう。アリオンは、神に銃火《じゅうか》を向けるような無法者どもだ。さぞや艱難辛苦《かんなんしんく》を味わったであろうし、なにしろ人知れず命を奪《うば》われかけたのだ。アリオンへの恨《うら》みも深いにちがいない。かの方がひと声号令を発すれば兵も集まるのではないか。われわれは公子を旗頭《はたがしら》に掲《かか》げ、アリオンにいち早く宣戦布告をするのだ」

「どうだろうな」

パーシーは相手の気色をうかがいつつ、カミュが「われわれ」といったことに関して、奇妙《きみょう》なおかしみを感じた。

「かの方が、アリオンに恨みなどあるとは思えない。あくまでも想像に過ぎないがね。公子を預かっておられたのは、あのクロード・アングラット将軍だ。自分の立場を窮地《きゅうち》に追いやってでも公子の命をお救いになろうとした方だぞ。将軍への感謝の気持ちこそあれ、復讐《ふくしゅう》の感情があるとは思えないな」

「そうか、あの男か」

カミュはひと声唸《うな》って、腕《うで》を組んだ。彼にも、クロードの人となりは染《し》み込んでいるふうである。ややあってから、若干《じゃっかん》声のトーンを抑《おさ》えた。

「まあ、レオ公子。……もとより、旗頭としての期待は持てんか」

「どういう意味だね？」

「いや、山中での行動をともにしたばかりだが、兵を率いて先頭に立つような方ではない、と見た」

「身体《からだ》つきも武人のそれじゃなかったな」

とクオン。肉のほとんど取れた骨をしゃぶっている。

(おまえがそれをいうか)

パーシーは思わざるを得ない。クオンとて、まだまだ発育半ばだ。カミュはうなずき、

「なよなよしていて、いかにも学問だけが似あう貴族といった感じだ。あれでは、号令を発したところで人が集まるかどうかも定かではないな」

と先ほどの発言をあっさり覆《くつがえ》す。パーシーが苦笑しかけたとき、

「だが、アトールの男というのも情けない」

いささか聞き捨てならぬことをもいう。よく見るとカミュの目もとが先ほどより赤らんでいる。ひょっとして知らぬ間にパーシーのジョッキに口をつけたのだろうか。

「何日かこのティワナで過ごしたが、道ゆく男どもは、これからどうなるのか、と頭を突《つ》きあわせてばかりだ。どうなるのか、ではなく、自分がどうすべきかを考えるべきであろう。他人《ひと》事《ごと》でもあるまいに、自分から槍《やり》や剣《けん》を手に取ろうとする者はないのか。少なくとも、われら神の信徒はアリオンの横暴にも果敢《かかん》に立ち向かっている。やはり信心なき者には、命と引《ひ》き換《か》えにするほどの信念も存在し得ないのか」

「あまり好き勝手いうものではない、カミュ。おのおの、守らねばならない暮らしがある。そ

れに剣を持って立ち向かうばかりが唯一《ゆいいつ》の解決策というわけでも……」

「いや！」カミュの拳《こぶし》がテーブルを揺《ゆ》らした。「そのように言《げん》を弄《ろう》することこそ、小智《しょうち》なり。いざというとき、おのれを、そして大切なものを守るのは、相手を打ち倒《たお》そうとする気概《きがい》そのものだ。アトールの男どもにはそれが欠けておるのだ」

次第《しだい》に大きくなってくるカミュの声を、パーシーは気にした。周囲を見ると、やや離《はな》れたテーブルに若者たちの集団がいる。何人かがちらちらとこちらをうかがっていた。と、

「おれは」

酒に口をつけていなかったクオンが、料理をあらかた片づけたあとで口を開いた。

「近いうち、寺院に戻《もど》るつもりだ」

「なに？」

パーシーとカミュが口を揃《そろ》える。クオンはわざとかどうか、のんびりとした口調で、

「家を建ててもらう代わりに、金をもらう。その金で、馬と銃《じゅう》、甲冑《かっちゅう》を買って、できれば兵士も雇《やと》って、寺院に戻る」

「お、おお」カミュが感激したような面持《おもも》ちで声を洩《も》らした。「おまえ、いつしか死をも恐《おそ》れぬほどに神の愛に目覚めていたか。師としては嬉《うれ》しい限りだぞ」

「誰《だれ》も師とあがめた覚えはねえ」クオンはうさん臭《くさ》そうな目つきで僧侶《そうりょ》をにらみつけた。「だけど、ここにいたってやることがないんだ。家を建ててもらったところで、稼《かせ》ぎ口《ぐち》もない」

「馬鹿な。公子をお救いした英雄だぞ。おまえが望めば、貴族お抱えの兵にも」

「兵になったって、槍働《やりばたら》きの場所がなければ手柄《てがら》も立てられない」

これも意識してかどうか、公子の命を狙《ねら》われたとて動こうとしないアトールの現状を皮肉っているようである。クオンは口に咥《くわ》えたままだった骨をばりっと噛《か》み砕《くだ》いた。

「寺院にいくよ。いって、今度こそ敵将を獲《と》る」

(こいつ)

パーシーは青ざめた。クオンが冗談《じょうだん》をいう性質《たち》でないのは十分わかっている。となると、本気だ。以前彼は、「食えればそれでいい」などといっていたはずだが、ここまで無謀《むぼう》な考えを述べているところからすると、なにか、急いで名をあげねばならぬ理由があるのかもしれない。

カミユはというと、半ば涙《なみだ》ぐみかけていた。

「そうか、そうであるか。よし、おれも決心がついたぞ。師弟のあいだでは、弟子の立ち居振《ふ》る舞《ま》いに師が諭《さと》されるということもあるものらしいが、よもやおまえに教えられることがあろうとは。ぐずぐず考えていても時間の無駄《むだ》というわけだ。われら二人向かう先に必ずや神のご加護があろう。ともにいき、ともに死のうぞ、弟子《でし》」

「だから弟子じゃねえっていってんのに。死ぬつもりもないんだよ」

「ま、待て」パーシーが半ば席を立ちかけながら、あわてて二人を制した。「二人して寺院に戻《もど》ったところでなにができる。それこそむざむざ死にに戻るようなものだぞ」

「その死地にて、いまもわれわれの仲間が戦っておるのだ！　喉《のど》もとに刃《やいば》を突《つ》きつけられたとて、その事実から目を背《そむ》けようとするアトールの男には、しょせん、われらのこの気概《きがい》、理解できはせん」

いよいよカミュの大声が店内に鳴りひびいた。ふたたびパーシーは周囲を気にしたが、時すでに遅《おそ》かった。彼らのテーブルに男たちが集まってきている。地元の連中で、いずれも酒に酔《よ》っていて、しかも揃《そろ》って若かった。

「聞いていたぞ」

「公子だなんだと、ひょっとして、おまえらだな。レオ公子を連れ帰ったのは」

「だとすれば、なんだ」

カミュはむしろ誇《ほこ》らしげに胸を張った。男たちはいったん視線を交《か》わしあい、

「なんだ、だと。このクソ坊主《ぼうず》め、余計なことをしやがって」

「余計なこと？」カミュがただでさえ大きな目をさらに剝《む》いた。「コンスコンのお山では、昨日はわが兄弟が、今日はわが友が、という具合に、男たちが次々命を落としていった。明日はわが身かも知れぬ、と常に思い、それでも槍を、銃《じゅう》を手にし、皆《みな》が戦っていたのだ。援軍《えんぐん》として駆《か》けつけてくれたアトールの兵とてそうだ。おまえらに代わってアリオンの横暴と戦ってくれた者たちの命をなんとする。彼らに信仰心《しんこう》はないが、いずれもコンスコンがために散った者たちだ。神の祝福を等しく受け、その魂《たましい》は天に召《め》された。それを余計なことというか。どの口

がいうか」

「うるせえ！」

「死にたい奴《やつ》は死なせておけばいい。どうせ勝手にやったことだ。おれたちまで巻き込むんじやねえ、っていってるんだよ」

パーシーはいったん、煙《けむり》に黒く煤《すす》けた天井《てんじょう》を見あげた。

こういうとき、場の雰囲気《ふんいき》に呑《の》まれた者は、ただ相手を傷つけるためだけの言葉を口にしてしまうものだ。本音とはちがう。それが十分わかっていながら、パーシーは急激な勢いで喉《のど》もとまでせりあがってきた黒い感情を飲みくだすのに苦労した。

が——、パーシーが苦労した、ということは、そもそもそうした努力をしようとしない者にとって、いまのやり取りなどは、すでにまき散らされていた油に火を注いだのも同じことだった。カミュの眉《まゆ》が炎《ほのお》のように逆立ち、その隣《となり》にいたクオンが、いまのいままで停滞《ていたい》していた目を見開いた。

まず誰《だれ》が動いたか。殴打音《おうだ》とともに苦鳴が一つ起こって、

「くそっ、手前《てめえ》ら！」

「やれ、やっちまえっ」

男たちの気配がいっせいに殺気立つと同時に、パーシーの頭上で椅子《いす》が飛び交《か》い、怒号《どごう》とともに拳《こぶし》が打ち鳴らされた。

「やめろ、やめろ」

止めようとしたパーシーの顔に、ジョッキのなかの泡《あわ》が振《ふ》りかけられた。ついでに胸板《むないた》を強く殴《なぐ》られて、後ろに数歩よろめかされた。

パーシーは目にかかった泡を手で拭《ぬぐ》い、口もとにこぼれた滴《しずく》をぺろりと舌で舐《な》め取った。それから、

「よおし」

ひと声あげると、こちらに背を向けた若者の背中を思いきり蹴《け》りつけた。

パーシーは、まだ手足を振りまわそうとするクオン、カミュを必死の思いで店内から引きずっていった。

まったく、ひどい喧嘩《けんか》だった。相手はあとからあとから増えていった。なかには、事情もろくにわからぬ者もいたにちがいない。ただ、よそ者が暴れている、というので腕自慢《うでじまん》の男やら、普段《ふだん》から鬱屈《うっくつ》を抱《かか》えていた若者たちが加わってきたのだ。

パーシーたち三人も、多勢《たぜい》が相手となると無傷では済まなかった。衣服はあちこちが破れているし、顔や手足からは血がにじんでいる。カミュなどは目の周りがさっそく青黒い色に腫《は》れていた。

パーシーは後ろを気にしながら、狭《せま》い路地に入って、ひとまず突《つ》き当《あ》たりとなった建物の壁《かべ》

際《ぎわ》で息をついた。

(やれやれ、これではまた家族にあきれられてしまう)

そんな思いもあるというのに、なぜだろう、どこか胸の重石《おもし》が軽くなったようでもある。

「おのれ、あの不信心者どもめ。われらに向けたような怒《いか》りと気概《きがい》を、どうしてアリオンに示そうとせんのだ」

「おっ、さすがは僧侶《そうりよ》どの」パーシーは口も軽くなって、思わず声をあげた。「さてはカミュは、おのれの身を犠牲《ぎせい》にして、それを彼らに教えたかったというのか」

「当然」

「……なわけあるか、馬鹿《ばか》が」

胸を張ったカミュの隣《となり》でクオンが毒づいた。切れた唇《くちびる》からぺっと血を吐《は》き出して、

「手前《てめえ》の尻《しり》は手前で拭《ふ》け、ってんだ。おれの生まれ育った山じゃそんなことは赤子《あかご》だって知ってらあ」

「はてな。おれの見たところだと、あいつらに真っ先に殴《なぐ》りかかったのはおまえだったはずだが」

「馬鹿をいうな。知らねえよ」

そっぽを向くクオン。

パーシーは笑って二人の肩《かた》を叩《たた》いた。頭上には星が散っている。

その後、パーシーは足音を忍《しの》ばせながら帰宅した。顔の腫《は》れを家人に見られたくなかったからだが、そこで、彼はまたも騒動《そうどう》を呼びそうな知らせがアトール城内に届けられたことを知った。

アリオンから使者が来るという。

名を、ヘイデン・スウィフトといった。

3

ヘイデンといえば、当然、レオも覚えている。クロードの邸宅《ていたく》で顔をあわせていたし、コンスコン寺院攻撃《こうげき》のための軍を起こしたのが彼だということも聞き知っている。パーシーとて、クロード陣営《じんえい》に捕《つか》まったとき、軍を指揮している者としてヘイデンの名を耳にした。

その男が、アリオンからの正式な使者としてアトール首都ティワナを訪《おとず》れるという。

コンスコン攻略はいったんあきらめたのかと思いきや、砦《とりで》に兵は残ったままだという報告がある。つまり戦線は維持《いじ》したまま、指揮官その人が本陣《ほんじん》を離《はな》れるというのだ。おまけに、伝え聞くところによればこれは上からの命令によるものなどではなく、ヘイデン自身が志願したらしい。

（尋常《じんじょう》な態度ではない）

とは、パーシー、レオがともに抱《いだ》いた感想である。

レオ公子がフロリーとともに山中へ逃《に》げたときもそうだった。本陣《ほんじん》から大勢の兵を送り出した直後でありながら、このことを知ったヘイデンはひどく取り乱して、本陣を空にしてでも、残った兵のほとんどを山狩《やまが》りに動員している。

さらにいえば、兵たちには「レオ公子を人知れず殺害せよ」という旨《むね》の達《たつ》しをしていたこともあきらかになっている。これはもう、尋常ではないどころか、

（ヘイデン自身が、異質な男である）

というのが、二人の共通した認識《にんしき》であった。

もちろんのこと、公王マグリッド・アッティールは使者を門前で追い返すような真似《まね》はしなかった。

アトールは三隻《せき》の飛空船《ひくうせん》を所持していたが、この船をすべてよそに追いやってでも港を空け、ヘイデンの搭乗《とうじょう》していた船を迎《むか》え入れた。

この当時の竜石船《りゅうせきせん》は大型化の途上《とじょう》にある。これまでも、単座の飛空艇《てい》は伝令や奇襲攻撃《きしゅうこうげき》に多く用いられていたが、たとえば兵員や物資を輸送する規模の船となると、エンジンや消費魔素《エーテル》の効率化にまだまだ問題があった。

物語におけるちょうどこの時点において、各国の技術が飛躍《ひやく》的な進歩を見せはじめる。竜石製無重量金属の精製技術、質のいい魔素の抽出《ちゅうしゅつ》技術、エンジンの基盤《きばん》技術……これらの上昇《じょう》率《しょう》が奇跡《きせき》的に符合《ふごう》して、大型竜石船の建造が各地ではじまっていくのであり、また、そのこと自体がレオ公子やアトール公国の命運を左右する事態へとつながっていく。

それからアリオンの国王が代替《だいが》わりをする時点まで、船は大型化をつづけていくのだが、空《ま》を舞う船や小型艇が戦場を席巻できた期間はごく短いものだった。——が、それはのちの話。

この時点においては、冒頭《ぼうとう》、レオやフロリーがわざわざ見学に赴《おもむ》いたように、まだまだ大型船は珍《めずら》しく、新しい技術の、そして国力をも示す象徴《しょうちょう》的な存在といえた。

アトールが所持しているものよりひとまわりも大きなその船は、狭《せま》い飛空船発着場に見事な操船技術でもって着陸した。

アトール公王マグリッドと、使者ヘイデン・スウィフトはただちに会談の席を設けた。

ヘイデンはまず、

「わがアリオンと貴国は先の戦いにおいて和睦《わぼく》したはずであります。だというのに、触《ふ》れもなしにコンスコン寺院に兵を出したのは、いかなる料簡あってのことでありましょう。畏《おそ》れ多くもアリオン王家を呪《のろ》った寺院側《がわ》に加担するとは、わが王に刃《やいば》を突きつけたも同然のこと」

と切り込んだ。

対する公王は、

「寝耳《ねみみ》に水のことである」

の一点張りだ。

「そのような事実などない。第一、わが国が寺院に兵を出したという確たる証拠《しょうこ》があるのか」

そう返されたヘイデンもひるまず、立て板に水を流すかのようにすらすらとした口調で、

「われらは交戦時にあっても、陣中《じんちゅう》にあっても、降伏《こうふく》した兵は慈悲《じひ》深く命を許しております。そうして迎《むか》えた兵たちから複数の証言を得ているのです。もっとも、当然そちらとしても『アトール公国』を公然と名乗っているわけではないようだが、はて、シャーリング卿《きょう》とやらに聞き覚えはないでしょうか。われらが得た情報によれば、かの人物、貴国のノーマ・ラウマールという御仁《ごじん》と奇妙《きみょう》に一致《いっち》するのですが」

そう畳《たた》みかけてくる。

ノーマの名までも知られているとあっては、この時点で公王は本陣を衝《つ》かれたにも等しい。が、アトール公国はなんとしても援兵《えんぺい》の事実を認めるわけにはいかなかった。

「知らぬ」

「ならば、ここにラウマール卿《きょう》をお呼びしてはいただけないか。時間はどれほどかかろうか。今日の午後か、はたまた明日か、それとも寺院から呼び戻《もど》すのに十日ほどは必要だろうか」

公王は攻《せ》め立てられる一方であったが、アトール側《がわ》にもアリオンに返す矢の一本もないわけではない。

「では、わが子レオがアリオン領内にて処刑されそうになったという事実はどのように説明するのか」

そう問うたが、無論のこと、ヘイデンはあらかじめ答えを用意していたとみえて、またも言葉によどみがない。

「それこそ根も葉もなきこと。アトールの裏切りを知った領内にて、レオ公子の処遇《しょぐう》に関して荒々《あらあら》しい噂《うわさ》があったのは確かなれど、われわれが力ずくで公子を断頭台にのぼらせようとしたなどという事実はありませぬ。おそらくは噂を知った公子ご自身が、恐《おそ》れをなして逃走《とうそう》を図《はか》りなさったと思われる。それをどういうわけか、領内に侵入《しんにゅう》していたアトールの兵どもが助けたようであるが」

何度か、休憩《きゅうけい》を挟《はさ》んだ。

その都度《つど》、公王は譜代《ふだい》の家臣《かしん》たちを集めて頭を悩《なや》ませあった。いかに言葉を弄《ろう》したところで、土台、アリオンとは国力がちがう。同盟の間柄《あいだがら》でありながら、アリオンの敵対勢力に兵を出したこちらに弱みがあるのも事実。議論が白熱した挙句《あげく》に、

「では、力ずくでもわからせてさしあげよう」

などという展開に持ち込まれてしまえば、アトールには手も足も出ない。いままでは、アリオン国内において寺院攻撃《こうげき》に反対する民意が持ちあがってくれればいいと願っていたが、そうなると、今度は寺院へのくすぶった敵意がすべてアトールに向きかねないのだ。

（どこで幕引きを図《はか》るべきか）

公王は言葉のやり取りをしながらも相手の顔色をうかがっていたが、その途中《とちゅう》から、ふとへイデン・スウィフトの様子が変わったのに気づいた。

ひと言でいえば、覇気《はき》がない。顔をあわせた当初、こちらを切り刻むかのようだった語調は鋭《するど》さを失い、強弓《ごうきゅう》から撃《う》ち出される矢のようだった視線も、なにやら下向いている。あらかじめ用意し、携《たずさ》えていた言葉もあらかた使い果たしたか、ともすれば黙《だま》りがちになった。

使者の、この迷うような態度を前にして、公王は推理《すいり》を働かせた。

（端《はな》からアトールを攻《せ》めるつもりはない――というより、こちらに関してもまだ国内の態度が決まりかねている、という状態なのではあるまいか。では、寺院攻略《こうりゃく》に際し、アトールがもう余計なことをしないように、とただ単に釘《くぎ》を刺《さ》しに来ただけなのでは）

もちろんそこに脅《おど》しが含《ふく》まれているのは確かだろうが、少なくとも、いますぐに数千数万の大軍が旗をひるがえしながら攻《せ》め寄せてくる――などという事態には陥《おちい》らずに済みそうだ。

なおもマグリッドはヘイデンの顔色を注意深くうかがいつつ、

「われわれとアリオン国とのあいだには、互《たが》いによからぬ誤解があるようだ」

と妥協《だきょう》点を持ち出してみた。

いい加減、益のない議論に疲《つか》れたように見える使者が、どこかしらほっとしたような顔をしたのに勇気を得つつ、

「ヘイデンどのにおかれては、しばしアトール領内にご逗留《とうりゅう》されてはいかがであろう。同じ空気を吸って、同じものを食し、じっくりと言葉を交《か》わしあえば、きっと誤解も消え失せるものと確信しておるが」

「わがきみも、別段結論を急《せ》いておられるわけではありませぬ。アトールとは善隣《ぜんりん》のよしみを通じていたいと願っておられるのもまたまことのことなれば。そのお言葉に甘えるといたしましょう」

その翌日、公王は、

「三日後、宮殿《きゅうでん》大ホールにおいて晩餐会《ばんさんかい》を催す《もよお》」

と発表した。

ティワナ内に邸宅《ていたく》を構える貴人たちはもちろんのこと、同じく首都内に留《とど》まっていた諸侯《しょこう》、また多額の税金を納めている城下の名士たちも大勢招いての、大規模なものだ。

主賓《しゅひん》は、アリオン国から使者としてやってきていたヘイデン・スウィフト。

これを聞いて、公王と使者との面談の結果をはらはらしながら待ち受けていた家臣《かしん》たち、そして自分たちの暮らしがすぐにでも脅《おびや》かされることになるのではないかと気を揉《も》んでいた領民たちも、一様に安堵《あんど》の息をついた。

どうやらアリオンの使者が宣戦布告にやってきたのではないことがあきらかになったからで

ある。

アトール公王マグリッドは、これでいくばくかの時間稼《かせ》ぎに成功した。

公王本人も含《ふく》め、大勢の者がそう思ったことだろうが、しかし実際、時間を稼ぎたかったのはヘイデン・スウィフトのほうであった。

その理由は二つ。

アリオンはアトールを越《こ》えて東方にも間諜《かんちょう》を放っており、情報収集に余念がない。ヘイデンが陣中《じんちゅう》にいるときに届けられた情報の一つに見逃《のが》せないものがあった。

(ディティアーヌによからぬ動きあり)

聖ディティアーヌ連盟は、コンスコン寺院と基本的には宗教の基盤《きばん》を等しくしている。今回、アリオンがもっとも恐《おそ》れるのはそのディティアーヌの参戦であった。大陸において現在アリオンに抗《こう》し得るほどの力を持つのはディティアーヌだけであろうとも目されているから、この宗教国家群が寺院への援助《えんじょ》のために立ちあがるとなれば、アリオンとて悠長《ゆうちょう》に構えてはいられない。

そしてアリオンとディティアーヌ、それぞれの領土のあいだに存在する勢力がアトールにほかならなかった。

(いまは、アトールを追い詰《つ》めすぎてはならない)

と、ヘイデンは近習《きんじゅう》を通じて王にも釘《くぎ》を刺《さ》されている。

アトールが、もはやアリオンとは交戦を避《さ》けられぬ、と覚悟《かくご》を決めれば、アリオンの東への足を封《ふう》じておきたいディティアーヌと思惑《おもわく》が通じあって、コンスコン寺院救済の口実で連合する恐《おそ》れがある。もっとも、それは大きな動乱につながりかねないゆえ、直接の戦場になるであろうアトールなどはなるべく争いを避けたいのも事実なれど、追い詰められた窮鼠《きゅうそ》は猫《ねこ》をも嚙《か》むものだ。

だから、ヘイデンは公王との会談において、わざと迷ったような態度を見せることで、和平に含みを持たせた。自分がアトールに逗留《とうりゅう》している限り、ディティアーヌへの牽制《けんせい》にもなり得る。

(面倒《めんどう》だ)

と思わぬでもない。大国アリオンの貴族でありながら、ちっぽけな国の顔色まで気にせねばならないというのは腹が立つ。が、それもわずかばかりのあいだのことだけだし、ヘイデンにはアトールで時間を得なければならないもう一つの理由がある。

ヘイデンは、翌日、フロリー・アングラットの居室を訪ねた。

客人である彼がここに預けられている同国令嬢《れいじょう》の様子を見にいくのはごく自然ななりゆきだ。アトール側《がわ》としても、彼女に手荒《てあら》な真似《まね》をしていないという証明にもなるので、二人が会う許可はあっさりとおりた。

「奇妙《きみょう》な縁《えん》であるな、フロリー嬢。アングラット邸《てい》でお見かけして以来、離《はな》れがたいものを感じていたが、まさか国境を隔《へだ》てたアトールでもお見かけすることになろうとは」ヘイデンは如才《じょさい》ない態度で話しかけた。「ぜひ、またあの歌声を聞かせていただきたいものだが」

「いまは、そのような気分にはなれません」

フロリーは、アングラット邸での初々《ういうい》しい少女の振《ふ》る舞《ま》いとは打って変わって、まるで成人した女性のような顔と声音《こわね》で応《こた》えた。が、それとていかにも少女らしい警戒《けいかい》の証《あかし》だ。ヘイデンは微笑《ほほえ》みを絶やさず、

「お父上がさぞ心配していらっしゃるだろう。わたしも数日後にはアリオンへ帰国する。ともに飛空船《ひくうせん》に乗って、ご家族を安心させてあげてはいかがかな」

型どおりに帰国を促《うなが》したものの、フロリーは首を縦には振らなかった。

ヘイデンはその日、たかだか数分ていどで引きあげた。

(時間をかける必要がある)

とは思っていた。

あまりに事を急ぎすぎては仕損じる。だからこそヘイデンはアトールに長く逗留《とうりゅう》する必要性を感じていた。少なくとも十日は見積もっていたのだが、しかし二日目にして、早くもヘイデンの自制心が限界を迎《むか》えつつあった。

陣中《じんちゅう》にあってさえも思い描《えが》いていたフロリー・アングラットが目の前にいる。当然、幻《まぼろし》などではない。彼女の体温を身近に感じる。彼女の声が鼓膜《こまく》に届く。手を伸《の》ばせばあの黒髪《くろかみ》に触《ふ》れ

られる。誰《だれ》の手にも汚《けが》されていないだろう肢体《したい》をも引き寄せることができる。

ヘイデンの、長く眠《ねむ》っていたような情熱が、ただ一点の噴出口《ふんしゅつこう》を求めて殺到《さっとう》していた。

それを、自制心の蓋《ふた》をもって強く押さえつけることで、かろうじて彼は表向きの態度をよそおっていた。フロリー本人に強い関心を悟《さと》られれば、さらに警戒されるのは目に見えている。

だというのに、何事においても凡人《ぼんじん》をはるかにしのぐ才覚の持ち主であるヘイデンが、自身の情熱ばかりは扱《あつか》いかねた。

二日目にもフロリーは警戒を解いていなかった。当然だ。今日は帰国を促《うなが》すことなどはせず、世間話で終わらせるつもりだった。アトールで退屈《たいくつ》していないか、という話からはじめ、その流れで、明日には、アリオンからわざわざ持ち込んできた詩集や絵画集をプレゼントする。そういう計画だった。

だが、予想どおりだったはずのフロリーの頑《かたく》なな態度に、ヘイデンは我慢《がまん》がならなくなった。なぜいますぐ微笑みを見せてくれないのか、なぜあのときのように――今度は自分一人のためだけに――歌ってはくれないのか。結局のところ、フロリー・アングラットに、自分の腕《うで》に抱《だ》かれる以外の未来などあり得ないというのに！

ヘイデンは、自分と決して一秒以上は視線をあわせようとしないフロリーに、そのことを思い知らせてやりたくなった。それは憎《にく》しみにも近い感情だった。

「いい加減になさい、フロリー」

ヘイデンの硬《かた》い口調に、フロリーがはっとした視線を向けた。

「いかにお父上が一城のあるじとはいえ、しょせんなりあがりの家柄《いえがら》。ご自分の立場がおわかりになっておられないようだ」

「ち、父を侮辱《ぶじょく》するのですか」

先ほどまでは視線をあわせようともしなかったくせに、フロリーはきっとした眼差《まなざ》しで精いっぱいにらみつけてくる。ヘイデンの血が熱く騒《さわ》いだ。その熱に促《うなが》されて、ヘイデンは手持ちの武器のなかでもっとも危険な種類のものを選んだ。

「お父上のことよりもなによりも、あなたご自身がものの わからない子供同然だということです。わたしが軍を動かせる立場にあることはご存じでしょう。そしてアトールがいまどのような立場にあるか、子供のようなあなたの頭でも十分理解できているはず。アリオンを裏切り、敵対勢力に兵を出したばかりか、人質となっていたレオ公子はあなたを盾《たて》としてこの国へ逃《に》げ込んできた。動機としては十分だ。そう、わたしの一存で、アトールごとき小国の運命などいかようにもなるのですよ」

フロリーの顔が見る間に青ざめた。その後、猛烈《もうれつ》な勢いで血の気を取り戻《もど》したフロリーは、大きな目に涙《なみだ》を溜《た》めていきながら、

「わ、わたしを脅《おど》しているのですか」

ひきつるような声でいう。ヘイデンの胸が激しく痛んだ。でありながら、愛《いと》しの淑女《しゅくじょ》から与《あた》えられたものはなんであれ、甘美《かんび》なものにも感じた。

「わたしは事実を述べたまでだ。あなたの態度ひとつで、アトールの貴族や、領民や、そしてレオ公子が明日も幸福な暮らしを享受《きょうじゅ》できるのか、それとも瞬《また》く間に火の海に包まれ、すべての幸福が灰燼《かいじん》と帰すのか、それが決まるとね」

せせら笑いさえ浮かべる。人はこういうとき、本心とは異なれど、他者を痛めつけるだけの言葉を選ぶ。先日、パーシー・リィガンが胸中に思い浮かべたとおりのことをまさしく彼は実《じっ》践《せん》していた。

フロリーの眼差しに涙とは別のものが添《そ》えられた。激しい怒《いか》りだった。

「卑怯《ひきょう》者!」

とフロリーは叫《さけ》んだ。

瞬間《しゅんかん》、怒りの矢に射《い》抜かれたかのように、はっとヘイデンは胸を衝《つ》かれるものを感じた。甘美そのものだったフロリーの感情は、寺院いうところの地獄《じごく》で燃える業火《ごうか》となって、彼の心身を焼いた。

(なにをしている)

それは生まれてはじめてに等しい悔恨《かいこん》だった。あらゆることを思惑《おもわく》どおりにこなしてきた彼だから、後悔《こうかい》とも無縁《むえん》の人生を過ごしてきたのだ。はじめての感情と、それゆえに自分が思うほどの才能を発揮できなかった事実に、ヘイデンは子供のように打ちのめされた。

「いや……いまのは、ただの喩《たと》えだ」唇《くちびる》から洩《も》れる声も子供のそれのよう。「すべてが本心からのものではない。あなたご自身が、どれほど危険な立場にあるか、それを教えたかっただけのこと……」

ヘイデン自身の変化もさることながら、その突然《とつぜん》の事態に、フロリーもまた、怒《いか》りを忘れて呆気《あっけ》に取られていた。

もともと激しい気質ではない。それどころか、彼女は彼女で、憎《にく》しみや怒りとは無縁《むえん》の人生を過ごしてきた。怒りは潮のごとく引き、代わりに、この男に対して、なにやら憐《あわ》れみの気持ちがこみあげてきた。

ある意味でいうなら――ここでぐずぐずと言葉を重ねるのは無粋《ぶすい》だと知りつつも、あえて書こう――それも、フロリーの幼さなのだ。

自分を脅《おど》した男に憐れみをかけたのは、フロリーが天性として授《さず》かった気持ちの優《やさ》しさだけが原因ではない。フロリーは無論、ヘイデンが、アングラット邸《てい》での一夜を明かしたあと、自分を王都に連れ帰りたい、という申し出を父にしたことを知っている。それが遠まわしになにを意味するかも。

この男は、自分を好いてくれている。彼は、自分を女性として見てくれている。その事実に消え入りたいくらい恥《は》ずかしい思いをしたのも確かだが、同時に、どこか弾《はず》むような心持ちにもなった。フロリーとて年頃《としごろ》だから、恋愛にも一定以上の憧《あこが》れや関心がある。彼女に、もしもそうした経験が豊富とはいわず、一、二度でもあれば、

「どうか、もうお帰りになってください。いまのお言葉は、聞かなかったことにしましょう」

とでもいって、ヘイデンの肩《かた》をひと押ししてやればよかった。

しかしこのときフロリーは、年齢《ねんれい》がひとまわり以上もちがう男に対して精神的優位に立った。だからこそ憐れんだのだし、これもヘイデンと同様、はじめての感情を持て余してしまった。

「あなたは、きっと手に入れたいものがあれば、手段を選ばないお方なのですね」フロリーは打ちひしがれた男に、追《お》い討《う》ちをかけた。「ほかの方はどうか知りません――、ですが、このフロリーは、そのような殿方《とのがた》に気持ちを動かされることなどあり得ません！」

その、ある意味で有頂天《うちょうてん》になったフロリーの言葉に、ヘイデン・スウィフトはまたも感情を大きく揺《ゆ》さぶられた。

彼は怒りの形相《ぎょうそう》でフロリーに詰《つ》め寄った。フロリーが声をあげる間とてなく、ヘイデンは彼女の肩を摑《つか》んで、そして片方の手を後ろにねじりあげた。

「なんともろい」ヘイデンは唸《うな》るような声でいった。「このまま力を入れればすぐにでもへし折れそうだ。こんな小娘《こむすめ》の分際で、スウィフト家嫡男《ちゃくなん》を見下し、嘲《あざけ》ったのか」

「お、お放し――お放しになって！」

フロリーは必死になって抗《あらが》った。その拍子《ひょうし》に、ヘイデンに取られていないほうの手が、彼

の顎《あご》を打った。次の瞬間《しゅんかん》、フロリーの頬《ほお》に平手打ちが飛んだ。

親にさえそのような扱《あつか》いを受けたことのないフロリーだ。ごく軽い一撃《いちげき》だったが、フロリーには十分以上の衝撃《しょうげき》があった。

暴力の気配が黒々と身近に渦巻《うずま》いている。そしてその思いもかけぬ暴力は、あの山中ではじめて目撃した人死にの場面をフロリーに思い起こさせた。剣《けん》と槍《やり》のきらめき、肉と骨を断つ打撃音、苦鳴、黒っぽい血しぶき——。

フロリーの全身が震《ふる》えていた。歯と歯がカタカタという音を立てた。

ヘイデンは、抵抗《ていこう》をやめた少女の姿を間近に見つめた。

(痛みを受けた花の姿もよいものだ)

血潮《ちしお》が体内で熱く騒《さわ》いでいる。恐怖《きょうふ》にわななくフロリーの視線を感じていると、先ほど弱気になっていたのが信じがたいほど、彼は自分が、いままでのどの自分よりも巨大《きょだい》な存在のように錯覚《さっかく》した。

彼はフロリーの手を解放し、代わりに、その小さな顎を摘《つま》みあげた。

「あまり大人の手をわずらわせるものではない、フロリー。わたしの前で、わかったようなことを二度というな」

フロリーは顎を摑《つか》まれながらも首肯《しゅこう》する素振《そぶ》りをしてみせた。

「明日の晩餐《ばんさん》会にはあなたも出席なさい。そこで、わたしとともに帰国する旨《むね》を自分の口から告げるのだ。でなければ、アトールは業火《ごうか》に呑《の》まれ、一夜にして滅《ほろ》び去ることだろう。わたしにはそのために必要な力も覚悟《かくご》もある。わかったね？」

薔薇《ばら》色をしたフロリーの耳に囁《ささや》きかける。それにも、フロリーはうなずく素振りをした。大粒《おおつぶ》の涙《なみだ》がぽろぽろとこぼれている。

その輝《かがや》きに魅《み》せられたかのようにヘイデンは改めて顔を近づけ、フロリーの唇《くちびる》を吸い取ろうとした。

ひときわ強くフロリーの身体《からだ》が震えた。いったん応じるかにも見えたが、最後の最後、唇が触《ふ》れあう寸前で、フロリーは弱々しくかぶりを振った。

ヘイデンは力ずくで奪《うば》い取ろうかとも思ったが、フロリーをいいなりにさせたことで、血のたぎりはだいぶ鎮《しず》まっていた。その頬と耳に一回ずつ唇を押し当てただけで解放してやった。

部屋をあとにする際、ヘイデンの胸は喜びではちきれそうだった。

一度は無様なことになりかけたが、結局のところはうまくいった。

幻《まぼろし》でも虚像《きょぞう》でもない、真実、愛する少女の肉体をこの手で抱《だ》きしめた。彼女の、こちらを見つめる眼差《まなざ》しには畏敬《いけい》さえ混じっているようにも思えた。

彼女を痛めつけてやった刺激《しげき》が、新鮮《しんせん》な興奮を彼の内側《がわ》に呼び込んでいる。

ヘイデンのなかで、フロリーを愛する気持ちと、そのいびつな興奮とは矛盾《むじゅん》しない。彼女がもし傷を受けるとするなら、それはやはり自分の手によってでなければならないからだ。

（フロリーさえ得られれば、あとはもうこの小国になど用はない。寺院のあとにでも、理由をつけて平らげてしまえ）

自分にはその力がある。

ヘイデン・スウィフトは、長らく失いかけていた情熱を、このわずか短期間で取り戻《もど》して余りある勢いを自覚していた。

六章　晩餐会《ばんさん》

1

パーシーが晩餐会に出たいと告げたとき、最初、父はいい顔をしなかった。

当然のことで、パーシーが出れば人の関心を集める。せっかくアリオンとの関係修復を象《しょう》徴《ちょう》する晴れの場で、あまり危険な火種《ひだね》を——それも自分の家から——投入したくないという父の心情も理解できたが、パーシーは、この目でヘイデン・スウィフトという男を見たくてたまらなくなっていた。

パーシーが直接槍《やり》を交えた賊兵《ぞくへい》やアリオンの正規兵たちの背後から指令を飛ばしていたであろう男だ。そして、おそらくはレオ公子抹殺《まっさつ》という、理解できぬが、理解できぬゆえに恐《おそ》ろしい企《くわだ》てを実行に移そうとした男だ。

その男とあいまみえたところで、なにかを具体的にやろうとも思わず、なにかが変わる実感があるわけでもないのだが、パーシーは、ただ事態を他人任せにして待っていればよい、ということに耐《た》えられぬ身体《からだ》になっている。

普段《ふだん》、何事かを親にねだるということのなかった息子《むすこ》があまりにしつこいので、しまいには父も音をあげた。

「ただし、英雄《えいゆう》のように振《ふ》る舞《ま》うな。なるべく目立つな。おまえのほうから主賓《しゅひん》のヘイデンどのに声をかけるなどはもってのほかだぞ」

と釘《くぎ》を刺《さ》された。

もとより、争いを起こすつもりなどはなかったパーシーであるが、晩餐《ばんさん》会に発《た》とうとした数時間前、突然《とつぜん》、屋敷《やしき》にセーラが訪ねてきた。彼女の切迫《せっぱく》した表情をひと目見て、なにかよからぬことが起こったのだとすぐにわかった。『争い』は彼の意図しないところで起ころうとしていたのだ。

パーシーは身支度《みじたく》もそこそこに、急いで家を飛び出した。

セーラに導かれるまま走った先にクオンが待っていたが、今度の騒《さわ》ぎは、この少年が原因ではない。セーラの兄カミュであった。

カミュは、現在アトールに逗留《とうりゅう》しているアリオンからの使者がヘイデン・スウィフトだと聞くと激怒《げきど》した。ヘイデンといえば、寺院へ調停のために訪《おとず》れたかと思えば、それが失敗すると、「王族を呪《のろ》った」などといって、軍を率いて攻《せ》めのぼってきた当人である。カミュが、いまだ動こうとせぬアトールに苛立《いらだ》っていた矢先のことだ。その肝心《かんじん》のアトールが憎《にく》むべきヘイデンを主賓に招いて晩餐会など催《もよお》すつもりだと知れば、ついには我慢《がまん》ならなくなった。

「晩餐会に乗り込んでやる。その場にてヘイデンを撃《う》てば、アトールとて引き返せなくなるであろう」

などという意味あいの言葉を発していたのが昨日。そして今日になって、宿から姿を消した。悪いことに、セーラが所持していた銃《じゅう》も同時に消えていた。

さしものセーラも青ざめ、隣《となり》の部屋にいたクオンを強引《ごういん》に連れて外へ飛び出した。街中を駆《か》けずりまわったが、いっこうに見つけられない。最悪の場合、すでに城内に入ったとも考えられる。セーラはそこで、パーシーに協力を依頼《いらい》してきたのだ。

パーシーは城の門前で二人を待たせると、単身、城内に駆け込んだ。晩餐会の会場となる城の中庭、そして中庭に面した大ホールを捜索《そうさく》したが、いまは準備のために大勢の人でごったがえしている。気の早い老貴族たちがホールの片隅《かたすみ》に腰掛《こしか》け、つまみ食いなどしつつ談笑している光景を尻目《しりめ》に、パーシーは周辺をくまなく捜《さが》しまわった。

（まったく、困った僧侶《そうりょ》だ！）

胸中で毒づく。カミュがヘイデンを撃ち殺す光景を想像するだけでも心臓が凍《い》てつきそうになる。それはすなわち、彼のみならず、アトール一国の滅亡《めつぼう》をも意味する光景だ。

ホールを二、三周し、近辺も捜索してみた。後ろ姿が似かよっている者があれば、わざわざ追い越《こ》して顔を確認《かくにん》もした。名前も大声で呼んだ。しかし若き僧兵はどこにもいない。これは、いよいよ兵士に人相を伝えるなり、そうでなければ父に相談してヘイデンの警護を固めるなりしたほうがよいか、と覚悟《かくご》しながら城をあとにした。

セーラたちと再合流したちょうどそのとき、「あっ」とクオンが声をあげ、

「あっ」

と同じく応じる声があった。塀《へい》の外、角になったところにカミュの姿があった。すぐさま消えた。後ろへ駆《か》け出していったのだ。が、そのときにはもうクオンが疾走《しっそう》を開始している。パーシーとセーラも遅《おく》ればせながらあとを追った。

往来を、カミュが人をよけながら、あるいは突《つ》き飛ばしながら駆けていくのを、クオンが、それよりずっと速く、ずっと器用に人波《ひとなみ》をかわしながら追いかける。カミュは振《ふ》りかえり振りかえりしながら、二、三度、路地に入って追っ手を巻こうとしたが、クオンは道沿いに立つ家々の塀にすばやくよじ登ると、カミュの先まわりをした。

飛び降りる。カミュがあわてて踵《きびす》を返そうとしたその背中に跳《と》びかかって、前のめりに転倒《てんとう》させた。背中に乗っかかるような形になる。

「放せ」カミュは背中で怒鳴《どな》った。「師匠《ししょう》を足蹴《あしげ》にするとは何事だ。口にするも恐《おそ》ろしい神罰《しんばつ》が下ろうぞ」

「うるせえ、カミュ。あのときとは立場が逆になったな」

クオンが暴れようとする僧侶《そうりょ》を押さえつけながらいう。

そこへ駆けつけてきたパーシー、セーラは、クオンがどいたあと、荒々《あらあら》しい息を吐《は》くカミュ

の腕《うで》を取って立たせた。銃《じゅう》は手にしていない。聞けば、

「あんなものは、売りはらった」

憤然《ふんぜん》として答える。「まあ！」とセーラが声を甲高《かんだか》くした。

「どうして。あれ、わたしの銃なのよ」

「もはやおまえには必要あるまい。お山でのこともある。街中《まちなか》で要《い》らぬ騒動《そうどう》を起こさぬように、という兄の配慮《はいりょ》だ。それをなんだ、銃の一つごときで、パーシーもクオンも血相を変えて」

「『要らぬこと』をしようとしていたのは兄さんのほうでしょう！」

カミュは知らぬ存ぜぬを通した。銃を持って部屋を出たのは、あくまでも妹のために銃を売っぱらうつもりだった、といって譲《ゆず》らない。パーシーはじろりと僧兵の顔を覗《のぞ》き込んで、

「アリオンの使者を撃《う》ち殺してやる、と息巻いていたそうだが」

「馬鹿《ばか》な！　あんなものはただの冗談《じょうだん》だ。大方、浅はかなセーラが真《ま》に受けて、さらにその婦女子のいい分をおまえらが額面どおりに受け取ったのだろう。実に、馬鹿げたことだ」

「なら、なぜ逃《に》げたんだ？」

「いきなり大声をあげて、猟犬《りょうけん》さながらに追ってくれば、それは、逃げたくもなる」

怒《おこ》っているように見えながら、カミュはパーシーから視線を逸《そ》らし気味だ。この男なら、怒るときはもっとまっすぐに感情をぶつけてくるはずだ。

少なくとも、宿を飛び出した時点では、カミュは実際にアリオンの使者を撃ち殺すつもりだ

ったのではあるまいか。が、いま現在、カミュが銃《じゅう》を持っていないのは確かだし、それを売りはらって手にしたという金も実在した。いくらか事情は推察《すいさつ》できるものの、パーシーはいまのところ深く追及《ついきゅう》するのを避《さ》けた。

「どうあれ、わたしの銃なのは確かよ。なんでそんな勝手をするのよ！」

「もう必要ない、といったろう。おまえが男の真似《まね》をして戦うのに、兄のおれが諸手《もろて》をあげて賛成しているとでも思ったか。おまえはこの街に残って、娘《むすめ》らしい幸せを求めるがいい。相手はおれが見つけてやる」

「く、くそっ」

「セーラ、いま兄になんといった！」

兄妹《きょうだい》のいがみあいを横目に、パーシーは小さく嘆息《たんそく》した。

(撃《う》つ。ヘイデンを撃つか)

城内を捜《さが》しまわっていたときに感じた悪寒《おかん》はいつしか消え去り、事が終わってしまえば、なぜだか、それに相反する熱いような感情が胸に灯《とも》っていた。つまりは、カミュに同調するかのような感情である。

自分自身さえもそら恐《おそ》ろしくなって、パーシーはかぶりを振《ふ》った。まったく、彼らといると、コンスコンの寺院のみならず、自分のよく見知ったこのティワナさえもが彼らの色に好き勝手染められていくかのようだ。パーシーはおかしな慨嘆《がいたん》を味わいつつ、こっそりクオンを呼びつ

けた。

「まだ金をもらってない」

とクオンはいきなりいう。一瞬《いっしゅん》何事かと思ったが、前に、

「金をもらったら武具を買って、兵を雇《やと》って、寺院に戻《もど》る」

ということを宣言していたため、

（まだティワナにいたのか）

と聞かれる前に答えたのだろう。パーシーは小さく笑った。

「金の件は、あとで城の者に尋《たず》ねておこう。それより、おまえも仲間思いのいい奴《やつ》だな。セーラに頼《たの》まれるがまま、カミュの姿を汗《あせ》みずくになって追いかけるとは」

「どうせ、やることがなかったんだ」

「ふむ？　しかし、もしカミュが使者を撃《う》っていたら、まちがいなくアトールとアリオンはいくさになっていた。おまえも、名をあげられる好機を多数手に入れられたろうに」

パーシーは半分はからかうつもりでいったのだが、

「かもしれない」クオンは素直《すなお》に認めながらも、目を逸《そ》らした。「だけどそれは――、裏切りだろう」

裏切り、とパーシーは口のなかで囁《ささや》いた。いくさになると知りつつカミュを放《ほう》っておいては、アトールへの裏切りになる、という意味か。瞬時に理解するのは難しい。込み入った事情が裏

にあるような言葉だったので、パーシーはあえて話題を戻した。

「悪いが、今日はひと晩中カミュを見張っておいてくれないか。万が一ということもある」

「心配しなくとも」と、クオンはいまだいい争う兄妹《きようだい》のほうを見ながらいった。「セーラのほうが、カミュを一人きりにはさせてくれないだろうよ」

三人と別れたのち、パーシーはすぐさま邸宅《ていたく》へ取って返し、大あわてで準備をととのえた。

空に星がいくつか瞬《また》きはじめたころに、晩餐会《ばんさん》がはじまった。

大規模なものだ。ホールの天井《てんじよう》を飾《かざ》るシャンデリアにも、中庭に出した鉄籠《てつかご》にも赤々と火が燃えて、昼さながらの明るさがある。テーブル上にはご馳走《ちそう》がずらりと並んでいた。普段《ふだん》はリィガン家の食卓《しよくたく》にも出ることがないほど新鮮《しんせん》な果実や、塩漬《しおづ》けでない鮮魚を焼いたもの、殺したての豚《ぶた》の丸焼きなどが目を引く。いつものパーシーなら若い胃袋《いぶくろ》が疼《うず》きそうなものだが、今晩は緊張《きんちよう》のゆえか、先ほどの一件のせいか、とてもがっつく気にはなれない。

顔見知りの姿もちらほらとある。あとは街の名士に、南から駆《か》けつけてきた諸侯《しよこう》数名。まだ、公王マグリッドと主賓《しゆひん》であるヘイデン・スウィフトの姿はなかった。

（おっと）

ホールを観察していたパーシーの視界に、ラウマール家の者たちの姿が入ってきたので、パーシーは気づかれないうちに急いで距離《きより》を空けた。リィガン家とラウマール家の確執《かくしつ》は以前に触《ふ》れたとおりだ。さらに今回は、いくさばにノーマを残したまま自分だけが引き返してきた経緯もある。あれこれと余計な詮索《せんさく》をされたくなかった。

と、パーシーは、ホールの片隅《かたすみ》に、ぽっかり穴が空いたかのように人気《ひとけ》の絶えた空間を発見した。レオ・アッティールがただ一人きりで壁際《かべぎわ》にたたずんでいる。

帰国して以来、はじめて公《おおやけ》の場に顔を出した公子だ。挨拶《あいさつ》を求める人物は絶え間ないものの、長く足を止めて彼と話し込む者はない。ひと言ふた言交《か》わしては、皆《みな》、逃《に》げるように公子の前を去っていくと、十分安全な距離《きょり》を隔《へだ》てた上で、公子の様子をちらちらと盗《ぬす》み見している。

パーシーは、

(目立つな)

といわれていた手前、しばし眺《なが》めるだけに留《とど》めていた。山中で出会ったときの泥《どろ》まみれの姿に比べれば、当然きれいに着飾《かざ》ってはいるものの、終始うつむき加減の姿にはまるで覇気《はき》がない。以前は丁寧《ていねい》に編み込んであった長い髪《かみ》も、いまは後ろでひとつに束ねているきりだ。ちょうど触《ふ》れ係《がかり》の声とともに公王があらわれて、会場中のほとんどの者が挨拶に向かったその隙《すき》を衝《つ》いて、パーシーは公子に接近した。声をかけると、弱々しい視線が返ってきたが、次の瞬間、

「ああ、リィガン家の。まだろくに礼もいえずにいたから気になっていた」

レオ・アッティールは、まるで長年来の友人に向けるような、ほっとした笑顔《えがお》を見せた。

逆に、パーシーは痛ましい気持ちになった。命を救われたとはいえ、一度しか顔をあわせて

いない者に見せたその親愛の情は、帰国して以来レオの味わってきた孤独《こどく》のあらわれでもある。

「きみたちが来てくれぬものかと願っていた。ほかの者たちは？」

「皆、堅苦《かたくる》しい場は苦手だと口を揃《そろ》えまして。わたくしが代表して公子さまにご挨拶申しあげた次第《しだい》」

パーシーは適当な言葉でいいつくろった。彼本人もそうだが、カミュやクオンたちは最初から招待などされていない。

「ぼくも苦手だよ」レオは砕《くだ》けた口調になって、肩《かた》をすくめた。「なにしろ六年以上、アリオンの片田舎《かたいなか》で過ごした。こういう華《はな》やかな席には縁《えん》がない」

「で、ありましょうか」

「城主どのとそのご家族は、別の城や館《やかた》での宴席《えんせき》にお呼ばれすることも多かったけれど、ぼくはそうした場には誘《さそ》われてもいかなかった。注目の的になるのが嫌《いや》でね。でも困ったのが、ぼくがいかない、となると、フロリーもいかないといって聞かないんだ。昔から人に気を遣《つか》ってばかりの女の子だった。正直、大勢の人々の前でさらし者になるのと、フロリーをなだめすすのとどちらが苦労するか、と天秤《てんびん》にかけたことも一度や二度じゃなかった」

レオはかすかに笑った。それから、まるで幸せそうに笑ったことを後悔《こうかい》するみたいに顔を引きしめた。さらし者、という意味では、まさしくいまがその状況《じょうきょう》であると自覚しているのだろう。パーシーはまたも胸が痛むのを感じた。と、

「ぼくのことなどより、英雄譚《えいゆうたん》を聞かせてくれないか」

レオは空気を変えるかのように乞《こ》うた。

「英雄譚？　お話を聞かれるなら、中庭のほうに吟遊《ぎんゆう》詩人が数名顔を見せておりましたが」

「退屈《たいくつ》な神話やら、カビが生えるほどに古びた物語やらを聞きたいんじゃない。アトール公国第二公子レオ・アッティールの命を救った、勇敢《ゆうかん》な男たちの真新しい英雄譚を、その当人から聞きたいんだよ」

レオは真顔ながら、茶目っ気を覗《のぞ》かせていった。パーシーは「英雄などと」といったん謙遜《けんそん》したが、パーシー・リィガンとて、公子の無聊《ぶりょう》を慰《なぐさ》められるほどに豊富な話題や話術があるわけでもない。公子と共通の話題があるとするなら、まさしくアリオン山中での出来事にほかならず、それで少しでも公子のお心を慰められるなら、と話すことにした。

ごく簡単に、事のあらましだけを話すつもりだったが、あまりにレオが目を輝《かがや》かせ、時に声をも洩《も》らしつつ引き込まれていく様子がパーシーにはたまらず、ついつい話に熱が入ってしまった。

「なんだって。あのセーラという女性、見た目はそれこそ伝説の若き聖女もかくやというお方だったが。山賊《さんぞく》頭領の頭を撃《う》ち抜《ぬ》いたというのか」

パーシーは自分のことのみならず、クオンやカミュ、セーラのことも詳《くわ》しく語った。

そのときにはもうあらかたの者が公王への挨拶《あいさつ》を終えていたので、ふたたびレオ公子のほう

に関心がちらちらと舞《ま》い戻《もど》っていたのだが、

（構うものか）

パーシーはあえて気づかない振《ふ》りをして、身振り手振りを交え——時に槍《やり》を突《つ》く真似《まね》をし、時に上官たるノーマを叱《しか》りつける素振《そぶ》りをし——、話を続行する。いよいよ佳境《かきょう》に入った。パーシーたちが山中を強行軍で突破《とっぱ》し、敵本陣《ほんじん》を目前にしたときのことを話すと、

「本陣はほとんど空だったそうだね。——そうか。ぼくがあのとき逃《に》げてさえいなければ、山中に兵を出させることなく、つまりはきみたちは敵に気取《けど》られることもないまま、わけなく敵陣を陥落《かんらく》させることができたにちがいない。そうすれば、きみたちは真実、アトール救国の英雄と讃《たた》えられていただろうに。きみたちの物語は、こんな宴席《えんせき》の片隅《かたすみ》でぼく一人が耳を傾《かたむ》けるものではなく、もっと大勢の者に乞われるがまま、それこそ吟遊詩人の新たな物語となって、アトール中に聞こえていたろうに。ぼくのせいで、申しわけないことをした」

「なにを仰《おお》せられます」パーシーは微笑《ほほえ》んでしまう。「そもそも陣が空だったのは、公子を捜《さが》すためにヘイデンが兵を出したからにございます。すなわち、そのような仮定は成り立ちません」

「あっ、そうか」

と公子は笑う。パーシーはレオの笑顔を勇気づけるかのように自分も笑ってみせたが、また も周囲の視線を気にしてか、公子はすぐにその笑顔を引っ込めてしまった。

（カミュのいったとおりかもしれない）

パーシーは思った。この公子、十七という年齢《ねんれい》にしても、一挙手一投足に幼さが残る。と同時に、人質として長年を過ごしてきたせいか、人目を必要以上に気にするきらいもある。カミュがいったように、

「ひと声号令を発して人を集めることのできる武将」

としての威厳《いげん》や猛々《たけだけ》しさは望むべくもない。が、

「しかし、つくづく勇敢《ゆうかん》な者たちだ。ぜひ、カミュやクオン、セーラにも、話を聞きたいものだなあ」

まるで決して手に入らないおもちゃを欲しがるかのような、そんなあどけない願望を口にしたレオに、パーシーは強い愛情を抱《いだ》いた。レオに、もっと自分たちのことを話してやりたくなった。

「勇敢《ゆうかん》すぎるというのも、時に要《い》らぬ騒動《そうどう》を巻き起こすものです。今日などは、そのおかげで血の凍《こお》るような思いをもさせられたのですよ」

「というと？」

「カミュの奴《やつ》めは、アトールがこれ以上動かず、おまけにアリオンと和談をととのえようとするなら、いっそ使者を撃《う》ち殺してやる、などと息巻いていまして」

パーシーは危険な橋を渡《わた》るのは承知の上で、今日の出来事を語った。無論、彼を力ずくで止めたというような話はせず、酒に酔《よ》ったカミュがそのように息巻くのを、皆《みな》で必死になだめた、

というような話に留《とど》めはした。

呆気《あっけ》に取られて、ついでに笑ってくれるのではないかと期待したが、レオはその話に関してはなにも口を開かなかった。

ちょうどそのとき、アトール公妃《ひ》がホールに入場してきたのだ。満場の拍手《はくしゅ》が公妃を迎《むか》えるなか、レオはさっと母親から視線を遠ざけた。

2

レオ・アッティールには、いまだ母親の視線を受け止める勇気がなかった。

パーシーとてそこまでは彼の気持ちを汲《く》み取れない。話に飽《あ》いてきたのだろう、と思い、ちょうど人波《ひとなみ》のなかにグロースター卿《きょう》——婚約《こんやく》者リアナの父親——の姿を見つけたので、

「方々《かたがた》にご挨拶《あいさつ》してまいります」

といって公子の前を辞した。

残されたレオは、ふたたび無言のままにたたずんでいた。

あれから、六年と半年ほどか。

（いまだに、母の顔すらまともに見られないのか）

レオは自分にひどく落胆《らくたん》した。とともに、自分の気持ちさえもわからなくなった。

恨《うら》んでいるのか、憎《にく》んでいるのか。それとも恋しいだけなのか。どれだけ意識から遠ざけようとしても、レオの傍《かたわ》らにありつづけた母の影《かげ》。それはしかし、たとえばこの場で「レオ、大《たい》儀《ぎ》でしたね」と笑いかけてきてくれさえすれば、あっという間に霧《む》消《しょう》するような気さえする。

（そのていどのことで）

と思うからこそ、自分に落胆《らくたん》もするし、腹立たしい気分にもなるのだ。

が——、母親のことを長く考えられるほどの余裕《よゆう》はなかった。パーシーと離《はな》れて改めて一人きりになったとき、レオは、やはり自分の立場が容易ならざるものだと思い知らされた。顔を下向けたままのレオだったが、様々な方角から視線が突《つ》き刺《さ》さってくるのを感じる。

「なぜ逃《に》げてきたんだ」

そんな声とて聞こえてくる。

「アトールへ戻《もど》ったとて、なんの価値もない第二公子さま。跡取《あとと》りの第一公子は健《すこ》やかにご発育あそばされ、弟ぎみは宮殿《きゅうでん》の皆《みな》に愛されておられる。第二公子などはいてもいなくても同じことだったのに」

「なにもできないなら、せめて人質のお役目くらいは立派に果たしてほしいものだ」

無論、これらの声などはただの幻聴《げんちょう》だ。

このとき第二公子は奇妙《きみょう》な心理状態にあった。目だけが肉体から離れて、ホールの壁際《かべぎわ》でうつむき立ちつくしている自分を遠くから見つめているのだ。ほかの人々と同じ立場で見つめる自分の姿は、なんともちっぽけで憐《あわ》れな少年でしかなかった。

幼少期より自分の感情を遠ざける術《すべ》を磨《みが》いてきた彼ならではの現象だったかもしれない。この場合の『目』とは、心そのものともいい換《か》えることができる。レオはこうして自分自身を、そして自分を取り巻く環境《かんきょう》を、冷徹《れいてつ》なる他者の視点でもって眺《なが》めることができた。

つまるところ、他者が自分をどう見るかということでもある。レオは、人々の気持ちが手に取るようにわかった。だから、数々の幻聴が聞こえてきたのだ。

（本当に、なぜ戻ってきたんだ、おまえは？　いっそアリオンの地で殺されてしまえばよかったんじゃないのか）

六年前、クロードに、

「アッティールの姓《せい》に匹敵《ひってき》する力を手に入れるまでは」

といわれた。しかし結局のところ、六年をかけたところで、それ以上のものも、それに代わるものも身につけることはできなかった。役立たずといわれて当たり前だ。

（それに比べて——）

先ほどパーシーが語ってくれた戦場での話が、色あざやかに思い出される。

パーシーも、カミュも、クオンも、自分とほぼ変わらない年頃《としごろ》だ。だというのに、強大な敵に立ち向かった。強い力に呑《の》まれるのをよしとせず、命の限り抗《あらが》おうとした。想像するだけでどきどきした。彼らにそなわった姓は、すなわち血筋などは、この偉業《いぎょう》とはまったくかかわりがない。パーシーは自分の任務を果たすため、カミュは信仰《しんこう》を守るため、そしておそらくクオンは剣《けん》ひと振《ふ》りでのしあがるために、戦った。理由などはそれで十分なのだった。レオにはなんともまばゆかった。いったい自分はなんのために抗《あらが》い、なにを求めて戦えるというのだろう。

本人は知らぬことながら、この慨嘆《がいたん》はヘイデン・スウィフトと酷似《こくじ》していた。彼らはこれ以上を求めることができず、そして、ことさらに力を誇示《こじ》せずともこれ以下は落ちることのない場所にいる。

レオは、羨望《せんぼう》の思いで、戦場を駆《か》け巡《めぐ》るパーシーらの姿を想像した。自分も庶民《しょみん》の身に生まれていれば、槍《やり》を手にして、顔を火照《ほて》らせながら、彼らと肩《かた》を並べて突撃《とつげき》していたろうか？こんな場所で、敵地以上の敵意にさらされながら、惨《みじ》めに肩をすぼめて立ちつくしていずに済んだろうか？

最後に、パーシーはなんといったか。そう、あのカミュという僧兵《そうへい》が、アリオンからの使者へイデンを撃《う》ち殺してでも、事態を動かそうとした、といった。あのときは母の登場で気が逸《そ》れてしまったが、いま思い返すになんとも恐《おそ》ろしく、なんとも大胆《だいたん》で、そしてなんとも痛快な話だった。

レオの口もとに苦笑いがほんのりと浮かんだ。

もし庶民の身に生まれていれば——と想像したが、どこの場所に生まれていようと、自分がカミュほどの覚悟《かくご》を示せるとは思えない。人質としての価値以上のなにかをおのれに見出《みいだ》せず、母親の顔すらまともに見ることのできない自分に、パーシーほど理知的に、クオンほどがむしゃらに、こうと決めた生き方を貫《つらぬ》けようはずがない。

(彼らは、名を手に入れようとしている。アッティールの姓《せい》に埋没《まいぼつ》しているぼくには不可能な戦いだ)

そんな苦い思いが笑《え》みを浮かばせたのであるが、そんな自分の顔立ちが不遜《ふそん》に『見えた』ので、あわてて笑みを引っ込めた。視点の位置を自分に戻《もど》して顔をあげる。と、こちらに突《つ》き刺《さ》さっていた視線の矢がばらばらと剝《は》がれ落ちていった。

人々はレオに関心などないように談笑しあっている。が、それは表向きのことで、しばらく経《た》つと、またちらちらと視線を送ってくる者がある。先ほどはそこから逃《に》げていたレオだったが、ふとした思いつきで、レオはあえてそちらに視線を返してやった。一人の太った貴族と目があった。レオがにっこり微笑《ほほえ》んでやると、あわてたように一礼し、すぐさま視線を逸《そ》らした。

(面白《おもしろ》いな)

レオ・アッティールは思った。

彼らがレオを軽《かろ》んじ、いまの存在をうとんじるのは、レオがアッティールであるからだ。

同時に、彼らがレオを無視できず、一定以上の礼儀《れいぎ》を示さねばならぬのも、レオがアッティールであるからだ。

そう思いいたったとき、レオのなかでかすかな悪戯心《いたずら》が芽生えた。

結局、アッティールの姓《せい》に匹敵《ひってき》するものを手中にすることはかなわなかったが、六年前のあのとき、クロードはこうもいっていた。

「おれには名がなかった。だからこの手で名をあげ、存在を証明してきた」

と。逆に考えれば、それは、クロードがあがき、戦って、必死の思いで手に入れようとした力が、レオには生まれつきにそなわっているという意味でもある。

(『力』か)

レオ自身が噴《ふ》き出しそうになったほど、それは、ごくごく、ちっぽけな力だ。たとえるならば、裏通りで残飯を漁《あさ》っている野良犬《のらいぬ》が、かつて惑星《わくせい》を席巻して文明をも築いたとされる巨大《きょだい》な竜《りゅう》に立ち向かうようなもの。が、しかし、裏通りの狭《せま》い界隈《かいわい》に限ってみれば、その野良犬はほかの犬っころたちに恐《おそ》れられている存在かもしれない。いのいちばんに残飯を漁ることができるほどの権限を有しているのかもしれない。それとて、やはり力なのだ。

レオは改めて、ホール中をぐるりと見まわしてみた。

視線のあった者、あいそうになった者がことごとく顔を背《そむ》けていく。そのなかにあって、レオは、自分のいた壁際《かべぎわ》とは対角線上に位置している三人の男に目を留《とど》めた。

見覚えがある。いずれも城を構える封建諸侯《ほうけんしょこう》だ。

一人は、オズエル・ターホリン。この男こそ、寺院に援軍《えんぐん》を派遣《はけん》するよう公王に強く要請《ようせい》した男だ。すでに髪《かみ》に白い色が目立ちつつある。レオのいた六年前ですら、そろそろ子に家督《かとく》を譲《ゆず》るのではないかといわれていたが、いまだ領主として城に居ついているようだ。

そのオズエルのほかには、ベルナードに、トカマクー。

ベルナードは三十代の半ばほど。背が高く、がっしりとした体軀《たいく》をしている。髪も髭《ひげ》もきれいに整えられているが、衣服は着乱れている。といって、これも計算した上での崩《くず》し方なのだろう。いかにも洒落《しゃれ》者だ。宮廷《きゅうてい》であれ、戦場であれ、どこにいても目立つような男で、近くを通りかかった女性ことごとくの尻《しり》を目で追いかけるような若さもある。

三人目、色白痩身《そうしん》の男はトカマクー。オズエルと逆に、つい最近病に臥《ふ》した父親から家督を譲《ゆず》られたばかりの若者である。父親が長男を儲《もう》けるのが遅《おそ》かったため、いまだ二十一歳。レオがこのホールに顔を見せたとき、一応のこと自己紹介《しょうかい》をしてきたが、頰骨《ほおぼね》の浮いた顔には、公子への露骨《ろこつ》な反抗《はんこう》心が透《す》けていた。

トカマクーがそのときの表情そのままに、なにやらオズエルに喰《く》ってかかるような仕草を見せている。レオに敵意を見せたことからあきらかなように、トカマクーは、アリオンとのいさかいなどごめんだという主義なのだろう。公王に寺院援助《えんじょ》を勧《すす》めたオズエルにいい感情を持っているはずがない。が、二人は実の親子以上に歳《とし》が離れている。トカマクーの直情的な若さを、オズエルが穏《おだ》やかな微笑《ほほえ》みさえ浮かべてのらりくらりとかわしているようだ。それをベルナードが面白《おもしろ》そうに見物していて、時々口を挟《はさ》んでは、場を茶化している。

レオはそちらに歩みはじめた。

胸が高鳴っている。

(試《ため》してやろう)

アッティールの姓《せい》は、アリオンの田舎《いなか》ではさほどたいした力を発揮できなかったが——毎日、腹を満たすことのできる食事と、あたたかな寝床《ねどこ》にありつけるのは、まあ、いかにもたいしたことであるが、世情を動かすほどではない——、ほかならぬアトールの城でならどうだろう。

(この牙《きば》、野良犬《のらいぬ》の世界でどこまで通じるか、試してやろう)

胸中には、アリオンに抗《あらが》ったパーシーたちの話があった。夜、親から英雄譚《えいゆうたん》を読み聞かされた子供が、胸を高鳴らせながら寝床について、明日にはさっそく近所の友だちを集めて英雄ごっこをしたがるような、そんな心境に近かったかもしれない。

決して意気込んでなどいない。しょせんは遊びだ。フロリーが歌ってくれた、幼子《おさなご》のやる無心の遊び。

(遊びをせんとや生まれけむ。戯《たわむ》れせんとや生まれけん)

三人が、レオの接近に気づいた。一様に驚《おどろ》きの表情を浮かべつつ、それぞれ、「レオ公子殿《でん》下《か》」に対するのにふさわしい態度を取りつくろう。

ベルナードが、レオが手ぶらなのに気づいて、酒杯《しゅはい》を勧《すす》めてきた。レオはいったん断ろうとしたが、寸前で気が変わって手に取る。

「父上には内緒《ないしょ》にしていただけますか」

と、冗談《じょうだん》めかして、そういいもする。ベルナードはにやっと笑った。

「この晩餐《ばんさん》会、殿下が無事お帰りになったお祝いをも兼《か》ねておりましょう。公王陛下も大目に見てくださいますとも」

「そうでありましょうか」

「失礼ながら、やめておいたほうがよろしいかと存じます」

口を挟《はさ》んだのはトカマクーだ。常からそうなのか、妙《みょう》に青白い顔をしている。ベルナードが辟易《へきえき》した表情になった。

「また、おまえはそのように固いことをいう」

「かたい、やわらかい、の問題ではありません。この晩餐会、アリオンからの使者をお迎《むか》えしてのものであります。かの国とわが国のいく先には、いまだ不透明《ふとうめい》な部分も多い。アリオンに礼を失したのはわがほうなれば、公子が酒に酔《よ》われて、いかにも浮かれているように見えてしまっては、ヘイデンどのもお気分を害されることでしょう」

レオはそのときすでに自分の視点を、レオ自身を含《ふく》めた四人の外側《がわ》に移動させている。すると不安や恐《おそ》れがあっさり溶《と》け落ちて、まるで舞台《ぶたい》上での演劇を客の立場で見物しているような心持ちになる。そしてよりよい俳優というのは、自分のみならず、他人の動向にも逐一《ちくいち》気を配れるほどに広い視野を持つものだ。

（要するに、人質としての身分をわきまえよ、ということか）

レオは気弱そうな顔をして、杯《さかずき》を戻《もど》そうとした。

トカマクーがそれを見て口もとに笑《え》みを浮かべた。ヘイデンがアングラット邸《てい》で見せたせせら笑いに似ていた。

瞬間《しゅんかん》、レオは酒杯《しゅはい》の中身を一気に飲み干した。「おっ」とベルナードが声をあげ、トカマクーは喉《のど》に唾液《だえき》を詰《つ》まらせたような声を発した。

「こ、公子殿下《でんか》」

「酒をたしなんだことがないもので」けろりとした顔でレオはいった。「酔《よ》う、酔わぬ、といっても、自分にはその基準さえわからない。だから一杯試《ため》してみたのですよ。大丈夫《だいじょうぶ》、これなら三杯ていどまでなら乱れずに済みそうだ」

ベルナードに手を差し出す真似《まね》までする。ベルナードはすぐに代わりの酒杯を持ってきた。一方で、トカマクーの青白い顔は火を注いだような色になっている。

「公子殿下、あ、危のうございますよ」

「たかが酒の一杯、二杯ではないか。なにをそこまで」ベルナードは、トカマクーの怒《いか》りが、公子が酒を飲んだ事実などが原因ではない、とおそらくはわかっていながらもたしなめる。「おまえはそんな固い男だったか？　この前、おれがティワナで贔屓《ひいき》にしている娼館《しょうかん》に連れていったときは、おまえもいっしょになってはしゃいでいたじゃないか。あのとき何人を相手にしたのだったか？　三人、いや四人か」

「べ、ベルナードどの。いまはそのような話では」

「いや、ひとり身は羨《うらや》ましい。おれがあとでどれだけ妻と娘《むすめ》にいびられたか。密告したのは、おまえの家の者だぞ。この恨《うら》み、しばらくは忘れないからな」

二人のやり取りを微笑《ほほえ》みながら見つめるレオ。しかし、もう一つの視点は、その間にも、オズエルの表情や態度を、そして周囲の人々がちらちらとこちらに関心を引かれている様を、注意深く見つめている。

「ベルナードどのの奥方《おくがた》とご息女《そくじょ》は、そのご容色でとみに有名ですからな。こちらこそ羨ましい限りですよ」

オズエルがいうと、レオは、ほう、といった顔をつくった。

「こちらにお連れしてはいないので？——それは残念。いずれ、ご挨拶《あいさつ》にうかがいたいものです」

「ぜひに。妻も娘も、十字教に感化されているもので、多少変わり者に見えるやもしれませんが、公子がいらっしゃるとあれば家族総出で歓迎《かんげい》いたしましょう。わが城にも箔《はく》がつくというものだ」

などと他愛《たわい》もない会話を交《か》わしたあと、「そういえば」という顔つきでレオが本題を切り出した。

「――トカマクーどの、先ほど、アリオンとわが国のいき先が不透明《ふとうめい》といわれましたが」

（少し、話の持っていき方が強引《ごういん》か）

三人がやや緊張《きんちょう》したのが見て取れたので、レオはすぐさま反省したが、これが本題、と気取《けど》られぬていどの笑《え》みは持続させたまま、

「どういうことでしょう。こうしてヘイデンどのをお迎《むか》えしての晩餐《ばんさん》会を開いた以上、アリオンとの関係がこじれずに済んだと胸を撫《な》でおろしていたところですが」

「事は、そう単純ではありますまい」

トカマクーが硬《かた》い表情と声音《こわね》でいう。薄皮《うすかわ》一枚の向こうで、

（浅はかな小僧《こぞう》が）

という感情が浮かぶのが手に取るようにわかった。レオはたちまちのうちに不安な顔になった。

「まさか、アリオンがわが国に宣戦布告をする恐《おそ》れがあると？」

「その可能性とてあるということです。いまだね」

「で、では、わたしはそれを止めるため、いま一度アリオンに赴《おもむ》かなくてはならないのでしょうか」

（なにを、いまさら）

という顔になったのはトカマクー一人ではない。ベルナードも、オズエルも同様だ。トカマクーはいかにも苦そうにかぶりを振《ふ》った。

「もはやアリオンは公子を必要とはされますまい。もしアリオンが事を起こすつもりでいるなら、どのようないい逃《のが》れも貢《みつ》ぎ物《もの》も無用です。われらは、槍《やり》を取って戦地に身を投げ出す以外にないのですよ」

トカマクーにしてみれば、

（おまえはそれほどの事態を自国に招いたのだ）

と、この無邪気《むじゃき》な公子を責め立てたいばかりに、極端《きょくたん》な話を持ち出したのだろう。

正直、もう少し時間がかかると思っていた。が、相手はこれ以上もない隙《すき》をレオ公子の前にさらけ出したのだ。

状況《じょうきょう》を見守っていたレオ・アッティールのもう一つの視点が、

（いまだ）

とレオ本人に囁《ささや》いた。

「左様でありますか。槍を取って戦う――と」

「そのとおり。アリオンは、いうまでもなく強大な国家です。戦うとなれば、領民一人一人に武器を持つ覚悟《かくご》が必要になりましょう。当然、それはレオ公子におかれましても例外ではなく――」

「それを聞いて、安心いたしました」

(なに?)

三人、またも揃《そろ》って同じ顔になる。

レオは、ひとり微笑《びしょう》しながら二杯目《はい》を口に含《ふく》んだ。

(不味《まず》い)

という感情を面《おもて》に出さないよう、苦労しているレオに、オズエルが、

「安心、とは、いかなる意味でございましょう」

慎重《しんちょう》そうな声で問う。レオは時間をかけて酒を飲み干してから答えた。

「わたしは、アリオンに逗留《とうりゅう》していた際、半ば冗談《じょうだん》のつもりでアリオンの人々に聞いたことがあるのです。もしふたたびアトールといくさになった場合、どのような戦いとなり、どのような結末があり得るのか――と。彼らの答えは実に明瞭《めいりょう》でありました。ただひと言、『いくさにもならぬ』と」

「――――」

「『そも、アトールの諸侯《しょこう》というのは、中央の公王家に兵を出す義務がない。彼らはこの圧倒的《あっとう》不利ないくさに異議を唱えるであろう。いざ事が起こりそうになった場合は、われわれが本領の半分ほども安堵《あんど》してやると約束すれば、震《ふる》えあがっていた彼らはあっさり鞍《くら》を乗り換《か》えて、ティワナをわれ先にと陥落《かんらく》させにかかるであろう』とも」

三人、声がない。

レオ公子は、今度はぞんざいな態度で手を差しのべた。三杯目の酒杯を取ったのはオズエルである。それを手にしつつ、

「実際、先のいくさでは諸侯に調略の手を伸《の》ばしたようなことをいっておられましたよ。その甲斐《かい》もなく、いくさはあっさり終わってしまった、ともね。わたしに事の真偽《しんぎ》を確かめるすべはなかったが、ひどく落胆《らくたん》したものです。しかし、いまトカマクーどののお言葉を聞いて安心しました。方々も、いざとなればアトールのために戦ってくれるのですね。いますぐアリオンに帰って、いまのお言葉を人々に突《つ》きつけてやりたいものだ。今度は彼らのほうが震《ふる》えあがる番ではないでしょうか」

「…………」

「いや、わざわざアリオンに赴《おもむ》くまでもないか」レオは得々とうなずいた。「この場に、ほどなくしてヘイデンどのがいらっしゃるであろう。わたしはかの方とも面識がある。いますぐ、アトールの覚悟《かくご》をお伝えしなくては」

「ま、待て。い、いや、待たれよ、殿下《でんか》」

口も利《き》けなくなったトカマクーに代わって、オズエルがいう。隣《となり》にいたベルナードと揃《そろ》って、

（まさか）

という感情が読み取れる。

(ま、まさか、この小僧《こぞう》っ子《こ》め、一人前にわれらを嘲弄《ちょうろう》しているつもりか?)

レオは、その疑問に答えてやる義理もない。ただ微笑《ほほえ》みを維持《いじ》しつづけている。オズエルが目を白黒させながらもいった。

「そのお覚悟《かくご》、胸に秘《ひ》めたままのほうがよろしゅうございます。相手に軽《かろ》んじられているほうが、いざとなったとき、こちらに優位に働くやもしれず――」

「軽んじられていては、敵に攻《せ》め込む隙《すき》をも与《あた》えましょう。いざとなれば最後の一兵卒《いっぺいそつ》になろうとも戦うのだという気概《きがい》を示してこそ、敵の短絡《たんらく》的行動を抑止《よくし》できるというもの」

「ま、まこと、左様でありましょうが、しかし……」

レオは、この会話に満足した。

あとは、適当にアリオンの軍揃《ぐんぞろ》えの話や、逆にアトールの兵の配置をいかにすればよいかということを話した。諸侯《しょこう》に兵を出させる前提である。三人はレオの顔色を読み、どこまで本気か探《さぐ》りを入れながらも、立場上、話を無視することもできない。

ややあってから、トカマクーが、そしてオズエルが、これも適当に言い訳をしながらレオ公子の前から離《はな》れていった。

残ったのはベルナードだけだ。しばし、双方《そうほう》とも無言だった。その間、レオの視線はオズエルの背中を追っていた。ほかの諸侯に声をかけている。一回、公子の馬鹿《ばか》げた話を酒の肴《さかな》にしようとしてか、レオのほうを振《ふ》り向いたが、レオが彼らをじっと見つめているのに気づいて、あわてたように前へ向きなおった。

レオ・アッティールはオズエルのみならず、ホールや中庭にいるほかの諸侯や貴族にも、注意深く視線を巡《めぐ》らせた。よくよく観察してみると、諸侯とひと言でいっても様々だ。きらびやかに着飾《かざ》った者もある一方で、城勤めの下働きとまちがえるほど粗末《そまつ》な格好をした者とてある。にこやかに声を交《か》わす者たちもあれば、過去からの因縁《いんねん》によってか、あるいはいま現在も揉《も》めごとの最中であるからか、決して顔をあわせようとしない者たちもある。

（これでは）

たとえ国が危難にさらされようと、一致《いっち》団結して事に当たるどころではない——、とレオは呆然《ぼうぜん》とするような心持ちで思い知った。

「あの、オズエル・ターホリン」

「はっ？」

唐突《とうとつ》にレオが口を開いたので、ベルナードが驚《おどろ》きの声をあげる。レオは構わずつづけた。

「あれほど豪胆《ごうたん》に振《ふ》る舞《ま》うとは思わなかったな」

「……と、申されますと」

「父に、寺院への援軍《えんぐん》を勧《すす》めたのは彼だ。当然、この場にいる皆《みな》も知っているだろう」

「無論」

「立場的には、アリオンから逃《に》げ出したぼくと同等、もしくはそれ以上に悪いはずだ。『おまえのせいでアトールは危機に瀕《ひん》した』とね」

「それは……いえ、そのような」

ベルナードは会話の行方《ゆくえ》が読み取れずにいるのだろう。レオの口調が変わったのにも気づかず、ただ恐縮《きょうしゅく》しているだけだ。

「だというのに」レオは最初から飲む気もなかった三杯目をテーブルに戻《もど》した。「実に堂々としている。トカマクーが責めても飄々《ひょうひょう》とかわしていた。ぼくは六年ものあいだ彼に会ってはいなかったが、以前のオズエルがこれほど肝《きも》が据《す》わっていたような記憶《きおく》がない」

「………」

「調略の話、まことか」

もう、ベルナードは「はっ?」ともいわない。うつむき加減で、やや目を見開いたきりだ。それに対し、レオはわざと短気なように振《ふ》る舞《ま》った。

「聞いている。答えろ」

頭ごなしのいい方に、一瞬《いっしゅん》、ベルナードの顔にかすかな怒気《どき》が覗《のぞ》いた。しかし、わずかな間を挟《はさ》んでから、彼は重たげに口を開いた。

「……先のいくさがはじまる寸前、諸侯の城をアリオンからの使者が——表向きは旅芸人に扮《ふん》して——訪ね歩いていたのはまことです。わが城にも参りました。が、調略といった大げさなものではなく、ただ、こたびのいくさに関してはアリオンが望むものではないため、団結して公王を説得してはくれぬか、といった用向きで」

「こちらの陣営《じんえい》を掻《か》き乱すには十分だ。それなりの見返りも示唆《しさ》されたであろう」レオは今度は答えを要求せず、また別の質問をした。「そのこと、父上は知っておられるのか」

「オズエルどのが真っ先にティワナへ赴《おもむ》いて、公王陛下に直接ご説明されたようです」

（父上は知っておられたか。であれば、これは別段ベルナードが秘匿《ひとく》するような内容じゃないということか）

レオはややがっかりしたが、まあ、十七歳の少年にそこまで話させたのだから、一応のこと成果はあったというべきだろう。ベルナードは表向き、公王マグリッドに忠誠を誓《ちか》っているのであって、公子たるレオは敬意を払《はら》うべき存在ではあっても、「答えろ」と命じられたところで、本来なら従う義務まではないのだ。

「そうか、オズエルがな」レオはそれでも一度はじめた手前、芝居《しばい》は続行する。「さぞ公王陛下の信頼《しんらい》も得たことであろう。寺院への派兵を主張し、その主張を陛下が受け入れるほどには」

「いかなる意味でしょう」

ベルナードが声を低めて聞いてきたが、レオとて、ただ思いつきで口にしているうちに、たまたまそういう話の方向性になったというだけのことに過ぎない。

このときレオは別のことに気を取られていた。

（ぼくの持つ『アッティールの力』は、せいぜい、こんなものか）

手持ちの武器の性能を試《ため》したくて、ずかずかと踏《ふ》み込んではきたものの、結果だけいえば、「諸侯《しょこう》に無視されずに済む」といったていどのものでしかない。そんなことは端《はな》からわかっていたつもりであったのに、レオはこのとき頭のてっぺんが熱くなるような強い苛立《いらだ》ちと、足もとが崩《くず》れ落ちそうになるほどの不安を同時に覚えていた。

（ぼくばかりじゃない。アトール自体が、なんとももろく、なんともはかないのだ。アリオンの囁《ささや》きかける声一つで、こうも簡単に乱れるほどに）

こんなアトールであるなら、あるいは自分のような無力な男であっても、アリオンの後《うし》ろ盾《だて》一つあれば、簡単に掻《か》き乱すことができるし、竜《りゅう》がその足を踏み出して小屋を踏みつぶすがごとくに、あっさりと蹂躙《じゅうりん》できるやもしれない。

レオは内心、息を呑《の》んだ。いまのいままで、強固であると無意識のうちに信じていた城壁《じょうへき》が、そして宮殿《きゅうでん》の壁《かべ》がガラガラと崩れ去って、吹《ふ》きさらしにあっているかのように、レオの身体《からだ》が芯《しん》から冷えた。

笑いさざめきあっている人々に対しても、無性に腹立った。この恐《おそ》ろしい現実に向かいあっているのは、自分ただ一人だけに思えた。

しかし、そうはいっても、自分に許された『力』などはいま実感したとおりのものだ。微々《びび》たるものでしかなく、これではなにも変えることなどできはしない。

（もし、ぼくがこれ以上の力を望むなら）

昼さながらの明るさを保つため、シャンデリアから、テーブル上のランプから、蠟燭《ろうそく》から、あちこちで赤々と燃える火を一身に浴びる思いで、レオは周囲を見わたしながら、半ばぼんやりと思った。

（より強い『アッティール』に——、つまりは、公王になる以外に、ない）

3

英雄《えいゆう》ごっこをするつもりではじめた、ただの遊びだというのに、妙《みよう》な考えになってしまった。レオは一瞬《いっしゅん》自分の思いつきに当惑《とうわく》した。それから、血が沸騰《ふっとう》するほどの興奮を覚えた。冒《ぼう》瀆《とく》的ですらあると思った。と、このとき、触《ふ》れ係《がかり》の声がひびいて、ホールに新たな入場者があらわれた。

それをひと目見て、レオは、熱すぎるほどだった血の騒《さわ》ぎが一気に冷え込むのを感じた。

入場してきたのはヘイデン・スウィフトだ。一人の女性の手を引き、エスコートしている。

ヘイデンはいうまでもなくこの晩餐《ばんさん》会の主賓《しゆひん》。そしてアリオンからの使者。アリオンといえば、いまアッティールに突《つ》きつけられた現実的な『力』そのものである。レオのそれとは比べるべくもない。

弾《はず》むようだった心持ちがゆっくり萎《しぼ》んでいった。と、

「おや、あの美女はどなたでしょう？」

近くにいたベルナードがぽかんとした声を発するのを耳にして、レオも改めて、ヘイデンの隣《となり》にいた女性に目を留《と》めた。

距離《きより》があったために最初は気づかなかったが、フロリー・アングラットだ。

レオと同様、ティワナに来て以降はじめて公《おおやけ》の場に姿をあらわす彼女は、ヘイデンの隣《となり》で見慣れないドレスを身につけて、周囲に笑顔《えがお》を振《ふ》りまいていた。一瞬《いっしゅん》他人のようにさえ見えたのは、距離やドレスのせいばかりではなく、いつもとちがって化粧《けしょう》をしていたからだ。

やや大げさな言い方をするなら、レオは度肝《どぎも》を抜《ぬ》かれた。

アリオンにいたときは、レオを、

「兄さま、兄さま」

と呼んで、毎朝、レオの髪《かみ》をくしけずってくれた彼女が、いまはまったく知らない他人のようだった。風と、土、それにほんのり花の匂《にお》いを漂《ただよ》わせる少女だったはずが、大人びたドレスで着飾《かざ》って化粧をし、どこか謎《なぞ》めいた微笑《ほほえ》みをたたえる様は、王侯《おうこう》貴族の家に生まれついた女性そのものである。

ヘイデンがこの場に彼女を連れ出したのだろうか。ヘイデンはフロリーの腰《こし》を抱《だ》き、やはり笑顔を見せながら、ことさらに親密さをアピールしている。

二人の立場を考えると、表向きの態度としてはしかるべきものであっても、レオはフロリーの笑顔に拭《ぬぐ》いがたい違和《いわ》感をおぼえた。

ベルナードのみならず、すでにホール中、彼女の美しさを讃《たた》える声があちらこちらから囁《ささや》かれはじめている。

やがて主催《しゅさい》者たる公王と、主賓《しゅひん》たるヘイデンが左右に並ぶと、それらの声も静まった。ともに、「今後とも両国がよき関係であらんことを」といった趣旨《しゅし》の言葉を述べ、二人揃《そろ》って乾杯《かんぱい》の音頭を取った。

また、レオはホールの片隅《かたすみ》に一人きりで取り残された。

視線の群れも、雑多な関心も、いっさいをヘイデンが引き受けた。アリオン貴族は自分と声を交《か》わしたがって押し寄せてくる貴人貴婦人たちに理想的な笑みと言葉を与《あた》えて、彼らの波を上手に乗りこなした。

ベルナードも、公子にひと声挨拶《あいさつ》を残したきりで、ヘイデンのほうへといってしまった。

『力』の差を思い知らされる光景だった。

生まれつき持ちあわせていたというなら、ヘイデンもレオも同等。が、ヘイデンのそれに比べれば、レオが散々に試《ため》そうとしていた自分の『力』などは、やはり野良犬《のらいぬ》の世界で通じるていどのものでしかない。残飯漁《あさ》りの特権をいかに誇《ほこ》ったところで、より強い『力』を持つ人間には尻尾《しっぽ》を踏《ふ》まれて、背中を箒《ほうき》で叩《たた》かれ、造作《ぞうさ》もなく追い払《はら》われるだけのこと。

一時は血が騒《さわ》ぐほどの興奮を覚えたこともあって、力量の差を実感するのは地べたにひれ伏《ふ》すのと同じくらい惨《みじ》めな思いがした。

(遊びの時間は終わった)

そう思い知ったときだ。

気づけば、ふたたび、視線、関心の波がレオのほうに押し寄せていた。

見ると、ヘイデンがこちらに近づいてくる。フロリーは人波《ひとなみ》の向こうに残されたままだ。

レオの身体《からだ》が硬《かた》くなった。ヘイデンの投げかけてくる笑《え》みに対し、精いっぱいの思いで浮かべた笑みは、先ほど諸侯《しょこう》の前で上手《うま》く芝居《しばい》できたのが嘘《うそ》のようにこわばっていた。

動悸《どうき》が激しくなる。

(なぜこんなにも)

とレオ自身が戸惑《とまど》うほどだ。

アングラット邸《てい》で顔をあわせたときは、こんな、恐怖《きょうふ》にも似た緊張《きんちょう》を味わうことなどなかった。ヘイデンが自分を嘲弄《ちょうろう》してきたときは、席を立って殴《なぐ》りかかりたい衝動《しょうどう》にも見舞《ま》われた。だというのに、いまは笑みをたたえたヘイデン・スウィフトの姿が心底恐《おそ》ろしい。身にまとった絹の服も光輝《こうき》を放つかのように見えるのはなぜか。レオは、額にじっとりと汗《あせ》が浮いてくるのを意識した。

「こうしてじかに顔をあわせるのは久方《ひさかた》ぶりですな、公子さま」

「え、ええ」

レオはうなずいた。喉《のど》の皮が突《つ》っぱったみたいになって、声すら上手く出てこない。その様子にヘイデンは片眉《かたまゆ》をちょっとだけあげたが、それ以上気にする素振《そぶ》りは見せず、テーブル上にあった杯《さかずき》を二つ手に取った。片方を差し出してくる。

「いえ、ぼくはもう」

レオは手で断ろうとしたが、そのとき、

「取れ。皆《みな》が見ている」

小さな、しかし恐ろしく低い声でヘイデンが囁《ささや》いた。びくりとレオの肩《かた》が上下した。

レオはあわててヘイデンの杯を受け取った。カチンと澄《す》んだ音を立てて杯同士が打ちあわされる。ヘイデンは中身を一気に干し、レオはひと口だけを含《ふく》んだ。が、身体が硬くなっていたせいか、すぐに咳《せ》き込んで、中身を吐《は》き出してしまった。

「おやおや」

とヘイデンが、肩をすくめながら、こちらを見守る人々のほうを向いた。

「公子さまにお酒を勧《すす》めるのはいささか早すぎたか。確かに公子さまはまだお若い。アトールの流儀《りゅうぎ》がわからぬもので、ご容赦《ようしゃ》願いたい。いやそれとも、公子さまはアリオンが自分を殺そうとしているなどと、いまだ誤解なさっていて、わたしを過度に恐れていらっしゃるのかもしれない。たとえばこのお酒に毒が仕込まれているのではないか、とね」

そんなきわどいことまでも、冗談《じょうだん》混じりにいう。

「レオ公子さま、もしふたたびアリオンをお訪ねになることがあったら、どうぞそのときは心安らかにごゆるりと滞在《たいざい》してくださいませ。どうか、早とちりをして、一目散《いちもくさん》にお逃《に》げなさることがなきよう」

何人かが笑った。つまるところ、それを冗談《じょうだん》だと受け止めさえすれば、アトールは生存権を得ることができるのだ。

レオは消え入りたい思いがした。実際、すでに咳《せ》き込む必要もなかったのに、レオは自分がどうしてよいかわからず、ただ取りつくろうためだけに咳《せき》をしつづけた。

――事態をじっと見守っていたパーシー・リィガンは、のちに、このときのことをレオ・アッティールから打ち明けられたことがある。

あとにも先にも、あれほど他人を恐《おそ》ろしく思ったことはない、というようなレオの素直《すなお》な心境も含《ふく》めて。

だから、パーシーは時に思うことがあった。

(公子をアリオン領から逃がしてしまったのは、あきらかにヘイデン・スウィフトの失態だ。国では、クロードどのと並んで責任問題にもなったろう。ヘイデンにしてみれば、レオ公子は、殺しそこなった相手というだけでなく、ログレス司教と同様、自分の顔に泥《どろ》を塗《ぬ》った存在だという怒《いか》りがあってもおかしくない)

（もし、このとき）

（ヘイデンが人前で公子をやり込めたことで、それに満足してアトールを引きあげていたのだったら）

（つまり、嗜虐心《しぎゃく》をいまだ満足させず、公子に追い討《お　う》ちをかけるため、わざわざ誰《だれ》にも聞き取れぬような声で、あのようなことを囁《ささや》いてさえいなければ）

歴史は、変わったかもしれない――と。

それは、のちにあるようなアトール公国の姿はなかったかもしれない、ということだ。

無論、広くいわれているとおりに、歴史に『もしも』などということはあり得ない。

このとき、ヘイデン・スウィフトはことさら親しげにレオ公子の腕《うで》に触《ふ》れ、いかにも楽しげに会話をしている振《ふ》りをよそおいながらも、囁いた。

この事実は消えない。


ヘイデンは颯爽《さっそう》とした足取りでレオ公子から離《はな》れていった。

またも取り残された格好のレオは、半ば惚《ほう》けたような顔つきでその背中を見送っている。

去り際《ぎわ》、ヘイデンの囁いた声が耳に反響《はんきょう》を残していた。

彼はこういったのだ。

「よくぞアリオンから逃げられたものだな。だが、おまえにできるのはせいぜいそこまでだ。

前にもいったろう。抗《あらが》うつもりなら、命をなげうつ覚悟《かくご》を決めろ、と。おまえにはない。いや、アトールの男たちすべてに、それが欠けているのだ。わたしが以前いったとおりではないか。皆《みな》がわたしの顔色をうかがい、覚悟《かくご》もないまま生き抜《ぬ》こうとしている。この場合の『生きる』とはいかなる意味か？　あてがわれた餌《えさ》に喰《く》らいつき、他人に保障された安眠《あんみん》を貪《むさぼ》るだけならば、それは家畜《かちく》といっしょだ。家畜の国の公子さま。せいぜいアリオンから許された平和で『生きる』がいい。それは決して長くはつづかないだろうがな」

早口で、レオの耳もとで爛々《らんらん》と目を輝《かがや》かせながら、ヘイデンはいった。そして、

「わたしは見てみたくなった。おのが力でどこまでできるかを。きっかけを与《あた》えてくれたのはクロードであり、おまえだ。感謝する」

やはりすばやくいい添《そ》えると、去っていく。

レオ・アッティールは呆然《ぼうぜん》とした。

なぜ、なんのために、どのような意図があって、あのようなことを口にしたのか？

(アトールの平和が長くはない)

というような意味の言葉は、なにを示唆《しさ》したものなのか？

レオは、ヘイデンにそなわった『力』に圧倒《あっとう》される思いがしていた。いままた、常軌《じょうき》を逸《いっ》した言葉を口にしながらも、悠々《ゆうゆう》とした足取りで去っていく彼の姿に、改めて、打ちのめされる思いもしていた。

が、同時に、レオ・アッティールの心の内側《がわ》で、強くそれに反発する気持ちもまた生じていた。アングラット邸《てい》において、故国アトールを面と向かって痛罵《つうば》されたあのときに近い感情が、薪《まき》をくべられた炎《ほのお》となって、心奥で赤々とした色を放ちはじめていた。が、

（ぼくの『力』でなにができる。なにがいえる。なにを変えられる）

いま、『力』の差を見せつけられたばかりではないか。

レオとてわかっている。皆、わかっている。

先ほど、ベルナードと話していたときは、まるで自分一人だけが現状を知ったような心持ちになっていたが、皆、その『力』の差を自覚すればこそ、常にアリオンの顔色をうかがわねばならないのだし、父とて、苦労を重ねてアリオンとの関係を模索《もさく》していたのだ。

と、このとき、フロリー・アングラットと目があった。

ヘイデンにやり込められた直後である。その目に同情の色を認めたくなくて、レオは顔を背《そむ》けかけた――が、先に視線を逸《そ》らしたのはフロリーのほうだった。

ちょうど、彼女のもとへ戻《もど》ったヘイデンが、何事かをフロリーに促《うなが》した。レオと六年もの時間を共有した少女は、一歩前へ進み出ると、近くにいた公王マグリッドをはじめ、アトールのお歴々に改めて挨拶《あいさつ》を述べた。

「突然《とつぜん》参りました非礼にもかかわらず、あたたかくとどめ置いてくださった皆さま方のご厚情に感謝いたします。このことは生涯《しょうがい》忘れません。わたくしは近いうちに故国へと帰還《きかん》します

が、アリオンとアトール、双方《そうほう》のますますのご繁栄《はんえい》をお祈《いの》りいたします」

フロリーが帰る、と聞かされて、一瞬《いっしゅん》、レオは体内に渦《うず》を巻いていた衝動《しょうどう》のことを忘れた。

彼女が無理をしてでも領外へついてきたのは、レオの背中を守るためであって、もはやその役目は十分に果たした。ここで帰るのが、フロリーのためにも、また彼女の父のためにもいいだろう。

理性ではそう思うものの、レオは陰鬱《いんうつ》な気分になるのを避《さ》けられなかった。両国の関係はいまだ不透明《ふとうめい》。あるいはこれがフロリーとの今生《こんじょう》の別れになるやもしれない。

(せめて、なにかひと言)

先ほどとは別の意味でレオは一歩を踏《ふ》み出そうとした。

ふたたびレオとフロリーの視線が直線上に結ばれた。フロリーはまた顔を背《そむ》けかけたが、直後、思いなおしたようにレオに微笑《ほほえ》みを見せた。

このとき、レオは、フロリーの笑顔に抱《いだ》いていた違和《いわ》感の正体に思い当たった。

いつもの笑顔とはちがう。だというのに、過去に見覚えがある気がしていたのだったが、それがいつ、どこで見たものだったのかを突発《とっぱつ》的に思い出した。

あれは、フロリーがかわいがっていた牝馬《めすうま》の『姫《ひめ》』が殺処分《さつしょぶん》された直後、彼女が家族に振《ふ》りまいていた笑顔そのものだ。

フロリーは翌朝から、食卓に笑顔を覗《のぞ》かせた。クロードも、その妻エレンも、いつもは妹をからかうことの多いウォルター、ジャックの兄弟も、フロリーの大きな目が赤く腫《は》れているのを知りながら、気づいていない振りをしてやった。エレンは娘《むすめ》に台所での手伝いを要求し、ウォルターたちはフロリーの好物を丸取りする振りをして父親に怒《おこ》られた。もっとも、ウォルターたちのこの行動は、幼少時代によくやっていたことなので、いまの年齢《ねんれい》からするといささかわざとらしかったかもしれない。フロリーは父親の無理に張りあげたような怒声《どせい》を耳にしながらも、終始にこにこしていた。

あのときの顔だ。

さらに、数歩進み出て、先ほどより近くでフロリーの顔を見つめたとき、その不自然なくらいに濃《こ》い化粧《けしょう》の理由もわかった気がした。両頬《ほお》に紅《べに》を差しているが、左側《がわ》だけがやや色濃い。というよりも、その色を隠《かく》すために必要以上に左右とも赤くしているのだろう。

痣《あざ》だ、とレオは気づいた。生まれついてのものではなく、つい最近できたばかりの。

瞬間、レオの心中《しんちゅう》でカチリという音がした。

いまのいままで、ばらばらに存在し、でたらめに回転をつづけていた歯車が嚙《か》みあったかのようだった。

理屈《りくつ》などではない。レオの頭にあったのは、ヘイデン・スウィフトがかつてフロリー・アングラットを欲していたという事実だけだ。その事実を中心に据《す》えるだけで、いままでの奇異《きい》な出来事が立ちどころに理解の範疇《はんちゅう》におさまる気がした。

アリオンと寺院の戦い。そのときにおけるアリオン側《がわ》の動き。アトールの援軍派遣《えんぐんはけん》。クロードの立場が悪化し、そしてレオは断頭台にのぼらされるどころか、山中で人知れず殺されそうになった。

ヘイデンは、レオとフロリーが邸宅《ていたく》から逃《に》げたと知らされただけでひどく取り乱し、本陣《ほんじん》をも空にしたという。そして、いまは戦線を離《はな》れて、遠くアトール首都ティワナにまで姿を見せている。

繰《く》りかえす。

理屈《りくつ》ではない。

なぜ、どうして、どのようにして——と考えればきりがない。彼には本来これらの謎《なぞ》を解き明かすための鍵《かぎ》がまだまだ不足していた。

が、ここで肝心《かんじん》なのは、レオが、レオなりにこれらの歯車を噛《か》みあわせた瞬間《しゅんかん》、フロリーの腰《こし》にふたたび手をまわしたヘイデンと目があったという事実だ。

ヘイデンが再度、嘲《あざけ》るような、あるいは勝ち誇《ほこ》るかのような笑《え》みを浮かべた。少なくともレオにはそのように見えたのだし、なによりの答えのような気がした。ヘイデンの、いいしれぬほど高圧的で威圧《いあつ》的な雰囲気《ふんいき》が一部剝《は》がれ落ちて、生々しい人間の情が覗《のぞ》いた。

「わたしは見てみたくなった。おのが力でどこまでできるかを」

ヘイデンは、レオのもとを去り際《ぎわ》にそういった。

(おまえの力だと?)

レオ・アッティールの一歩目を踏《ふ》み出す原動力は、脳裏に渦巻《うずま》いた怒《いか》りだ。

(その力とやらで、フロリーを奪《うば》い取り、アトールを討《う》とうというのか)

あの男なら、やるだろう。レオは直感した。立ち去り際《ぎわ》に残したあの言葉は、ただの脅《おど》しでも嘲弄《ちょうろう》でもない。彼は心に描《えが》いていることを――余人からすれば馬鹿《ばか》げたことであれ――実行に移す類《たぐい》の男だ。軍勢を率いてアトールに攻め入るぞ、と彼はレオに宣言したのだ。

(おまえは、アトールを討《う》ったその血まみれの手でフロリーの肩《かた》を抱《だ》くのか。フロリーに、あの笑顔をずっとさせつづけるというのか)

怒りは、二、三歩目を促《うなが》す力にもなり得たが、しかし次の一歩を踏み出そうとするレオの眼前に、巨大《きょだい》な壁《かべ》が立ちはだかった。いかにめまいを呼び込むほどに強烈《きょうれつ》なものであろうとも、怒りでは、そこまでが限界だった。

それは理知的な領域である。ただ単に強い衝動《しょうどう》というだけでは突《つ》き崩《くず》すことも打ち砕《くだ》くこともできない。レオは唇《くちびる》の端《はし》を噛みしめた。爪《つめ》がてのひらに喰《く》い込むほど拳《こぶし》を握《にぎ》りしめた。

(ぼく一人の命なら、まだいい。二度も死を覚悟《かくご》した身だ。だけど、敵はアリオン。アトール一国を巻き添えには――)

「いいや」

突然《とつぜん》耳もとに息を吹《ふ》きかけられた気がして、レオはびくりと肩を上下させた。ほかの、何者の姿が近くにあるわけでもない。レオの傍《かたわ》らにひと筋の煙《けむり》のようにあらわれたのは、黒いよどみから形成されたもう一人のレオ・アッティールである。それは時にレオが打ち捨てた感情の集合体とでもいうべき存在であり、時にはそのまったく逆に、あらゆる感情を切り離《はな》したもう一つの視点でもあった。

「敵はアリオンではない。おまえの『力』で打ち砕《くだ》くべきは、火をかけるべきは、滅《ほろ》ぼすべきは──」

レオ・アッティールは一歩一歩、自分の奏《かな》でる足音が、異常なまでに大きく脳内で反響《はんきょう》しているように感じた。

そう、いつしか巨大《きょだい》な壁《かべ》は目の前からきれいに取り払《はら》われていた。

ヘイデンを取り巻く人々のなか、最後尾《さいこうび》に位置していたベルナードより先に進んだ。トカマクーが、オズエルがいて、三人をはじめたとした諸侯《しょこう》の視線が、レオの横顔を次々とよぎっていく。

次に、パーシー・リィガン。

なにかを感じ取ってか、はっとした顔を向けてくる彼をも越《こ》えた先に、ヘイデンがいる。取り巻いた貴人たちとの会話を楽しんでいる、といった顔をよそおいながらも、心中《しんちゅう》では辟易《へきえき》しているのが見て取れた。

そのヘイデン、そして彼の隣《となり》にいたフロリーが、瞬間《しゅんかん》、ぎょっとした顔をした。

笑い声が風のごとくホールを吹き抜《ふぬ》けていた。

レオ公子だ。いつしか、ヘイデンとフロリーの正面に位置している。彼は、まるで感情のたがが外れたような大声で笑いつづけていた。

「何事だ」

ヘイデン・スウィフトはあきらかに気分を害した顔をした。

フロリーも驚《おどろ》いた様子だったが、

「いい加減、冗談《じょうだん》はおやめ、フロリー」

笑いをおさめたレオがいうと、はっと大きな目を見開いた。

「すぐにでもアリオンに帰るなどといって。皆《みな》が信じてしまうよ。皆、きみのことをよくは知らないのだから、馬鹿《ばか》げた冗談だって真《ま》に受けてしまうんだよ」

フロリーはいっとき声を失ったように目を丸くしていたが、化粧《けしょう》で塗《ぬ》りかためた顔に、本来の血色がじわじわと舞《ま》い戻《もど》ってきた。

「ば、馬鹿げた冗談とはなんです、レオ兄――いえ、レオ公子。わたくしは……」

「ここティワナで、なかなか顔をあわす機会をつくらなかったので、すっかり臍《へそ》を曲げてしまったんだね。ぼくにはぼくの立場もあるんだ。やれやれ、きみにはわかってもらえると思っていたんだがね」

「公子さま、いったいなにを」

「とぼけなくたっていい。もう少し事情が落ちついたら、父上や皆《みな》に、ぼくの口から説明しようと思っていたのに。だけどきみが待ちきれず、アリオンに帰るなどといい出すのならばいたしかたない。この場にて発表するとしよう。フロリー」

レオは無造作《むぞうさ》に手を差しのべてフロリーの手を取った。ヘイデンがぎょろっと目を剝《む》いたが、気にせず、当惑《とうわく》しきりのフロリーの腕《うで》を引いて、自分の隣《となり》へと並ばせる。

「父上、母上。わたくしのほうから彼女をご紹介《しょうかい》申しあげるべきでした」

「レオ、なにをいう？」公王マグリッドとて当惑を隠《かく》しきれない。「すでにこの娘《むすめ》のことはわが耳にも入っておる」

「いえ、皆さまの耳にお入れせねばならぬことがまだあります」

レオは微笑《ほほえ》みを浮かべ、そして宣言した。

「クロード・アングラットどののご息女《そくじょ》、フロリー・アングラットと、わたくしレオ・アッテイールは、将来を誓《ちか》いあった仲でございます」

「なんだと！」

叫《さけ》ぶような声を発したのはヘイデン一人だ。フロリーは声もない。父も、母も、諸侯《しょこう》も、最初、まるで趣味《しゅみ》の悪い冗談《じょうだん》を聞かされたような顔をした。が、レオがにこやかに、

「いまだクロード・アングラットどのに正式なお許しはいただいておりませんが、これより早《はや》馬《うま》を急がせます。なんでしたら、わたくし自身が使者として発《た》ってもよろしゅうございます。

アングラットどのを通じてアリオン王にお許しをいただければ、すぐさま挙式いたしましょう」

そうつづけると、パーシー・リィガンまでもが進み出てきて、

「めでたきお話にございます」

こちらもにこやかに追従する。公子の事情も、公子が口にした事の真偽《しんぎ》も、当然パーシーに理解できたはずもない。だというのに、パーシーは、この短いあいだで好感を抱《いだ》いた公子の後《うし》ろ盾《だて》になってやりたいという衝動《しょうどう》を抑《おさ》えられなかった。

「レオ公子殿下《でんか》とフロリー嬢《じょう》がご成婚《せいこん》あいなりますれば、アトールとアリオン、双方《そうほう》の友誼《ゆうぎ》はますます厚くなり、こたびの様々な誤解も一気に氷解しようというもの」

ここに来て、ホール中の人々も「おお」と沸《わ》いた。中庭にいた人々も話を聞きつけて、次々集《つど》いつつある。

レオ・アッティールは人々の沸きかえった様子をぐるりと見まわして、

「皆《みな》さま方にもお祝いいただけましょうか」

と問う。

なんといっても、アリオンとの騒乱《そうらん》の火《ひ》種《だね》になりかねなかった公子が、むしろアリオンとのこれ以上もない橋渡《はしわた》し役になろうとしているのだ。これを歓迎《かんげい》せぬ者はない。人々は手を打ち鳴らし、「おめでとうございます」と口々に祝いを述べた。

フロリー・アングラットはのぼせたように真っ赤になり、大きな目に涙《なみだ》をあふれかえらせて

いた。

が――、彼女には気の毒なことに、レオはフロリーの小さな肩《かた》を一つ叩《たた》いたきりで、すぐにその腕《うで》を解放すると、笑《え》みを持続させたままヘイデン・スウィフトに近づいた。

人々の拍手《はくしゅ》は鳴りやまぬ。

そのなかにおいて、レオはわざと一歩を深く踏《ふ》み出し、ヘイデンの靴《くつ》の爪先《つまさき》を軽く踏みつけた。

ヘイデンの、にらむようだった顔つきが驚《おどろ》きのそれに転じた。

レオは、先ほどヘイデンにされたのとそっくり同じ声音《こわね》で囁《ささや》いた。

「笑え。皆が見ているだろう」

「な、なに？」ヘイデンは度肝《どぎも》を抜《ぬ》かれながらも、しかしすぐに目を憤怒《ふんぬ》の色に染めた。「どういうつもりだ、貴様。いかにものを知らぬ小僧《こぞう》とて、こ、このようなことをして、ただで済むと思っているわけではあるまいな――」

「どうなるというのだ？」

レオは朗《ほが》らかに笑った。

「いま、アリオンにアトールに軍勢を送れるほどの大義があるやなしや。それとも、先ほど誇《ほこ》ったおまえの力とやらが、大義の代わりに軍を動かすというのか。いいだろう、やってみせていただきたい。わがアトールが、この第二公子レオが返《かえ》り討《う》ちにしてくれる」

ヘイデン・スウィフトは、これ以上はないというほど目をひん剝《む》いた。

あとがき

お待たせしました。

……といったところで、本書をお読みになった、もしくはこれから読もうとされている皆《みな》さまにはピンと来ないでしょう。

これが人気シリーズで刊行《かんこう》に間が空いていた状態ならともかく、本書は新シリーズの一作目。著者の本をはじめて手に取ってくださったという方も大勢いらっしゃるはず。それなのに「お待たせしました」とは本来ならおかしなご挨拶《あいさつ》ですが、実はこれ、読者の皆さまに向けてのものではありません。

去年の終わりかけのころです。

杉原智則《すぎはらとものり》は机の前で腕組《うでぐ》みしていました。この、若くもなく、かといってベテランの貫禄《かんろく》などちっとも感じさせない駄目《だめ》な大人は、(いっちょ前に) 悩《なや》んでいたというのです。

大国の陰謀《いんぼう》に巻き込まれて王位継承《けいしょう》者の影武者《かげむしゃ》をやらされることとなった剣闘士《けんとうし》の物語を書いて、次いで、(他レーベルにおいて!) 英傑《えいけつ》、豪傑揃《ごうけつぞろ》いの戦場を、腕っぷしも魔力《まりょく》もからっきしの少年が持ち前の悪知恵《わるぢえ》のみで立ちまわる物語を書き、そして、平凡《へいぼん》な男の子が妖精《ようせい》の

世界を憧《あこが》れのお姉さんと冒険《ぼうけん》する物語を立てつづけに書いたあと、

「さて、次はどうしようかな」

ぽっかり胸に穴が空いたような状態で停滞《ていたい》していました。

そう、次に執筆《しっぴつ》すべき新作の構想に悩み果てていたのです。

あれこれと断片的なアイディアは浮かぶものの（ケルト神話、空手、忍者《にんじゃ》、極道《ごくどう》、教師、MRV、憑依《ひょうい》、拳闘《けんとう》、戦国……）、自分のなかでこれといった決め手が見つかりません。悩んでいたってどうせ時間の無駄だろうに、この男、真剣に悩んでいる、というより、きっと『真剣に悩んでいる自分』が好きなだけなんでしょう。

無為《むい》な時間をひたすら過ごすこと数週間、彼の脳裏に、とある一つの名前が浮上してきました。

レオ・アッティール。

その名前が持つひびきは、昔の知りあいにばったり路上で出くわしたような、嬉《うれ》しさと懐《なつ》かしさとが入り混じっていました。そう、このとき唐突《とうとつ》に思いついたというわけではなく、彼はこの名前を以前から知っていたのです。

数年前、電撃《でんげき》文庫において『烙印《らくいん》の紋章《もんしょう》』を執筆していた際、いわゆる『西方編』が終わりを迎《むか》えかけたころ、

「次は『東方編』になるかもしれないな」

などと考えて、主役の国メフィウスの東方に点在するいくつかの国や勢力の設定をあれこれ考えはじめました。結局、この当時つくった創作《そうさく》メモは、作者個人の力量不足もあってか、半分も活用することはなかったのですが、メモ内に存在していたレオ・アッティールの名前と、その簡単な経歴だけは、なぜか長いこと忘れられずにいたのです。

レオ・アッティールの名がもたらしたのは、当時を懐《なつ》かしむ感情ばかりではありませんでした。レオとアトール公国にまつわる様々な設定や走り書きに触《ふ》れるにつれて、レオの人生にあったであろういくつもの場面と、レオのエピソードに付随《ふずい》する多数の人物像が次から次へ浮かんできては、勢いがやむということがありません。

まるでレオのほうから作者に訴《うった》えかけてくるようであります。「やっと思い出してくれたのか。なら、早く自分を書いてくれ」「自分の物語を多くの人に伝えてくれ」と。

杉原智則《すぎはらとものり》は——えい、面倒《めんどう》くさい、つまるところ『ぼく』は——決心をして、筆を執《と》りました。

冒頭《ぼうとう》の「お待たせしました」とはほかの誰《だれ》でもない、本作の主人公レオ・アッティールに向けての言葉だったのです。

歴史に埋没《まいぼつ》した、古き英雄《えいゆう》。決して有名ではない、ただその悪名をもってのみ知られる人物

の、『真実の』物語をより多くの人に届けたい。そんな、歴史作家にも似た情熱を抱《いだ》いて、ぼ
くはこの一冊《さつ》を書きあげました。
すでにお読みいただいた方にはおわかりのとおり、この一巻では物語の主役すらろくに張れ
ていない状態ですが、いまだ頼《たよ》りない少年レオがいかにして歴史物語の中心に躍《おど》り出ていくの
か、読者の皆さまにはそのあたりも楽しんでいただければと思います。
追記。

この『あとがき』でも記したとおり、本書は拙作《せっさく》『烙印《らくいん》の紋章《もんしょう》』と舞台《ぶたい》世界を同じくして
おります。
が、直接の続編でもなければ、前作を知っていなければ十分に楽しめないということでもな
いので、『烙印』をお読みでない方も、安心して手に取っていただきたく思います。
無論、本作をきっかけに、著者のほかのシリーズに関心を持っていただけたのなら、これ以
上の喜びはありませんが……。

杉原智則

◉杉原智則著作リスト

「熱砂のレクイエム　鉄騎兵、跳ぶ！」（電撃文庫）
「熱砂のレクイエムII　協同戦線」（同）
「頭蓋骨のホーリーグレイル」（同）
「頭蓋骨のホーリーグレイルII」（同）
「頭蓋骨のホーリーグレイルIII」（同）
「頭蓋骨のホーリーグレイルIV」（同）
「ワーズ・ワースの放課後」（同）
「ワーズ・ワースの放課後II」（同）
「殿様気分でHAPPY！」（同）

「殿様気分でＨＡＰＰＹ！②」（同）
「殿様気分でＨＡＰＰＹ！③」（同）
「殿様気分でＨＡＰＰＹ！④」（同）
「レギオン　きみと僕らのいた世界」（同）
「レギオンⅡ　きみと僕らのいた世界」（同）
「烙印の紋章　たそがれの星に竜は吠える」（同）
「烙印の紋章Ⅱ　陰謀の都を竜は駆ける」（同）
「烙印の紋章Ⅲ　竜の翼に天は翳ろう」（同）
「烙印の紋章Ⅳ　竜よ、復讐の爪牙を振るえ」（同）
「烙印の紋章Ⅴ　そして竜は荒野に降り立つ」（同）
「烙印の紋章Ⅵ　いにしえの宮に竜はめざめる」（同）
「烙印の紋章Ⅶ　愚者たちの挽歌よ、竜に届け」（同）
「烙印の紋章Ⅷ　竜は獅子を喰らいて転生す」（同）
「烙印の紋章Ⅸ　征野に竜の慟哭吹きすさぶ」（同）
「烙印の紋章Ⅹ　竜の雌伏を風は嘆いて」（同）
「烙印の紋章Ⅺ　あかつきの空を竜は翔ける（上）」（同）
「烙印の紋章Ⅻ　あかつきの空を竜は翔ける（下）」（同）
「放課後のフェアリーテイル　ぼくと自転車の魔法使い」（同）

「レオ・アッティール伝I　首なし公の肖像」（同）
「てのひらのエネミー　魔王城起動」（角川スニーカー文庫）
「てのひらのエネミー②　魔将覚醒」（同）
「てのひらのエネミー③　魔軍胎動」（同）
「てのひらのエネミー④　魔王咆哮」（同）
「交響詩篇エウレカセブン　1　BLUE MONDAY」（同）
「交響詩篇エウレカセブン　2　UNKNOWN PLEASURE」（同）
「交響詩篇エウレカセブン　3　NEW WORLD ORDER」（同）
「交響詩篇エウレカセブン　4　HERE TO STAY」（同）
「交響詩篇エウレカセブン　ポケットが虹でいっぱい」（同）
「CANNAN（上）」（同）
「CANNAN（下）」（同）
「聖剣の姫と神盟騎士団I」（同）
「聖剣の姫と神盟騎士団II」（同）
「聖剣の姫と神盟騎士団III」（同）
「聖剣の姫と神盟騎士団IV」（同）
「聖剣の姫と神盟騎士団V」（同）
「聖剣の姫と神盟騎士団VI」（同）

本書に対するご意見、ご感想をお寄せください。

電撃文庫公式ホームページ 読者アンケートフォーム
http://dengekibunko.dengeki.com/
※メニューの「読者アンケート」よりお進みください。

ファンレターあて先
〒102-8584　東京都千代田区富士見1-8-19
アスキー・メディアワークス電撃文庫編集部
「杉原智則先生」係
「岡谷先生」係

本書は書き下ろしです。

電撃文庫

レオ・アッティール伝《でん》I

首《くび》なし公《こう》の肖像《しょうぞう》

杉原智則《すぎはらとものり》

発　行　2015年6月10日　初版発行

発行者　塚田正晃
発行所　株式会社KADOKAWA
〒102-8177　東京都千代田区富士見2-13-3
プロデュース　アスキー・メディアワークス
〒102-8584　東京都千代田区富士見1-8-19
03-5216-8399（編集）
03-3238-1854（営業）
装丁者　荻窪裕司（META＋MANIERA）
印刷・製本　加藤製版印刷株式会社

ISBN978-4-04-865196-7　C0193　Printed in Japan

電撃文庫　http://dengekibunko.dengeki.com/
株式会社KADOKAWA　http://www.kadokawa.co.jp/

電撃文庫創刊に際して

文庫は、我が国にとどまらず、世界の書籍の流れのなかで〝小さな巨人〟としての地位を築いてきた。古今東西の名著を、廉価で手に入りやすい形で提供してきたからこそ、人は文庫を自分の師として、また青春の想い出として、語りついできたのである。

その源を、文化的にはドイツのレクラム文庫に求めるにせよ、規模の上でイギリスのペンギンブックスに求めるにせよ、いま文庫は知識人の層の多様化に従って、ますますその意義を大きくしていると言ってよい。

文庫出版の意味するものは、激動の現代のみならず将来にわたって、大きくなることはあっても、小さくなることはないだろう。

「電撃文庫」は、そのように多様化した対象に応え、歴史に耐えうる作品を収録するのはもちろん、新しい世紀を迎えるにあたって、既成の枠をこえる新鮮で強烈なアイ・オープナーたりたい。

その特異さ故に、この存在は、かつて文庫がはじめて出版世界に登場したときと、同じ戸惑いを読書人に与えるかもしれない。

しかし、〈Changing Times,Changing Publishing〉時代は変わって、出版も変わる。時を重ねるなかで、精神の糧として、心の一隅を占めるものとして、次なる文化の担い手の若者たちに確かな評価を得られると信じて、ここに「電撃文庫」を出版する。

1993年6月10日
角川歴彦

電撃文庫

烙印の紋章 たそがれの星に竜は吠える

杉原智則
イラスト／3

瓜二つの皇子とすり替わった剣闘士。相手を篭絡して自国の利益を図ろうとする皇女。二人の婚姻によりメフィウスとガーベラは講和を結ぶことになるが――。

す-3-15 1592

烙印の紋章Ⅱ 陰謀の都を竜は駆ける

杉原智則
イラスト／3

剣奴から皇子になりかわり初陣で勝利したオルバ。帝都に凱旋した彼は建国祭をめぐる不穏な噂を探るため、剣闘士として大会に出場することになるが――。

す-3-16 1681

烙印の紋章Ⅲ 竜の翼に天は翳ろう

杉原智則
イラスト／3

隣国タウーリアが侵攻せんとしているアプター砦へ、わずかな手勢を率いて赴いたオルバ。渦巻く思惑の中、逆境に立たされたオルバの振るう采配とは――。

す-3-17 1753

烙印の紋章Ⅳ 竜よ、復讐の爪牙を振るえ

杉原智則
イラスト／3

兄の悲劇を知ったオルバはオーバリーへの復讐を決意し、ガーベラとエンデは一触即発の危機を迎える。幾多の難題を前にオルバのとる選択とは？　第一部完結！

す-3-18 1811

烙印の紋章Ⅴ そして竜は荒野に降り立つ

杉原智則
イラスト／3

内乱と魔道士ガルダの脅威で揺れるタウランの都市国家ヘリオ。一人の傭兵として戦いに身を投じることになったオルバの運命は⁉　待望の新章スタート！

す-3-19 1913